DER TOTE REFORMATOR

Frank Schlößer

Der tote REFORMATOR

HINSTORFF

Der erste Doppelschilling,

mit dem du dich dem Bettler Dionysius Schmidt und seiner Geschichte anheimgibst.

Oh, ist das wirklich ein Doppelschilling? Ein ganzer Doppelschilling? Vergelt's dir Gott, du hast ein gutes Herz. Du bist nicht aus Rostock, oder? Was willst du von mir? Was soll ich dir geben können, ich bin ein alter blinder Mann. Ich taste mich jeden Morgen an der Mauer entlang vom Lazarushospital bis hierher zum Heringstor, lass mich nieder und warte, dass mir jemand etwas Brot reicht oder einen Teller Grütze oder auch nur einen Becher Dünnbier. Gott sorgt immer für meinen Tag. – Jetzt hab ich zwei Schillinge! So viel Geld, dass ich bis zum Sonntag keinen Hunger leiden muss, ins Badehaus darf und mir endlich den verlausten Bart abnehmen lassen kann.

Warum gibst du einem altem Sünder einen Doppelschilling? Ich weiß es: Du willst meine Geschichte hören. Die Geschichte des Dionysius Schmidt, einst Vikar bei Magister Joachim Slüter zu St. Petri, der daselbst gesündigt und dafür mit Blindheit geschlagen wurde. Du willst wissen, wie der Slüter starb. Ob wirklich Gift in der Suppe war und wer sie ihm gegeben hat, sodass er sich lange quälte und erst am Pfingstsonntage anno 1532 gnädig entschlief … Ja, ich weiß es. Ich wollte es auch schon dem Gryse erzählen, diesem lutherischen Eiferer und weltlichen Geizhals. Aber er gab mir nur Pfennige. Er drängte mich mit seinen Fragen, den Slüter nur rein und gut scheinen zu lassen. Deshalb hab ich ihm seinerzeit nicht die ganze Geschichte erzählt.

Doch du hast deine Zeit gut gewählt. Man hat mir gesagt, dass gerade wieder ein Komet am Himmel Unheil verkündet – und die jungen Menschen glauben, dass es diesmal wirklich zu Ende geht. Ich hab ihnen erzählt, dass wir im Jahre des Herrn 1532 und noch einmal im Jahr darauf schon Kometen sahen und immer noch leben. Aber ich erreiche die Jungen nicht mehr, es scheint, als würden sie die Angst genießen, sie feiern dankbar jeden Frühlingsabend, den sie noch erleben dürfen vor dem drohenden Untergang der Welt.

Aber was schert mich die Welt: Ich fühle, dass mein eigenes Ende näher rückt und jetzt drückt mich der tote Slüter wieder. Ich will die ganze Wahrheit nicht mit ins Grab nehmen, meine Sünde wird meine Seele sonst im Fegefeuer halten – und wer betet in dieser Stadt schon für das Heil eines armen Mannes? Ich weiß, die Lutherischen sagen, dass es für niemanden ein Fegefeuer gibt. Aber ich denke nicht, dass sich auch der Teufel vom Luther hat reformieren lassen. So glaubt dieser Schreiberling Nicolaus Gryse bis heute, dass ich wegen dieser meiner Sünde in der Jugend von Gott geblendet wurde, als ich vor dreißig Jahren anno 1526 die frommen Worte »Gottes Wort bleibt in alle Ewigkeit« mit einem Teerquast auslöschte. Sie standen damals über der Türe des Hauses von Meister Jochim und natürlich waren die Lettern schon wenige Tage nach meinem Streich wieder zu sehen. Es war mir damals billig, dem Slüter gram zu sein, hatte er mir doch mein Auskommen als Vikar verübelt. Vom Lesen der Messen für die Toten der Handwerkerfamilien aus dem Kirchspiel von St. Petri konnte ich leben und studieren. Aber seit er 1521 in der Schule zu St. Petri begann, auf Deutsch zu predigen und die Heilige Schrift auszulegen, bekam ich immer weniger Messaufträge. Vier Jahre später war es ganz ungehörig geworden, einen Vikar für das Seelenheil eines Toten beten zu lassen. Ich wurde arm und ich wusste, wer daran schuld war: Slüter!

Aber nicht wegen der Sache mit dem Teerquast hat Gott mich geblendet. Sondern wegen einer ganz anderen Sünde, die darzustellen mir schwerfällt vor einem Fremden wie dir. Gleichviel: Ob ich dich nun kenne oder nicht – du hast mir den Doppelschilling gegeben und so wirst du meine Geschichte hören. Ich gebe mich in deine Hand und vertraue auf Gott, dass er es war, der dich zu mir geschickt hat. Um mir mein Gewissen zu erleichtern und mir dabei auch etwas für den Leib zu gönnen.

Aber, mein lieber Herr, so setzen wir uns an die Mauer vor das Tor, es ist schon bald Abend und die Steine sind warm von der Sonne und der Wind, der vom Hafen herüberweht, ist mild. Ich will dir die Schillinge nicht schuldig bleiben, sondern redlich berichten, wie sich die Geschichte zugetragen hat zwischen dem Slüter und seiner Frau Katharina und den Papisten Nyebur und Rotstein und Dankquardt, den Bürgermeistern und dem Oldendorp, seines

Zeichens Professor und Stadtsyndikus. Und all denen, die in der Stadt aufgerieben waren im Streit zwischen dem alten Glauben und dem neuen Wort Gottes.

Ja, so sitzt sich's gut. – Dass der Magister Joachim Slüter vergiftet war, das war mir schon erkenntlich, als der Böttcher Jochim Swanekow und ein Wollenweber starben, dessen Name mir entfallen ist. Sie hatten zusammen mit ihm das Bier aus einer Kanne getrunken, waren gleich danach mit Bauchkrämpfen von der Tafel gegangen und noch in der Nacht zu ihrem Schöpfer aufgefahren. Wenn nun Jochim Slüter nach diesem teuflischen Trunk noch etliche Wochen zu leben hatte, dann deshalb, weil er das Arsenik schon lange ertragen hatte. Er war davon krank und siech schon lange vor dieser Zeit, seine Frau Katharina schickte schon zu Martini anno 1531 erstmals nach dem Doktor. Seit über einem Jahr hatte ihm jemand langsam und mit geübten Händen das Gift verabreicht und als das bei diesem Festessen offenbar wurde, hatte es seine Wirkung bereits getan, sodass es nur noch abzuwarten war, wann der Herr seinen braven Knecht zu sich rufen würde. Er tat das am Pfingstsonntag, dem 19. Mai anno 1532. Am Nachmittag zwischen zwei und drei befahl sich Slüter seinem Herrn an, ohne Sorge und stark im Glauben. Alle seine Lieben waren um ihn, auch sein Sohn Elias, der damals erst drei Jahre alt war.

Ich muss anführen, dass ich zu dieser Zeit noch nicht lange auf der Seite der Lutheraner stand. Die Predigten, die Aufrichtigkeit und die Furchtlosigkeit Slüters hatten meinen Verstand zwar erreicht, aber ich hatte für meinen Ablassbrief bei einem der Heringshändler Geld geborgt und danach hart an diesen Schulden und am Zins gearbeitet. Mein Herz wollte noch lange Zeit hoffen, dass dieser Brief mir nach meinem Tod in den Himmel helfen würde. Was Luther und Slüter predigten, das machte diese Hoffnung zunichte, und es dauerte noch Jahre, bis ich den Ablassbrief tatsächlich nachts nach einem Disput in der Schütting der Schonenfahrer ins Feuer warf – und zugegeben: Ich war betrunken. Als ich am nächsten Morgen erwachte und mir die Tat vom vergangenen Abend wieder einfiel, da fühlte ich jedoch keine Reue, sondern Erleichterung: Was ich da verbrannt hatte, war – unmerklich über all die Zeit – von einer Hoffnung zu einer Last geworden, von welcher ich mich durch das Feuer befreit hatte. So verschlungen mir Luthers Weg der lebenslangen Buße, dem Glauben und der Liebe auch schien, so klar war mir an diesem Morgen doch, dass dieser gerade Weg über das Geld nicht zu Gott führen konnte.

Als Jochim Slüter eines Tages entdeckte, dass auch ich bei seiner Predigten stand, da trat er nach dem Gottesdienst an der Tür des Kirchhofes auf mich zu, segnete mich, nahm meine Hände in seine und lächelte mich auf eine Weise an, die mich ins Herz traf.

Noch wenige Jahre zuvor war er von der ganzen Stadt als der schwarze Ketzer verhöhnt und verdammt worden, wegen seines schwarzen Bartes und Haares. Doch er hatte es mit Hilfe des Schweriner Herzogs Heinrich und des

Rostocker Rates vermocht, die Papisten aus den Klöstern der Franziskaner, der Dominikaner und der Kartäuser, die Prediger aus dem Domstift zu St. Jacobi und die altgläubigen Herren Professores der Universität zu übertrumpfen – unter dem Schutz des so wortgewandten und weit gereisten Syndikus Professor Johann Oldendorp. So kam es, dass ich Slüter und seiner Sache durchaus ergeben war, als er die Augen schloss.

Nach dem Tode dieses, ja unseres Rostocker Reformators am Pfingstsonntag hatte die Stadt einen Abend lang in einer Lähmung verharrt – als die lang erwartete Nachricht bekannt wurde, schlossen auch die Stände des Pfingstmarktes zwei Stunden früher und auf dem Großen Markt standen die Menschen in der Sonne beieinander. Manche Gruppen flüsterten mit ernsten Gesichtern, aus anderen Gruppen war Lachen zu hören. Böse Blicke legten sich wie ein straff gespanntes Netz aus Hanfseilen über den sonntäglichen Markt – weder die Slüterfreunde noch die Slüterfeinde wollten freiwillig das Feld räumen. Nur die Tatsache, dass Slüters toter Leib noch über der Erde lag und das Gefühl, dass seine Seele hier noch anwesend war, verhinderte, dass der Tag mit einer Schlägerei und möglicherweise mit weiteren Toten endete.

Schon gegen Abend des Pfingstmontages war der schlichte Sarg in Slüters kleinem Haus vernagelt worden und wurde dann die wenigen Schritte bis zu der Grube auf dem Kirchhof von St. Petri hinübergetragen. Der Totengräber hatte das Leichenbreit Slüters auf einer Stelle abgesteckt, auf der seit zwei Generationen niemand mehr begraben worden war. Nur ein paar alte Knochensplitter lugten aus dem Hügel neben dem offenen Grab hervor. Ein Gewitterguss hatte sich am frühen Nachmittag über der Stadt entladen, sodass etwas Wasser in der Grube stand. Jetzt schien die Sonne warm auf diesen Teil des Kirchenackers und die Stimmung unter den Menschen war durchaus heiter angesichts eines Todes, der so lange erwartet worden war. Sie standen bis hinunter zum Petritor, auch aus den anderen Kirchspielen der Stadt waren sie gekommen, auch ein paar Ratsherren wurden gelitten. Prediger Joachim Schröder hatte seinen Mentor und Lehrer mit einer schlichten Rede zum üblichen ersten Thessaloniker und vielen dankbaren Worten ins Grab begleitet.

Dankbar konnte er durchaus sein, denn er würde bald die Pfarrstelle von St. Petri übertragen bekommen. Weil sein Vorgänger schon mit 42 Jahren aus dem Leben geschieden war, hatte er für sich und seine Familie eine gute Aussicht auf eine lange, einigermaßen einträgliche Zeit als Pfarrer von St. Petri. Schröder – wie sein Vorgänger stammte er aus Dömitz – würde die Früchte des Kampfes ernten können, den Slüter für Rostock und das Evangelium geschlagen hatte.

Schröder hatte dem Wunsch Slüters entsprochen, »Komm Schöpfer Geist« und »Mitten im Leben sind wir vom Tod umfangen« aus seinem Gesangbuch von der Gemeinde singen zu lassen. Die Leute legten alle Inbrunst, zu der sich dieser norddeutsche Menschenschlag aufraffen kann, in den Gesang. Und so erklangen die beiden Lieder wenigstens mit einiger Kraft. Die Melodie versandete natürlich jeweils in der zweiten Strophe, doch Schröder sang selbst sehr laut und gab mit der Hand weithin sichtbar weiter den Takt vor, sodass er die Gemeinde durch alle Verse hindurchzwang. Das war er Slüter schuldig. Der brummige Gesang verbreitete weitere Heiterkeit, weil die Menschen sich an Slüters Verzweiflung erinnerten, mit der ihr Prediger über Jahre versucht hatte, einen wenigstens halbwegs passablen Chor zu formieren. Die Gemeinde wusste, dass Schröder auch in dieser Frage nicht den Ehrgeiz seines Vorgängers besaß und so hatten sie beim Singen doppelte Freude. Die Gewissheit, dass ihre Qual jetzt ein Ende haben würde, stimmte sie froh: Schröder würde das Singen in den Gottesdiensten den Kindern des Kirchspieles von St. Petri überlassen, die älteren Generationen könnten zuhören und ihren Kindern sagen, wie schön ihr Lied geklungen habe. Selbst Slüters Witwe Katharina, die gefasst und mit ihrem Sohn Elias auf dem Arm bei der Grube stand, atmete hörbar auf, als die Gemeinde endlich wieder schweigen durfte.

Die Glocken läuteten nicht nur von St. Petri herunter, sondern auch von St. Nikolai und St. Marien herüber, als der Sarg hinabgelassen wurde. Wie immer gerieten schon beim letzten gemeinsamen Vaterunser die letzten Reihen in Bewegung, denn die Plätze in der nahen Schankwirtschaft *Zum Weißen Schwan* waren zu knapp bemessen für eine solche Menge durstigen Menschen.

Weder Joachim Schröder noch die Leichenredner hatten die Ursache für das frühe Ableben Slüters erwähnt. Ebenso wie der ehrwürdige Rat wollten sie vermeiden, dass sich aus diesem Begräbnis ein Protestzug bildete, der letztlich zu einem Tumult vor dem Rathaus führen könnte. Aber auch wenn ihnen das für den Augenblick gelungen war, so wussten alle, dass die Stadt keine Ruhe finden würde, bevor nicht der Mörder, der papistische Priester Joachim Nyebur, seine Strafe erlitten hätte.

Als ich nach dem Begräbnis den Alten Markt überquerte, winkte mich Bürgermeister Bernd Murmann heran und fragte mich ohne Umschweife, ob ich wüsste, was alle Welt munkelt.

Ich nickte nur.

»Komm morgen um Schlag sieben zu mir!«, sagte Murmann und drückte mir drei Schillinge in die Hand.

Unsere Bekanntschaft lag damals schon Jahrzehnte zurück und obwohl wir uns nie aus den Augen verloren hatten, so hatten wir doch in all dieser Zeit kein Wort miteinander gewechselt. Wenn wir uns sahen, dann grüßten wir uns nur mit den Augen und in einer stillen Übereinkunft wollte keiner von uns beiden, dass unsere frühere Begegnung in der Stadt offenbar wurde. Aber warum wendete er sich jetzt an mich? Und drückte mir mitten auf dem Markt Geld in die Hand? Auch wenn das beiläufig geschehen war, so hatten es doch ein paar der Umstehenden mit ungläubigen Blicken registriert. Also nickte ich ihm nur zu und verließ ihn.

Natürlich wusste ich, dass ich ihn in den frühen Morgenstunden nicht im Rathaus treffen würde, sondern im Hafen am Steg vor dem Fischertor, dort wo schon Schlag vier die Boote ablegten und er am Mittag, wenn sie vom Fang auf der Warnow zurückkamen, seine persönliche Akzise kassierte. Ich wusste es, er wusste es: Auch die Fischerknechte murrten nur dann offen über ihn, die anderen Bürgermeister und den Rat, wenn sie in ihrer Schütting beieinandersaßen, gleich oberhalb ihrer Landungsbrücke hinter dem Fischertor. Doch Murmann ließ alle paar Wochen ein Fass mit dem guten Bier aus Barth heranschaffen. Fremdes Bier war bei den Rostocker Brauerfrauen nicht wohl gelitten – und deshalb verhalf ihm dieses gemeinsame Geheimnis, dieser spitzbübische Jungenstreich, doch zu einer besonderen Vertrautheit mit den Strandfischern.

Schon am Abend des Pfingstmontags, wenige Stunden nach dem Begräbnis, zog Ruhe in der Stadt ein: Slüter war unter der Erde. Nicht nur die Papisten schienen aufzuatmen. Auch die Lutheraner konnten hoffen, ohne diesen queren Geist in Zukunft ruhiger leben zu können. Aber schon kurz nach Sonnenuntergang konnte ich erfahren, dass diese Ruhe trügerisch und gefährlich war. In einer Schütting in der Grube war ein Fass mit Doppelbier angesteckt worden und was ich dort zu hören bekam, ließ mich erschauern. Zuerst war die Beerdigung Slüters der Gegenstand der Gespräche: Wer wen dort gesehen hatte und warum der Joachim Schröder nicht ein kürzeres Lied für den Grabgesang ausgesucht hatte. Und dass man ihn nicht hatte verstehen können, denn einerseits sei der Prediger Schröder doch recht leise gewesen und außerdem sei die Gemeinde an Slüters niederdeutsche Zunge gewöhnt. Ja, der Schulmeister Schröder würde noch einige Zeit brauchen, bevor er die Fußstapfen seines Vorgängers halbwegs ausfüllen würde.

Doch dann wechselten die Gespräche schnell hinüber zu Nyebur, zu Slüters Mörder. Wenn man ihn fände, so die Meinung, müsse man ihn ohne großes Gerede am Hafenkran erhängen. Denn für den ordentlichen Rostocker Gerichtsgalgen vor dem Steintor müsse es eine Verhandlung geben, dann würden Gutachten eingeholt, er würde vielleicht noch jahrelang im Lagebuschturm sitzen und dieser Aufwand an Bewachung und Verköstigung sei so ein Hetzer und Schwarzkünstler nicht wert. Andererseits: Hatte Jochim Slüter sein Ende nicht selbst herausgefordert? Wer wie er mit Weib und Kind gesegnet sei, der müsse doch vernünftig sein und dürfe nicht ungestraft über Jahre hinweg gefährliche Reden schwingen. Schließlich wisse man doch, wie weit in dieser Stadt die Arme der Bürgermeister und der Pfaffen reichten. Professor Oldendorp hätte seinen Schützling Slüter zwar in allen Disputationen klug herausreden können. Doch dem Handeln des Pöbels gingen nun mal keine Reden voran, für diese Leute reichte es aus, sich im Recht zu fühlen, um es sich herausnehmen zu können. Da sei alles Disputieren vergebens – und das hätte Slüter doch wissen müssen, da er doch seine Schäfchen aus der Altstadt auch immer wieder zur Ordnung rufen und Aufruhr verhindern musste. So sei es geradezu billig, dass Slüter durch fremde Hand hatte sterben müssen – ja, er trüge daran schließlich selbst Schuld. Denn lieber sei man doch altgläubig und lebendig als neugläubig und tot.

Wie sie alle da redeten hatten sie nichts verstanden von dem, was in der Welt vor sich ging und was sich selbst mir – einem leichtfertigen jungen Mann, der ich damals war – erschloss: Ohne Menschen wie den Slüter und den Luther und den Bugenhagen würden wir heute noch den Papisten Geld dafür zahlen, dass sie uns erlaubten, mit all unseren Sünden und in aller Schlechtigkeit in den Himmel

auffahren zu dürfen. Und den aufrechten Adolf Clarenbach, den man zu Köln verbrannt hatte – nur wegen seines unbeugsam gepredigten Evangeliums. Und den Heinrich von Züthpen, der in Heide vom verführten Pöbel erschlagen und verbrannt worden war, ohne sein Bekenntnis zum neuen Glauben widerrufen zu haben. So lang waren diese Zeiten noch nicht her, als dass sich diese bierselige Abendgesellschaft in der Schenke nicht mehr daran erinnern mochte. Dennoch schien es vergessen und schließlich einigte man sich an den Schanktischen: Es sei zwar ungut, jemanden zu vergiften. Aber wenn es der Nyebur nicht getan hätte, dann wäre eben ein anderer zum Zuge gekommen. Und das sei so absehbar gewesen, dass man Slüter durchaus vorwerfen könne, sich der Gefahr sehenden Auges ausgesetzt zu haben. Deshalb sei der Prediger selbst daran schuld, dass jetzt Katharina als Predigerwitwe durchs Leben gehen und der kleine Elias den Vater entbehren musste. Wobei – so wurde eingewandt – ein solches Weib wie die Katharina, so schön flachsblond und so gut ausgestattet unter der Schürze wie auch im Beutel, die würde sich doch bald trösten können und mancher aus der Runde bot sich an, Slüters Platz in diesem Bette einzunehmen!

Solche Reden hörte ich noch am Abend von Slüters Bestattung und ich hätte ihnen gern erwidert. Doch ich wusste, wie schnell ein Disput mit den Knechten der Schmiede und der Lohgerber durch ein paar Fausthiebe beendet wurde. Diese Menschen waren nicht daran gewöhnt, mit Worten zu streiten. Also trug ich meine Erkenntnis an diesem Abend nicht vor und auch später nicht. Ich schwieg und stahl mich davon wie ein geprügelter Hund. Dabei hatte ich tatsächlich Prügel erfahren durch diese niedrigen und tumben Worte.

So schlief ich schlecht in dieser Nacht und nachdem ich früh erwacht war, hielt mich nichts auf meinem Stroh. Ich machte mich auf, überquerte die Grube und auf meinem Weg durch die Mittelstadt gab ich meine letzten zwei Pfennige für ein Brot und einen Stockfisch, sodass ich durstig war, als ich durch das Bramowsche Tor aus der Stadt ging, um auf dem Hügel vor dem Grapengießertor auf den Hafen der Strandfischer hinunterschauen zu können.

Wirklich, da erblickte ich den Rotschopf von Murmann. Er stand ruhig am leeren Steg und als er sah, wie ich die Bastion herabstieg, kam er mir entgegen und traf mich wie zufällig am Fuße der Treppe nah bei der Stadtmauer. Weiter hinten am Wokrenter Tor, da herrschte um diese frühe Zeit schon Betriebsamkeit und großes Gewühl, damit die schwere Arbeit schon getan war, wenn es heiß würde. Doch hier vor den Stegen der Fischer war es ruhig, und so zog mich Murmann in den Schatten der Mauer und eröffnete mir seinen Auftrag. Joachim Nyebur musste noch in der Stadt sein, die Wachen an den Toren waren angehalten, ihn ohne großes Aufsehen festzusetzen. Und Murmann war sicher, dass sie das auch tun würden. Ich sollte nun den Nyebur finden und ihn überreden, sich der städtischen Gerichtsbarkeit auszuliefern. Es wäre schwierig, ihm den Giftmord nachzuweisen, sodass er wohl mit einem Vergleich davonkommen würde und um des Friedens willen nur aus der Stadt geworfen würde. Dann könne er sein Leben auf dem Land verbringen oder auf einem Schiff bis nach Spanien gelangen und sich den Amerikafahrern anschließen. Dort frage derzeit niemand die Deutschen nach dem Woher, jeder sei willkommen, den Eingeborenen das Kreuz Christi nahezubringen. Dann nahm Murmann mich beiseite und fragte leise und vertraulich: »Glaubst du daran, dass der Nyebur es getan hat?«

Das war eine heikle Frage und ich wäre gern um eine Antwort verlegen gewesen. Allerdings schien es mir, als begebe sich mit dieser Frage auch Murmann in meine Hand – hätte man sie laut auf dem Großen Markt gestellt, so hätte man sich mindestens ein paar Schläge eingefangen. So bedachte ich meine Antwort. »Nyebur hat sämtlichen Papisten der Stadt ihre Bitten erfüllt, die sie in ihren Predigten verhohlen und abends in der Schenke unverhohlen geäußert haben: Tagsüber wünschten sie dem Ketzer in aller Frömmigkeit die ewige Verdammnis und nachts beim Bier flehten sie jemanden herbei, der Slüter auf diesen Weg bringt.«

Murmann nickte. »Nur ist es ein langer Weg zwischen dem Wunsch und der Tat. Der Jochim Nyebur mag ein schlimmer Eiferer sein, aber ist er auch der Mann, der einem Ehemann und Vater eines Sohnes über ein halbes Jahr seinen Todeszorn verbergen und ihm immer wieder Gift reichen kann? Auch wenn letztlich Slüters Buchdrucker der letzte Missetäter gewesen sein soll.«

Ich blickte Murmann an. Zweifelte er an dem, was für die ganze Stadt als Wahrheit galt?

Er nickte nur. »Hätten die Papisten nicht genug Gelegenheiten gehabt, Slüter in ihrem ehrlichen Zorn zu erschlagen? Er hätte morgens tot in der Grube gelegen und wäre nicht der erste gewesen, der langsam in Richtung Strand getrieben wäre. Oder sie hätten ihm das Haus anzünden können.«

Ich wartete ab. Wie weit würde Murmann mir noch seine Gedanken öffnen?

»Arsenik?«, er schüttelte wieder den Kopf. »Das ist nicht das, was ich von den Papisten erwarte.« Er schwieg kurz und sah mich an. »Verstehst du, was ich sage?«

Ich nickte langsam, er hatte mich inzwischen am Hemd gefasst und an sich herangezogen. Dann fühlte ich, das er mir zwei Münzen in die Hand drückte. Es waren zwei gute, neue Dänische Mark.

»Du bekommst noch vier dazu, wenn du mir herausfindest, was passiert ist. Entweder kannst du Beweise bringen, dass es der Nyebur war. Oder du sagst mir, wer ihm das Gift wirklich gegeben hat.« Er schloss seine Hand um meine mit den Münzen. »Geh zu allen, auch zu seinen Feinden! Geh zu Katharina, zu Oldendorp, zu Dankquardt und zu den lutherischen Predigern! Setz dich zu ihnen, gib ihnen Bier! Lass sie reden! Dann zähle zwei und zwei zusammen! Du hast nicht viel Zeit. Wenn sie Nyebur finden, wollen sie einen kurzen Prozess. Und sei verschwiegen!«

Das sagte er zu mir und die beiden Markstücke wurden warm in meiner Hand. Ich fühlte mich geehrt, dass der Bürgermeister sich so an mich erinnerte und mich auf diesen Weg schickte. Dann warf er mir noch einen verschwörerischen Blick zu und gab mir einen vertraulichen Schlag auf die Schulter.

Erst als ich zur Grube hinaufstieg, wurde mir der Hals eng. Wenn ich Fehler machte, wenn ich zu offen war, dann hätte ich schnell in den Verdacht geraten können, ein Günstling der Papisten zu sein. Murmann hatte genügend Männer in der Stadt und vermutlich hatte er sie alle losgeschickt, Nyebur zu finden. Doch viele kannten seine Spitzel und mich hatte er ausgesucht, weil ich seit unserer Heringssommerzeit nicht mit ihm gesehen worden war. Und weil ich weit unter ihm stand. Wenn sie meiner habhaft würden, dann würde er keineswegs sagen, dass er es war, der mich losgeschickt hatte. Dann würde das Wort eines Bürgermeisters gegen das des Wüstlings und Lügners stehen, der ich damals war. Weggehen konnte ich auch nicht, denn Murmann hatte seine Männer in der Stadt und an den Toren. Die würden ihm nicht nur die beiden Dänischen Mark zurückbringen, sondern auch noch einen meiner Finger. Ich konnte nur verlieren. – Und wie du siehst: Es ist genauso gekommen.

Mein Freund, du willst wissen, wie es kommt, dass ein blinder Bettler einen Bürgermeister kennt? Dazu musst du zuerst bedenken, dass ich nicht von Geburt an blind bin und wenn ich auch mein Vikariat verloren hatte, so musste ich doch keineswegs betteln. Die Familien, für deren Tote ich früher gebetet hatte, schickten mich im Kirchspiel von St. Petri als Tagelöhner von Schmiede zu Schmiede und als einzelner Mann mit einer Stadtmauerbude neben dem Alten Tor konnte ich von diesen paar Schillingen eine Woche leben. – Aber du fragst mich nach Murmann …

Bernd Murmann kannte ich schon von der Vitte. Er war schon mit dreizehn Jahren zum ersten Mal rübergefahren zum Schonenmarkt nach Falsterbo. So wie alle Rostocker Kinder, die sich alt genug fühlen, um endlich von ihren Eltern wegzugehen, mit den Schonenfahrern mitgenommen werden wollten zu den Heringssommern. Viele von den Jüngeren kamen nach einigen Wochen wieder zurück in den Schoß ihrer Familie, mit grindigen Händen und blauen Flecken, gründlich geheilt vom Fernweh und dem Willen, es endlich ganz allein schaffen zu wollen. Wer im nächsten Jahr trotzdem wieder mitfahren wollte zur Vitte, der hatte eine gute Chance, auch später seinen Platz in Rostock zu finden. Der hatte sich eine Stufe emporgekämpft und konnte sich nun daran beteiligen, den Jüngsten beizubringen, dass ihr Platz nicht auf der Vitte war. Murmann blieb schon beim ersten Versuch den ganzen Sommer über. Das lag auch daran, dass er mit dieser Fahrt seinem Vater in Rostock entfliehen konnte, einem ehemaligen Stückgießer, der sich dem Suff ergeben hatte, nachdem ein Spritzer flüssigen Eisens ihm den linken Fuß gekostet hatte. Dort in den Heringssommern habe ich Bernd Murmann kennengelernt. Wir waren nie Freunde. Aber wer sich noch von der Vitte her kennt, der teilt die gleichen Jugenderinnerungen und ein wichtiges Stück Leben – im Guten wie im Bösen.

Aber damit du das verstehst, muss ich dir mehr über die Rostocker Vitte erzählen. Heute fährt kaum noch jemand hin, die Heringsschwärme bleiben aus und seit auch die Fastenzeit etwas ist, das man mit seinem eigenen Gewissen verhandeln kann, gibt es noch weniger Absatz für den Hering. Die Rostocker Vitte wird sterben und die Schonenfahrer haben jetzt schon mehr Bier- als Heringsfässer an Bord. Vor dreißig Jahren waren die deutschen Länder angewiesen auf den Hering aus der Ostsee. Inzwischen wird auch der Hering aus der Westsee gehandelt, von dem die niederländischen Händler behaupten, dass er größer und fetter sei als der schonensche. Und billiger!

Damals entschied sich dort drüben auf dem dänischen Sandhaken im Öresund, wer in Rostock etwas zu sagen haben würde und wer nicht. Die Ratsfamilien schickten ihre Söhne hin, allerdings mit genügend Geld, um dort die Sommerbuden errichten zu können. Damit bestimmten sie, wer mitfahren und einziehen durfte. Diese Söhne herrschten dort über die Jugend von Rostock und Warnemünde, die sich mit ihrer Hände Arbeit die ersten Schillinge selbst verdienen konnten. Das Geschäft mit den Heringen wird seit Jahrhunderten von den alten Schonenfahrern und den Kaufleuten betrieben. Sie waren auch die Ratsherren und hatten mit ihren Verbindungen zu den Warnemünder Fischern bereits ihren Anteil am Heringsgeschäft abgesteckt. Sie zahlten dem dänischen König Christian, dem zweiten dieses Namens übrigens, den festgelegten Zoll für die ausgeführten Heringslasten.

Die Kaufleute ließen sich auf der Vitte zu Beginn der Heringszeit im Juni blicken, sie achteten darauf, dass zuerst die Deiche erneuert wurden, und sie sorgten dafür, dass der Lübecker Vittenvogt ein Auge auf die Rostocker hatte. Alle Buden mussten auf dem abgesteckten Gebiet der Rostocker Vitte stehen. Vor hundert Jahren war sie so groß gewesen, dass sie über einen eigenen Vogt und eine eigene Kirche verfügte. Gegen Ende des vergangenen Jahrhunderts hatte es schon einmal so ausgesehen, als ob die Vitte und das Schonenfahrergelag am Ende wären – nicht einmal hundert Kaufleute und Fischer aus Rostock und Warnemünde kamen damals für den Sommer nach Falsterbo. Sie fürchteten, dort zwischen die Russen und die Schweden zu geraten. Doch nach dem Krieg war die Rostocker Vitte noch einmal gewachsen, wenn auch längst nicht zur alten Größe.

Wenn also die Väter die Rostocker Vitte für den Sommer eingerichtet sahen, dann überließen sie bis zum Oktober ihren Söhnen das Regiment des Schonenmarktes. Sie planten den Heringsfang mit den aufmüpfigen Söhnen der Fischer von Warnemünde, sie teilten die Mädchen zum Ausnehmen und zum Einsalzen ein und sie sorgten für den Abtransport der gefüllten Heringstonnen.

Aber sie pflegten dort auch die Feindschaften der alteingesessenen Familien: die Kerkhoffs gegen die Pegels, die Freses mit den Makes gegen die Türkows. Auch die Außengrenzen der Vitte wollten geschützt werden, denn die Vitten der

Stralsunder, der Wismarer und der Lübecker lagen nebenan und so gut die Väter der verschiedenen Ratsfamilien miteinander Geschäfte machen konnten, so gut konnten sich ihre Söhne auf der Vitte gegenseitig die Zähne einschlagen und ihre Untergebenen zu nächtlichen Überfällen in die anderen Lager schicken. Der Streit drehte sich auch um den Besitz des Salzes. Wenn gegen Ende des Heringssommers die Zahl der Salzfässer abnahm und der Nachschub aus Lüneburg, aus der Bretagne und aus Portugal ins Stocken geriet, dann wurden die letzten Reserven zwischen den Vitten verkauft. Natürlich stiegen die Preise und das erhöhte die Bereitschaft der Burschen, sich das Salz mit unlauteren Mitteln gegenseitig abzujagen. Denn am Salz darf man nicht sparen, so ist die Regel. Die Rostocker Tonne war fast zwei Jahrhunderte lang das feste Heringsmaß: Vierzehn Schock der schonenschen Heringe mussten dort hineinpassen. Und sie mussten auch dann noch essbar sein, wenn die Tonne zur Fastenzeit im nächsten Jahr in Wien oder in Nürnberg oder in Prag geöffnet wurde. Die Rostocker Kaufleute bekamen es zu spüren, wenn eine ihrer Tonnen irgendwo verdorben angekommen war: Diese eine Tonne wurde so oft weitererzählt, bis aus ihr ganze Wagenladungen mit ungenießbarem Hering geworden waren. Und wenn es einmal hieß, dass der schonensche Hering nicht mehr der Hering sei, der er früher mal war, dann bekamen das nicht nur die Rostocker Schonenfahrer zu spüren, sondern auch die Stralsunder, die Lübecker und die Wismarer.

Wer sich also im Sommer auf der Vitte behaupten konnte, wer dort dafür sorgen konnte, dass die Geschäfte der Väter wie geplant erledigt wurden, der konnte auch später das Handelshaus der Familie weiterführen. Kurz: Die Söhne der Rostocker Kaufleute lernten in den Vittensommern ihr Geschäft. Wie Könige ihre Untertanen, so mussten sie die Jungen und die Mädchen beherrschen, die für ihre Ratsfamilie in den Vittensommer gefahren waren. Sie mussten die Salzvorräte kalkulieren und vor den anderen Gruppen verteidigen. Und sie mussten es nach den Sommern schaffen, wieder Frieden zu schließen. Denn die eiserne Regel seit Jahrhunderten ist: Alles was auf der Vitte geschieht, bleibt auf der Vitte. Das war schon immer so und es ist diese Regel, die dafür sorgt, dass die Rostocker Ratsfamilien meist unter sich bleiben, wenn es darum geht, die frei gewordenen Stühle in der blauen Stube neu zu besetzen.

Und im Frühling bekamen manche von den Mädchen, die ein Jahr zuvor mit auf der Vitte gewesen waren, ihre unehelichen Kinder – gezeugt in den Grasdünen südlich von Falsterbo. Manche von ihnen wurden im Nachhinein mit einer Heirat legitimiert. Aber längst nicht alle. Ich bin auch so ein Schonenkind. Obwohl ich nie erfahren habe, wer mein Vater ist, so hat die Stadt doch immer für mich gesorgt – uns Schonenkindern wurden die gleichen Rechte zuerkannt wie den ehelichen Kindern. Deshalb bewahrten die jungen Mütter auch das Geheimnis um ihren Sündenfall. Wenn sie versuchten, den Vater des Kindes öffentlich zu machen, wenn sie ihn an seine Verantwortung oder gar an seine Liebesworte erinnerten, schadeten sie sich und dem Kind so, dass sie die Stadt verlassen mussten. Auch deshalb hatte ich keine Not zu leiden – ich bin ein Schonenkind, also hilft man mir.

Nach diesem oder jenem Glauben hat in diesen Heringssommern niemals jemand gefragt. Auf der Vitte gab es genügend andere Aufgaben zu bewältigen und auch ohne Pfaffen und Scholastiker genügend Gelegenheiten zum Streit. Der Tag des Herrn wurde dort nur wenig geheiligt, denn auch der Hering – wenngleich eines der Geschöpfe Gottes – hatte die Bibel nicht gelesen und niemand brachte es übers Herz, den Strom der silbernen Fische einen ganzen Tag lang unnütz an der Vitte vorüberziehen zu lassen. So lange man im Licht etwas erkennen konnte, wurde gearbeitet. Die Hände der Fischermädchen wurden beim Ausnehmen der Heringe rissig, beim Einsalzen und beim Einstapeln in die Tonnen schmerzten sie weiter und erst wenn die Haut nach einigen Wochen hart und schwielig geworden war, konnten sie lernen, dass man auch während dieser Arbeit lachen und schwatzen konnte. Der Fang war nicht weniger hart. Immer im Kampf mit den Möwen, die natürlich die Heringsströme auch für sich entdeckt hatten und sowohl an Land als auch auf dem Wasser ständig um uns waren mit ihrem Geschrei und ihrem ätzend stinkenden Schiss.

In den Booten arbeiteten wir meistens in der prallen Sonne und mit den immer weiteren Wegen auf den Öresund hinaus war das Einholen der immer vollen Netze eine Qual, die jeden Morgen von Neuem begann. Nur wer am Marschenfieber erkrankte, das von den Mücken in den vielen Wasserläufen der flachen Halbinsel in die Vitten getragen wurde, der konnte ein paar Tage lang mit Schüttelfrost im Schatten liegenbleiben. Natürlich gab es nicht nur laue Nächte, sondern auch wochenlang kalten Regen und Sturmfluten, in denen wir uns bis auf dem Burghügel von Skanör flüchten mussten. Es gab Streit um die Huren, die manchmal von Malmö herüberkamen, es gab Diebe und es gab furchtbar aufgedunsene Leichen, die nach den Schiffsunglücken im Öresund am Strand der Nase angeschwemmt wurden, wie die Halbinsel von den Einheimischen genannt wurde.

Doch du weißt, mein Freund, dass die süßen Erinnerungen sich vordrängen. Wenn ich heute an meine Heringssommer zurückdenke, dann sehe ich bierselige Runden an dem Feuer, das Nacht für Nacht an der Nordspitze der Halbinsel entzündet wurde. Dort versammelten sich die Fischer, Ausnehmerinnen, Packerinnen, Böttcher und Schiffer der deutschen Vitten von Danzig bis Hamburg und wir blickten gemeinsam auf die zahllosen Schiffe, die durch den Öresund fuhren. Wir rösteten Krabben und brieten Fisch und wenn es auch oft nur wenige Stunden waren, so kommt es mir heute vor, als hätten wir alle diese Nächte dort im weißen Sand gelegen mit dem Blick in das Sternenzelt. Ich setzte mich so, dass ich auf der anderen Seite des Feuers immer die schwarze Grete sehen konnte, in die ich mich in jedem Sommer aufs Neue verliebte. Sie hieß eigentlich Anna Sassen, doch weil ihr Lachen mich jedes Mal mit der Wucht eines Kanonenschusses traf, nenne ich sie mit ihrem tiefschwarzen Haar nach dem Namen des Dreipfünders, der, anno 1523 gegossen, als Geschütz für das Kuhtor eingeschossen worden war und schließlich den Namen *Schwarze Grete* erhalten hatte. Ich bekam meine schwarze Grete während der Winter in Rostock jedoch kaum zu Gesicht, weil ihr Vater, der gottesfürchtige und einigermaßen wohlhabende Schuhmacher Hans Sassen aus dem Kirchspiel von St. Petri, sie kaum aus dem Hause ließ. Er war einer der wenigen, der sich dem neuen Glauben und Slüters Predigten verweigerte und lieber am Sonntag zur Messe in die Marienkirche ging, und später, nachdem auch sie lutherisch geworden war, bis nach Kessin fuhr, um in der dortigen Kirche das Abendmahl in der alten Form zu empfangen – selbst auf die Gefahr hin, die zehn Gulden Strafe an den Rat zahlen zu müssen, die auf den Besuch einer Messe nach der alten Lehre standen. Die schwarze Grete wurde während der Heringssommer von ihren Brüdern zuverlässig bewacht, für mich gab es tagsüber nur ein paar verstohlene Blicke, die ich ihr zuwerfen konnte, wenn ich unseren Fang an Land brachte und sie sich ans Ausnehmen machte. Sie war für mich eine zusätzliche Qual in diesen Sommern. Wenn ich sie im Schein des Feuers mit den anderen Mädchen lachen sah und so unendlich begehrte, sie küssen und berühren zu können, dann wollte ich augenblicklich sterben vor Glück und Sehnsucht.

Mein Freund, dort habe ich Bernd Murmann kennengelernt. In seinem ersten Heringssommer war er ein schweigsamer Rotschopf, der die Sonne von Schonen kaum ertragen konnte. Ich hatte schon den dritten Heringssommer vor mir, und wenn ich einen Gulden besessen hätte, ich hätte ihn verwettet darauf, dass dieser schmale Junge nach spätestens drei Wochen darum betteln würde, zurück nach Rostock fahren zu dürfen. Aber ich irrte mich. Bernd Murmann biss sich durch. Wenn ihn jemand beleidigte, auslachte oder zu Boden stieß, dann verkniff er sich die Tränen, stand auf und arbeitete stumm weiter. Doch er vergaß niemals, wer ihn gedemütigt hatte. Seine Rache kam sicher, unerwartet und so, dass man nie wissen konnte, ob es wirklich Murmann gewesen war, der Scherben im Fisch versteckt hatte, an denen sich die Ausnehmerin die Hand aufriss. Oder der das Messerheft gelockert hatte. Oder der den Nagel aus dem Fassdeckel so aufgebogen hatte, dass ich ihn mir in die Hand rammen musste, als ich damals das Fass mit einem Faustschlag verschloss. Irgendwann fiel mir auf, dass Murmann immer, wenn solche Unfälle geschahen, in einiger Entfernung das Geschehen beobachtete – mit einer Falte senkrecht in der Stirn und einem kühlen Blick aus seinen zusammengekniffenen blauen Augen. Auf dem letzten Schiff fuhren wir beide im Oktober jenes ersten Sommers zurück nach Rostock, seine Stirnfalte wurde immer tiefer, je größer der Turm von St. Petri wurde und als ich sah, wie er sich wortlos an seiner Mutter vorbeidrückte, die ihren jüngsten Sohn nach fünf Monaten so sehnlich an der Landungsbrücke der Schonenfahrer erwartete, da hatte ich endgültig Angst vor ihm. Murmann hatte sich als Jüngster unter den Rostocker Vittenbewohnern, selbst mit allen Demütigungen und der harten Arbeit, bei uns wohler gefühlt als zu Hause bei seiner Familie.

Schon im nächsten Heringssommer war aus Murmann ein Mann geworden. Er sorgte dafür, dass der Sohn der Kerkhoffs sich zufällig so am Bein verletzte, dass er schon nach wenigen Tagen nach Rostock zurückgebracht werden musste. Dann übernahm er wie selbstverständlich die Führung in der Kerkhoff-Gruppe und selbst diejenigen, die schon einen Heringssommer mehr hinter sich hatten, ordneten sich ihm unter. Er verzichtete jetzt auf die heimliche Rache ebenso wie auf Reden, sondern schlug augenblicklich, eiskalt und beherrscht zu. Auch auf denjenigen, die meinten, sich grundlos an unseren Frischlingen vergreifen zu können. So sorgte er in der Kerkhoff-Gruppe für eine merkwürdige, von Angst getragene Gerechtigkeit. Aber er stellte auch unter Beweis, dass er in der Lage war, die Arbeiten einzuteilen und zu leiten. Als schließlich der alte Kerkhoff nach Schonen zurückkam, um den Heringssommer zu beschließen, da musste er bekennen, dass der schmale Bernd Murmann, der Sohn eines verbitterten und versoffenen Stückgießers, seine Truhen zuverlässiger gefüllt hatte als jeder seiner Söhne in den Jahren zuvor.

In Murmanns drittem Heringssommer, der mein fünfter und letzter sein sollte, führte er die Gruppe des Ratsherren Pegel. Jetzt konnte er auch sicher mit Worten seine Meinung vertreten – er verhandelte mit dem Vogt der Lübecker Vitte. Und als der Salzfahrer für zwei Wochen ausblieb, war er es, der den anderen Vitten mit Salz für einen guten Preis aushelfen konnte.

Nur vor den Mädchen hatte Murmann Angst. Doch die Huren, die manchmal für ein paar Vollmondnächte von Malmö herüberkamen, hielten das für Schüchternheit. Für sie wurde Murmann dadurch nur noch interessanter, denn sie glaubten wohl, ihn zu einem »ersten Mal« verführen zu können. In einer dieser Nächte zog ihn schließlich eine der Frauen bis hinter Falsterbo an das Südende der Halbinsel, in die verschwiegenen Dünen. Sie meinte wohl, dass er schon bezahlen würde, wenn er erst von ihrem Nektar getrunken hätte. Eine Stunde später sah ich, wie sich Murmann still in seine Bude schlich. Am nächsten Morgen stand der Büttel von Falsterbo mit dem Vogt der Lübecker Vitte in unserer Mitte und fragte, wo der Murmann sei, der die Hure gestern grün und blau geschlagen hatte. Doch auf dem Gebiet der Vitten herrschte Lübisches Recht, wenn der Lübecker Vogt Murmann dem dänischen Büttel nicht ausliefern würde, dann müsste er wieder abziehen. Also war es für uns eine Frage der Ehre, Murmann nicht zu verraten. Er habe den ganzen Abend bei uns am Feuer gesessen, logen wir. Die Dame müsse sich irren – sei sie nicht ohnehin von zweifelhaftem Ruf? So blieb dem Büttel nichts weiter übrig, als Murmann einen langen drohenden Blick zuzuwerfen und unverrichteter Dinge wieder abzuziehen. Murmann hat sich weder bedankt noch jemals ein Wort über diesen Vorfall verloren.

In diesem Sommer hat die schwarze Grete mich endlich entdeckt. Sie war öfter in meiner Nähe, erwiderte meine Blicke und sorgte schließlich geschickt dafür, dass ihre beiden Brüder oft genug woanders zu tun hatten. So nahm ich mir schließlich – das drohende Ende unserer allsommerlichen Zweisamkeit vor Augen – ein Herz und sprach sie an.

Wir hatten zwei wunderbare Abende, in denen wir nebeneinander zwischen den anderen am Feuer saßen, ganz nah. Ihren Brüdern hatte sie den Mund verboten mit dem Hinweis, dass sie dem Vater sonst verraten würde, wie sie es mit der Hure getrieben hätten – gleichzeitig und so laut, dass die Gruppe, die um das Feuer saß, ihren Vergnügungen jederzeit zu folgen vermochte.

Am nächsten Abend fanden Anna und ich auch unsere stille Düne hinter Falsterbo. Als wir dann schließlich im Oktober zurücksegelten, verhakten sich unsere Hände wie von selbst, als wir in Rostock von Bord gingen – alle sollten es sehen: Anna Sassen und Dionysius Schmidt kamen als Paar von Schonen zurück.

Hans Sassen sah uns beide zuerst. Dann schaute er zu meiner Mutter hinüber, die auch bei der Landungsbrücke auf mich gewartet hatte, mir winkte und Anna mit dem ersten Blick in ihr Herz schloss. Natürlich hatte Hans Sassen schon von den Schonenfahrern die Nachricht bekommen, dass seine Söhne ihren Auftrag nur mangelhaft erledigt hatten. Seine Miene hellte sich auch dann nicht auf, als wir beide ihm gegenüberstanden und ich meine Hand ausstreckte. »Hört denn das nie auf?«, zischte er bloß. »Jetzt machen die Schonenkinder schon die nächsten Schonenkinder!« Dann griff er nach der Hand meiner schwarzen Grete und zog sie hinter sich her.

Anna drehte sich noch einmal um und ich konnte ihre Verzweiflung sehen. Dann verschwand sie in der Menge der Leute.

Mutter nahm mich in die Arme und sagte: »Lass dem alten Sassen Zeit, der kommt schon zur Vernunft!«

Aber sie sollte sich irren. Hans Sassen und seine Frau, die Taleke Levetzow, hatten längst entschieden, ihre Tochter ins Kloster zu geben. Er hatte die Mitgift für den Eintritt bei den Zisterzienserinnen seit Jahren zusammengetragen und wartete jetzt auf das Schreiben der Äbtissin, die zusammen mit dem Propst über ihre Aufnahme im Kloster zum Heiligen Kreuz zu entscheiden hatte.

Dass meine schwarze Grete ihr wallendes schwarzes Haar unter dem schwarzen Schleier der Zisterzienserinnen verbergen müsste … ich konnte und wollte es nicht begreifen.

Bis zum November sahen Grete und ich uns heimlich, nachts auf der Bleiche vor dem Petritor. Ich ging zu ihrem Vater, bettelte und flehte. Doch er warf mich hinaus. Ich bat Gretes Mutter, doch die winkte nur verweint ab. Was der Vater sagte, das war Gesetz und wenn er beide Söhne zum Studium schicken wollte, dann konnte er seine Tochter nur mit Jesus Christus verheiraten.

Dann ging die schwarze Grete tatsächlich noch vor dem Heiligen Abend anno 1509 ins Kloster. Ich stand auf dem Hopfenmarkt vor der Druckerei des Ludwig Dietz und weinte, als Anna Sassen, meine schwarze Grete, zum letzten Mal an mir vorüberging.

Sie machte sich noch einmal von ihrem Vater los und der Hans Sassen ließ es geschehen, dass sie sich mit Küssen auf meine Augen von mir verabschiedete …

Verzeih mir altem Mann, dass ich nicht weiterreden kann! Ich bin durstig und hungrig und der Wind ist kühl geworden. Ich will dir morgen weitererzählen. Wenn ich heute noch Glück habe, dann kann ich mit deinem Doppelschilling einen gebratenen Hahn essen und Bier dazu trinken, mich im Zuber baden und mich vielleicht mit der Brauerswitwe zu Bett legen. Weil ich blind bin, darf ich manchmal bei ihr sein bis zum Morgen. Natürlich fühle und rieche ich, dass sie alt ist und dick. Aber mir hilft die Erinnerung: Als ich jung war, da lagen wir beide ganz anders zu Bette und wenn ich an sie denke, dann sehe ich sie, wie sie vor zwanzig Jahren aussah, bevor ich erblindete. Heute bleibt uns nur die Wärme des anderen, die Erinnerung und die paar Wanzen, die wir nachts gemeinsam knacken.

Komm morgen wieder! Dann erzähle ich dir, wie ich mich auf den Weg machte in die ungeliebte Mittelstadt zu den Professores und den Kaufleuten.

Der zweite Doppelschilling,

für den Dionysius Schmidt von seinem Höhenflug und seinem Absturz berichtet.

Ob du es glaubst oder nicht, sie haben mir den Doppelschilling gestohlen. Ich war in der Badestube und dort haben sie mir erst in den Zuber geholfen und mich dann um die sechzehn Pfennige erleichtert, die noch übrig wa-

ren. Ich sitze hier vor dir und ich weiß nicht, wie ich mich an Magister Slüter erinnern soll, denn mein Kopf ist ganz schwer über eine solche Missetat an einem alten blinden Mann … Lach mich nicht aus, ich lüg dich nicht an! Jedenfalls nicht mehr, als einem blinden Bettler zustehen mag in einer Welt, in der Leute wie ich die Gelegenheiten beim Schopfe packen und nutzen müssen – wenn du verstehst, was ich meine.

Wieder ein Doppelschilling! Vergelt's Gott, fremder Freund! Dir scheint mein Bericht wichtig zu sein, willst du ein Buch daraus machen? Nein, antworte mir nicht, ich will den Herrn nicht versuchen, lassen wir es bewenden bei dem Doppelschilling und bei meiner Erzählung, die ich seit einem halben Leben in meinem Kopf wälze.

Ich fühlte mich schon damals unwohl, immer wenn ich über die Grube ging, hinüber in die Mittelstadt. Dort wo die Giebelhäuser stehen, in denen die Ratsherren und die Händler wohnen. Wir aus der Altstadt bekommen unser Fett bei den Kütern, Fleisch ist selten dabei. Das liegt am Scharren fein aufgereiht für die, die das nötige Silber haben. Dort ging ich bis ganz hinauf über den Großen Markt und mir schien, als sei der Pfingstmarkt in diesem Jahr viel ruhiger als sonst. Überall standen die Leute beieinander und sprachen vom Slüter und seinem Tod. Sogar die Grauen und die Schwarzkappen standen beisammen und disputierten, ob dieses Ende gerecht gewesen sei, denn letztlich hätte Slüter seine Ketzerei nur mit Worten geführt und mehr als einmal hätte er verhindert, dass der Unmut, der zwischen St. Nikolai und St. Petri entstanden war, als Aufruhr über die Grube gekommen war. Dabei lag die letzte große Schlägerei zwischen ihnen erst ein halbes Jahr zurück. – Was, du kennst diesen Streit nicht? Du bist wirklich nicht von hier!

Die Franziskaner von St. Katharinen und die Dominikaner von St. Johannis stritten jahrelang darüber, wie die Empfängnis der Jungfrau Maria unbefleckt sein konnte, wo sie doch als einfacher Mensch sündig von Geburt an war. War Maria erst vor der Empfängnis Jesu geheiligt worden oder war schon ihre Empfängnis, als ihre Mutter Anna sie von ihrem Mann Joachim empfangen hatte, von Gott von der Erbsünde gereinigt worden? Ich weiß heute nicht mehr, wer welche Auffassung vertrat, aber die Rostocker konnten sich an diesem Streit durchaus auch noch nach Jahren ergötzen. Denn die Disputation der Theologen wurde zwar im Lectorium in Latein begonnen, dann aber in den Schüttings weitergeführt – erst auf Deutsch und am späten Abend ganz ohne Worte. Vor allem die Argumentation, dass Maria gar nicht durch ihr weibliches Organ, sondern durch ihr Ohr das Jesuskindlein empfangen hätte, reizte die Rostocker Gesellen und Knechte zur Erwiderung. Ihre naheliegenden Bemerkungen fielen jedoch immer erst, nachdem die Streithähne den Platz verlassen hatten. Es konnte unversehens eine Nase zu bluten beginnen, wenn man versuchte, seine eigenen Argumente zwischen die Bettelmönche zu werfen, sie konnten gut hinlangen im Namen ihres Herrn. Nicht selten verbündeten sich die Grauen und die Schwarzkappen mitten in einer Prügelei gegen die Knechte und Studenten, vor allem dann, wenn einige Worte fielen, die darauf hindeuteten, dass hier ihre reine Kirche gegen die neue Ketzerei der Lutheraner verteidigt werden musste.

Denn nicht zuletzt war es dieser Streit gewesen, der damals viele Rostocker veranlasst hatte, sich den Lutherischen zuzuwenden. Bei Slüter wurde um die wichtigen Fragen gestritten: Wie komme ich zu meinem Seelenheil, wenn ich mir keine Messe kaufen und keinem der Hospitäler etwas hinterlassen konnte?

Deshalb war mir das Pflaster um den Alten Markt vertrauter und sicherer. Hier in der Mittelstadt musste ich mir meine Worte wohl überlegen. Ich erhaschte dennoch einen Blick auf den Dreikönigsaltar im Johanniskloster, der sich über Pfingsten vollständig geöffnet in seiner ganzen Pracht den Besuchern dargeboten hatte und glücklicherweise noch nicht wieder geschlossen worden war

– ein Anblick, der mir eine tiefe Ruhe verlieh und mir wieder Gottvertrauen eingab. Sein Anblick tröstet mich noch heute, auch wenn ich ihn nur vor meinem inneren Auge sehen kann.

Als ich den Hopfenmarkt zum Lectorium der Universität überquerte, wusste ich noch nicht, wie ich Professor Johann Oldendorp erreichen sollte. Also tat ich mich wichtig, winkte einen der Studenten heran und befahl ihm im barschen Ton, mich bei Oldendorp zu melden. Er blickte mich zweifelnd an – meine Kleidung mochte wohl nicht so recht zu meinem Auftreten passen – und sagte mir, dass der Syndikus heute noch nicht im Lectorium gesehen worden sei. Aber er bot sich an, mich zu ihm zu bringen. Obwohl er vom Landesherren Heinrich bestellt worden sei, wohnte er nicht mit den anderen Professores im Collegium gegenüber des Lectoriums. Oldendorp hatte sich, kaum aus Greifswald übergesiedelt, das Haus am Großen Markt gekauft, genau gegenüber des Rathauses. Dort hielt er Hof, schickte Botenjungen durch die Stadt und nur, wenn es nötig war, verließ er das Haus – und um zum Lectorium auf dem Hopfenmarkt zu gelangen, wo er seine Vorlesungen hielt.

Manchmal schien es, als habe nicht der Rat ihm das Mandat als Stadtsyndikus übertragen, sondern Oldendorp hätte es sich genommen – eingedenk der schützenden Hand, die Herzog Heinrich über ihn hielt. Die Stadt schien geschäftiger zu sein, wenn Oldendorp zu Hause und bei der Arbeit war. War er dagegen auf Reisen, versank der

Rat in seliger Untätigkeit, beschloss nur das Nötigste und auch in der Gerichtslaube vor dem Rathaus, gegenüber von Slüters Haus, ging es ruhiger zu. Wie ich heute weiß, war das Haus ihm vom Rat zugeschanzt und zu einem geringen Preis überlassen worden. Sein Vermögen und sein Salär als Professor hätte dabei durchaus gereicht, um einen reellen Preis zu bezahlen.

Doch die Herren versprachen sich viel von Johann Oldendorp und seinen Beziehungen zu Herzog Heinrich. Oldendorp hatte sich nicht nur vom Geld anlocken lassen, sondern auch von der Aussicht, in Rostock gedeihlich für die lutherische Sache wirken zu können. Was er auch tat, indem er Slüter und den Rat in den Auseinandersetzungen beriet oder zwei Jahre nach Slüters Tod die höhere Schule im Johanniskloster einrichtete, wo die Kinder höheren Unterricht erhalten sollten als in den Schulen der Kirchspiele. Mit Bedacht hatte er dafür die altgläubigen Dominikanerbrüder als Lateinlehrer eingesetzt – sie konnten auf eine weltliche Aufgabe vorbereitet werden, nachdem ihnen wie auch den Franziskanern verboten worden war, ihre Trachten in der Stadt zu tragen. Bei all dieser Geschäftigkeit hatte ich Oldendorp nie aus der Nähe zu Gesicht bekommen und mein eigenes Studium hätte seinerzeit durchaus ausführlicher ausfallen können.

So hatte ich gegenüber dem Studiosus einige Unruhe zu verbergen. Vor allem, weil es mir schwerfiel, mich an mein Latein zu erinnern, mit dem mein jugendlichen Führer sich als Jakob Ösler vorstellte.

Doch ich vermochte ihm einigermaßen zu parieren. Glücklicherweise fielen wir bald zurück ins Deutsche. Ösler war aus dem Schwäbischen gekommen, aus Tübingen. Er wusste noch nicht, ob er in Rostock Studiosus werden dürfte. Denn seit der weit gereiste Oldendorp hier seinen Rechtsbegriff protestantisch auslegte und auf Deutsch lehrte, hatte er einige Studenten angezogen. Sie kamen zwar meistens aus Rostock oder dem Herzogtum. Doch sie waren gedeihlich für die Universität, die in den letzten zehn Jahren kaum Studenten hinzugewonnen hatte. Mit Barthold Moller hatte 1530 ein tätiger Rektor das Zeitliche gesegnet, der bis zuletzt treu zum alten Glauben gestanden hatte. Ihm war ein Jurist … wie hieß er noch? – Nikolaus Löwe war sein Name … Dieser Nikolaus Löwe war ins Rektorat gefolgt, dem die Zeitläufe auferlegt hatten, in den nächsten Jahren Mangel und Stillstand zu verwalten. Das tat er so unsichtbar für die Stadt, die Universität und die Wissenschaft, dass außer ein paar Witzen über seinen Namen kaum etwas zu erfahren war in den Regentien der Studenten.

Mancher in der Stadt bewunderte die Professores dafür, wie sie es mit besonderen mathematischen Gaukeleien geschickt verstanden, die Zahl ihrer Studenten konstant zu halten und die Agonie ihrer Alma Mater hinzuziehen. Die Fakultäten wurden nicht nur zwischen den Landes- und Stadtinteressen, sondern auch durch den Streit des alten gegen den neuen Glauben auseinandergerissen. Die Lehrstühle schienen jedoch gut genug dotiert zu sein, um diese Unerträglichkeiten eben doch über längere Zeit ertragen zu können. Der theologische Disput zwischen den Reformierten und dem althergebrachten Glauben war in Rostock durchaus etabliert. Doch obwohl sich die Stadt schon anno 1531 zur Lutherischen Lehre bekannt hatte und unser Schweriner Herzog Heinrich sich seiner intensiven Korrespondenz mit Martinus Luther brüstete, sollte es noch zehn weitere Jahre dauern, bis sich auch die Universität offiziell zur neuen Lehre bekannte.

Für Ösler war unsere Begegnung eine Gelegenheit, seinem Professor mit einem erwiesenen Dienst unter die Augen treten und so vielleicht dem Matrikel dieser Universität ein Stück näher zu kommen. Er meldete mich bei Oldenburg in dessen Haus, man hieß uns warten und ich bedankte mich bei Ösler für seine Dienste mit ein paar Pfennigen für einen guten Becher Bier und einen halben Laib Brot, denn er schien mir doch ein rechter Schmalhans zu sein und nach offenbar gerade überstandenen Pocken etwas mehr Speck auf den Rippen vertragen zu können.

Dann wurde ich ins Haus gewunken, man zeigte mir Oldendorps Stube, ich trat ein, und als Oldendorp mir, noch schreibend am Pult stehend, wortlos einen Gruß zunickte, erschrak ich.

Er registrierte meinen Schrecken, wandte sich wieder seinen Notizen zu und gab mir so etwas Zeit, mein Erstaunen zu verwinden.

Ich hatte schon davon gehört, dass Oldendorp keinen geraden Blick hatte. Aber er schielte in alle Richtungen.

Er wusste, dass er seinen Besuchern Zeit geben musste, sich darauf einzustellen. Also wies er mit seinem Federkiel freundlich auf einen Stuhl und wandte sich wieder seinen Notizen zu. Er schrieb mit der Linken, mit dem rechten Ellenbogen fixierte er das Papier, sodass er mit der Hand noch ein Leseglas halten konnte. Es roch nach einer Mischung aus Siegelwachs und dem Duft des Bisamapfels, der auf dem Tisch lag. Der große Oldendorp war ohne Kragen in Hemd und Hosen, und er war gar nicht die Erscheinung, die ich mir von einem so weit gereisten und erfahrenen Juristen erwartet hatte. Er war klein und rund, aber stämmig, und wenn er genauso sprach wie er schrieb, dann stand mir ein Gespräch bevor, das mir alle Konzentration abverlangen würde. Seine Feder kratzte unablässig und sicher über das Papier.

Man erzählte sich schon damals, er wäre aus Hamburg gebürtig, hätte in Rostock studiert, sei aber dann nach Köln und Bologna gewechselt und über das Rektorat der Universität in Greifswald schließlich vor sechs Jahren wieder nach Rostock gekommen. Man erzählte sich obendrein, dass er zweimal mit Kaiser Karl gesprochen hätte – er selbst war auf diese Gerüchte niemals eingegangen, hatte ihnen aber auch nicht widersprochen, denn sie schienen ihm zu nützen für seine Reputation in der Stadt und im Herzogtum. Dabei war Oldendorp mehr Historiker als Jurist. Weder die Rostocker Professoren noch die Schweriner Rechtsgelehrten mochten sich auf Dispute mit ihm einlassen. Er schien sämtliche Urteile der Rechtsgeschichte in seinem Kopf zu haben und die wenigen Diskussionen endeten mit einer Beschämung seiner Gegner, die seinen Zitaten schon nach wenigen Sätzen nichts mehr entgegenzusetzen hatten. Am Anfang glaubten die Professoren, einem solchen Geist ausschließlich in Latein begegnen zu müssen. Doch gerade im Streit zeigte sich, dass Oldendorp großzügig und bedacht auf diese Waffe verzichtete. Er konnte besser Latein als jeder andere an der Universität, antwortete jedoch immer auf Deutsch. So wurde eine Niederlage im Streit der Juristen nicht nur für die wissenschaftlichen Kollegen, sondern auch für die Laien verständlich – und darauf hatte keiner seiner Kontrahenten Lust. Es blieb ihnen nichts weiter übrig, als sich hinter seinem Rücken das Maul zu zerreißen – über sein Schielen. Und über seine Frau Sophia. Er hatte sie in Greifswald geheiratet nachdem sie Witwe geworden war und beide waren als ungleiches Paar schnell in Rostock zum Stadtgespräch geworden. Sophia war einen halben Kopf größer als er, dazu außergewöhnlich schön und so intrigant, dass es bald die ganze Stadt wusste: Oldendorps Potenz beschränkte sich auf die Jurisprudenz und den wissenschaftlichen Streit. Sie selbst prahlte damit, sich ihren ehelichen Verlust anderweitig wettmachen zu lassen und nicht wenige ehrbare Bürger wussten aufzuzählen, wer schon bei Sophia Oldendorp gelegen hatte. Oldendorp selbst schienen diese Gerüchte nicht anzufechten. Er wurde niemals direkt beleidigt, also konnte er nicht dagegen vorgehen. Oder er wollte nicht. Ich musste lächeln, als ich versuchte, mir Oldendorp auf seiner Frau vorzustellen.

Doch ein schwungvolles Kratzen riss mich aus diesen Gedanken, ich fühlte mich ertappt, als der stämmige kleine Mann noch in dieses Kratzen hinein sagte: »Ich hab ihn gewarnt. Er war unvorsichtig.«

»Wer?«, fragte ich zurück.

»Slüter, wer sonst!«, antwortete Oldendorp. »Seinetwegen sind sie doch hier. Sie wollen wissen, ob es wirklich dieser Papistenpriester war, der ihm die Suppe versalzen hat. Wie hieß er doch?«

»Nyebur. Jochim Nyebur«, stammelte ich.

»Richtig, Nyebur! Nein, ein Pfaffe würde sich doch nicht mit Gift erwischen lassen.«

Mir blieb der Atem weg. Er dachte genau wie Murmann und der Name des Mannes, der Magister Slüter das Gift in die Kanne getan haben sollte, war schon im ersten Satz gefallen. Ohne dass Oldendorp mich kannte! Er konnte nicht wissen, ob ich ein Spitzel des Bürgermeisters, des Rektors oder gar der Kartäusermönche war. Ob nun potent oder nicht – dieser Mann kam zur Sache, selbstsicher, furchtlos und ohne Umschweife.

Er beantwortete auch meine noch nicht gestellte Frage: »Junger Mann, ich weiß es nicht.« Er lächelte, schwieg und sah mich an. Dann warf er einen Blick auf die Dosenuhr, die auf seinem Tisch lag, sodass es mir schien, als könne er keine weitere Zeit für mich erübrigen. Damit hätte das Gespräch beendet sein können. Doch er fragte nach meinem Namen und als ich ihn sagte, flog ein Lächeln in sein Gesicht.

»Dionysius Schmidt!«, wiederholte er gut gelaunt. »Was für eine Verbindung zwischen der Antike und unserer modernen Zeit. Von redlicher Strebsamkeit und überbordendem Genuss! Haben deine Eltern dich geliebt oder wollten sie dich mit diesem Namen für etwas strafen?« Er lachte wieder.

Ich habe diese Heiterkeit schon oft erlebt und wusste noch nie, was ich darauf antworten sollte. Auch vor Oldendorp zuckte ich nur mit den Schultern und wollte mich schon erheben.

Da setzte er nach: »Vielleicht – war auch alles ganz anders, Dionysius Schmidt. Einfacher. Weniger politisch. Weniger religiös.«

»Wie meinen sie das?«

»Lassen sie uns offen und unvoreingenommen disputieren«, antwortete er, goss zwei Becher Dünnbier ein und schob mir einen rüber. »Ich kenne sie nicht, junger Freund. Aber im Gegensatz zu mir haben sie einen geraden, klaren Blick.«

Ich lächelte verlegen, diese Koketterie verfehlte wohl nie ihre Wirkung und auch ich war sofort von diesem verbindlichen Ton eingenommen. So schwieg ich erwartungsvoll.

»Als erstes sollten wir uns fragen, wem dieser Slüter wichtig ist.« Das klang fast geringschätzig.

»War er denn nicht ihr Freund?«

»Nein. Ich hab ihn gemocht. Slüter war ein Hitzkopf und ein Poet. Er hätte nicht eine der Fallen ausgelassen, die man ihm gestellt hat – wenn ich ihn nicht gewarnt hätte. Er wurde von der ganzen Stadt benutzt – und er wird weiter benutzt werden. Für oder gegen die Protestanten. Für die Kaufleute der Mittelstadt, die feinen Ratsherren oder die Handwerker aus der Altstadt.«

»Die haben ihn geliebt! Sie standen zu Hunderten bei seinen Predigten!«

»Meine Studenten waren dabei, sie haben Slüter auch begeistert zugehört. Schon am Abend haben sie ihn ausgelacht für seine Dummheit. Und die Bürger – reformiert oder papistisch – haben mitgelacht. Alle haben das Spiel des Rates durchschaut: Lasst Slüter predigen und reformieren, aber nur beim Pöbel, auf seiner Seite der Grube. Nur Slüter hat das nicht gesehen. Oder nicht sehen wollen. Der Rat hat die Stadt geteilt und während sich die Bürger in Glaubensfragen zerstritten, konnten die Herren im hohen Hause beschließen, was sie wollten. Meisten beschließt der Rat, was Murmann will. Er setzt die Themen, die den Rat beschäftigen.«

Wieder stockte mir der Atem. Schließlich hatte Bürgermeister Murmann mich geschickt. War ich auch nur ein Teil seines Spiels? Wobei sollte ich ihm helfen?

Oldendorp sah mich durchdringend an. Er hatte mir meine Gedanken angesehen. So wie er schielte, so dachte er auch – gleichzeitig in alle Richtungen. Und er hatte mir eine Brücke gebaut.

Ich ging darüber: »Murmann schickt mich. Ich soll herausfinden, wer es wirklich war.«

Oldendorp nickte nur. Dann nippte er an dem Becher. Er kniff die Augen zusammen und schluckte bedächtig, so als überlegte er, an welchem Faden er ziehen sollte, um das Knäuel entwirren zu können. Unversehens duzte er mich. Jetzt war ich sein Student. »Weißt du, was in Schweden passiert ist?«

Das letzte, was mir aus Schweden erinnerlich war, war das Stockholmer Blutbad. Das lag zwölf Jahre zurück. Damals hatte Christian von Dänemark nach seiner Krönung zum schwedischen König achtzig Männer des Stockholmer Hofes hinrichten lassen – obwohl er seinen ehemaligen Gegnern Straffreiheit zugesichert hatte. Aber Gustav Wasa war drei Jahre später mit Hilfe der Lübecker Kaufleute zurückgekehrt und hatte Christian vertrieben.

Das sagte ich Oldendorp und er antwortete mit einem Nicken. »Aber was ist danach passiert?«

Ich zuckte mit den Schultern.

»Gustav Wasa hat den Bischöfen ihre Burgen und Privilegien genommen. Die Kirche hatte damals den Besatzer Christian unterstützt, deshalb schien es billig, ihren Besitz an die Allgemeinheit zu verteilen.«

Die Allgemeinheit unter Gustav Wasa – das waren die Bauern. Ich hatte davon gehört, dass sie in Schweden tatsächlich eine bemerkenswerte Kraft waren.

»Glaubst du, dass dieses Kirchengeld jemals bei der Allgemeinheit ankam?« Oldendorp lachte auf. Er wollte keine Antwort hören. »Gustav hat sich als Papst über die schwedische Kirche eingesetzt. Glaubst du, es geht ihm um die Frage des rechten Glaubens? Glaubst du, es geht in Rostock um den rechten Glauben? Oder dass es Heinrich von England nur um seine Scheidung von Katharina geht, weil er unsterblich in Anne Boleyn verliebt ist?«

Ich war ratlos.

Oldendorp sprudelte über: »In Schweden ging es nicht einmal ansatzweise um die Erneuerung des Glaubens. Da ging es nur um Geld. Wenn dort der König seiner Kirche alles wegnehmen kann, dann können das auch die Herzöge bei den Kirchen von Mecklenburg. Und die Bürgermeister bei den Pfarrkirchen. Glaubst du, dass die Kirchen das hinnehmen würden? Wenn sie ihre Hospitäler und Stifte verlieren würden? Da geht es nicht um den rechten Glauben …« Er hielt inne, holte tief Luft und fragte: »Was weißt du von Wien?«

»Die Türken? Die sind vor drei Jahren geschlagen worden.«

»Sie sind wieder da. Vor wenigen Wochen hat sich Suleiman von Konstantinopel auf den Weg gemacht.«

Das war neu für mich. Ich versuchte, schnell alles zusammenzuzählen, um antworten zu können. »Dann muss Kaiser Karl jetzt standhaft sein. Schnell die Truppen ausheben, um das Reich und den Glauben gegen die Muselmänner zu verteidigen.«

Oldendorp verschluckte sich. Als er zu husten aufgehört hatte, sagte er: »Glaub mir, das wird er tun. Aber nicht wegen des Glaubens.« Er lachte. »Der Kaiser wusste schon zum Reichstag im Worms nicht, was er mit Luthers Thesen anfangen soll. Er weiß das bis heute nicht. Karl will Ruhe im Reich – ob nun eine papistische Ruhe oder eine protestantische. So lange sie ihm seinen Fugger lassen.«

»Aber Fugger ist tot«, wandte ich ein – mehr um zu sagen, dass ich den Namen kannte. Denn natürlich war der Tod des Jakob Fugger anno 1525 auch einem Johann Oldendorp nicht entgangen.

»Solche wie Fugger leben weiter, glaub mir! Der hat sich mit seinen Schuldscheinen ein Denkmal gesetzt, das länger Bestand haben wird als die Pyramiden. Wer dem Kaiser zu Lebzeiten Geld geben kann, der kann sich bei den Papisten das ewige Leben erkaufen und bei den Martinisten auch. Da braucht es keinen Ablass. Welcher Glaube auch herrscht, Geld brauchen sie immer, die Fürsten wie die Pfaffen. Als es um die Kaiserwahl ging, gab Fugger das Geld. Und anstelle der Zinsen bekam er vom Kaiser die Privilegien für seine Bergwerke. Aber wenn es gegen die Türken geht, dann müssen wieder alle für die Türkensteuer in die Tasche greifen. Dann verteidigen sie nicht nur den Kaiser und das Reich, sondern auch das Imperium des Jakob Fugger. Wer dessen Taler im Beutel hat, der gehört ihm.«

Oldendorp goss sich nach. Er sprach wie für sich: »Es sei denn, Cortez bringt endlich das Gold aus dem neuen Land nach Spanien. Dann kann der Kaiser sogar die Fugger ausbezahlen.«

Davon hatte ich schon gehört. Manchmal saßen Seeleute in den Schüttings der Schiffer, die behaupteten, schon dort gewesen zu sein. Die einen nannten das Land noch *Westindien*, die anderen schon verheißungsvoll *Amerika*. Aber sie erzählten alle von braunen, mandeläugigen Frauen, die in der Hitze mit nichts als einer kurzen Schürze bekleidet umhergingen. Und vom Gold, das dort wohl auf den Straße liegen musste. Jeder Eingeborene hatte es und alle hatten es Cortez und seinen Männern geschenkt im Tausch gegen den neuen Glauben, den wahren Gott und das ewige Leben.

Oldendorp goss sich nach und blickte mich mit einem Mitleidsblick an. »Das glaubst du etwa auch? Cortez hat sie alle umgebracht. Ohne Zweifel ist das eine militärische Leistung, die Eingeborenen sind in hundertfacher Übermacht. Aber es ging ihm nicht darum, den wahren Gott in die neue Welt zu bringen. Den ewigen Frieden, ja, den hat er den Eingeborenen von Amerika gebracht.«

Das waren freie, frevlerische Reden. Ich fühlte mich unwohl. Wenn Oldendorp so ketzerisch weitersprach, dann würde ich mich entscheiden müssen, ob ich zu seinen Komplizen gehören wollte oder ihn anzeigen müsste. Woher nahm er das Vertrauen, dass ich mich auf seine Seite schlagen würde? Wie konnte er Slüter vorwerfen, in sämtliche Fallen gegangen zu sein und sich dabei selbst mit seinen Reden in die Hand eines Unbekannten zu begeben? Doch er war schon beim nächsten Gegenstand.

»Und Magellan? Die Rostocker Hansekaufleute haben noch gar keine Ahnung, was das bedeutet: Ein Schiff fährt in Richtung Westen und kommt von Osten zurück. Die ruhen sich auf ihren Heringen aus, fahren nach Schonen und auf ihre Stapelhöfe … Aber die Welt ist größer geworden. Die baltischen Seewege sind Trampelpfade gegen die Handelsstraßen im Westmeer, die bald entstehen werden.«

Ich blickte Oldendorp ratlos an. Was sollte das bedeuten für uns in Rostock? Natürlich, die Erde war eine Kugel, es gab ein neues Land im Westen, die Türken würden bald vor Wien stehen und Gustav Wasa hatte sich samt seines Landes von Rom losgesagt. Aber was hatte das mit Rostock, mit Slüters Tod, mit unserem Bürgermeister Murmann zu tun? Mir schwirrte der Kopf.

Oldendorp ließ nicht locker. Er erzählte von einem Land namens *Utopia*, von dem ich noch nie etwas gehört hatte. Einem Land ohne Herrscher, das alle seine Bewohner gleich behandelte. Das alles hörte sich nicht nach einem weit gereisten Mann und Gelehrten an. Sondern wie einer, der verrückte Theorien und Ideen weniger Leute und Märchen so lange und so laut vertritt, bis sie jeder für allgemein gültige Wahrheiten hält.

Mein fremder Freund, heute weiß ich, dass dieses Land *Utopia* nur in einem Buch des englischen Kanzlers Thomas Morus existiert – und damit nur in den Köpfen derer, die es gelesen haben. Aber seit dieser Pole kurz vor seinem Tode meinte, dass die Erde sich um die Sonne drehe, steht wiederum alles auf dem Kopf. Dabei sehen wir alle an jedem Tag, den Gott werden lässt, dass dem nicht so ist. Selbst ich als blinder Mann fühle, wie die Sonne im Osten aufgeht und im Westen unter und wie sie auf uns nieder scheint durch Gottes Gnade und wie dieselbe Gnade uns die Nacht schenkt damit wir uns betten können. Dass Gott es überhaupt zulässt, solche Lügen auch noch mit der astronomischen Wissenschaft beweisen zu wollen – das ist, als ob der Herr sich selbst lästern würde. Ich sehe nur eins: Den Polen ist genauso wenig zu trauen wie den Dänen und den Türken. Das wird so bleiben in Ewigkeit. Amen!

Fremder, ich würde am liebsten schweigen über das, was ich an diesem Tag mit Oldendorp noch erlebte. Denn es eröffnete mir eine Seite an ihm, die nicht zu einem großen Geist wie ihm zu gehören scheint. Oder die ich nicht sehen wollte nach unseren Gespräch, das allerdings für mich als Lektion endete. Ich war nicht in der Lage zu erfassen, was er mir berichtete. Aus wie vielen Teilen der Welt er seine Zeitungen bekam und mit wem er in seinem Leben schon gesprochen hatte – das konnte ich nicht mehr unterscheiden …

Lieber Freund, ich muss dich auch warnen: Wenn du wissen willst, was an diesem Tag weiter geschah, dann werde ich Unsagbares sagen müssen. Der Nicolas Gryse hat mich seinerzeit unterbrochen. Diese Dinge niederster menschlicher Natur gehörten nicht in sein Werk, sagte er. Aber wo ist die Natur niedriger als bei der Mordtat an einem Manne? Muss ich nicht gerade deshalb aus diesen Niederungen berichten, vor allem, wenn sich später herausstellt, dass diese aus gutem Grund verborgenen Gelüste am Tode Slüters vielleicht nicht ursächlich, aber wesentlich beteiligt waren?

Du bleibst? Dann willst du wirklich alles wissen?

Oldendorp hatte mich mit verschiedenen Bemerkungen verwirrt, es ging darum, dass in Italien eine neue Kunst stattfinden würde, von der wir hier in Deutschland keine

Ahnung hätten und schon gar nicht hier im Norden. Er sah mich durchdringend an und sprach über außergewöhnlich genau ausgeführte Bilder von nackten Menschen und dass wohl allenfalls die Niederländer derzeit die Fähigkeit und die Schulen für solcherart Kunstfertigkeit besäßen. Dann griff er mit verstohlener Geste in ein Geheimfach seines Pultes und zog ein Heft hervor: Es sei ihm von Kommilitonen aus seinem früheren Studienort Bologna nachgesandt worden und es gäbe derzeit wohl nichts, was derart freizügig und direkt sei in der Darstellung – sowohl was die Stiche des Raimondi anbetrifft als auch die Verse des …

Dann stürzte seine Frau Sophia ins Zimmer. Sie musste schon länger gelauscht haben, denn sie genoss es sehr, ihn überrascht zu haben just in dem Augenblick, in dem er das Buch in den Händen hielt. »Sieh an, den Aretino zeigst du dem jungen Mann!«

Oldendorp wurde augenblicklich blass. Er versuchte, das Buch wieder zu verstecken, doch es fiel auf den Boden.

Sophia Oldendorp hob es auf, begann darin zu blättern und musterte mich ganz und gar ungeniert.

Ich warf nur einen kurzen Blick auf die Bilder, sah einen Mann und eine Frau, die es miteinander trieben und will dir nicht verhehlen, dass ich durchaus einen Moment das Verlangen verspürte, mich dieser Lektüre ausführlicher hinzugeben. Allein die Situation in dieser Lehrstube war nicht danach. Oldendorp, der gefürchtete Advokat, der weit gereiste Gelehrte, hatte sich verwandelt in einen Mann, in dem Scham und Wut miteinander kämpften.

»Sophia …«, versuchte er es leise. Er hob beschwichtigend die zitternde Hand.

Doch seine Frau lachte nur laut und in einem geradezu obszönem Ton: »Sieh dir den jungen Mann genau an, Johann! Vielleicht werden deine Augen ihre Richtung wiederfinden, wenn du ihn nur lange genug anstarrst! Er sieht gut aus.«

Sie kam mir so unverschämt nahe, dass ich mit Blicken bei Oldendorp Hilfe suchte.

Doch der schüttelte nur leise den Kopf und ich verstand: Je weniger ich erwidern würde, desto eher würde diese peinliche Situation ausgestanden sein. St. Marien schlug sechs. Ich zählte die Schläge mit, sie schienen sich zur Ewigkeit zu dehnen.

»Hat er dich schon angefasst?«, wollte Sophia von mir wissen.

Ich schüttelte still den Kopf. Was ging hier vor?

»Oder willst du nicht lieber mit mir …?«, fragte sie und begann, am Band ihrer Bluse zu nesteln.

Ich sah, wie Oldendorp seine Lippen aufeinanderpresste, bis sie weiß wurden. Da kam wie aus dem Himmel eine besondere Ruhe über mich und eine Eingebung. Ich nahm Sophia mit einer galanten Parade das Buch aus der Hand und erwiderte: »Ich würde bei einer Disputation mit ihnen sicher nicht soviel gelernt haben wie in den vergangenen Stunden mit ihrem Mann.« Während ich sie weiter geradeaus und durchaus frech anblickte, reichte ich den Aretino zurück zu Oldendorp, der aus seiner Starre erwachte, das Buch griff und es wieder in das Geheimfach seines Pultes legte.

Fremder, noch heute weiß ich nicht, was damals über mich gekommen ist. Weder die Courage noch diese Schlagfertigkeit entspricht meiner Natur. Ich glaube, es war dieser stundenlange, erhellende Disput, der mich zu solch einer Leistung getrieben hatte. Wie ein Tier ohne Vernunft zu entscheiden weiß, was gut ist, so stand ich plötzlich gemeinsam mit Oldendorp gegen diese Furie. Ich weiß nicht, warum er mit ihr gestraft worden war und sie hatte ihn offensichtlich in der Hand.

Oldendorp straffte sich. Wir wichen beide einem Becher aus, der gut gezielt in unsere Richtung flog und antworteten mit nichts als einem gemeinsamen Schweigen.

Sophia fluchte, machte jedoch auf dem Absatz kehrt und fegte aus dem Zimmer, nicht ohne die Tür so laut ins Schloss zu werfen, dass man es bis auf die Straße hören konnte.

Mir wurden die Knie weich, ich musste mich setzen.

Oldendorp schwieg. Er blickte mich dankbar an. Dann schob er mich wortlos aus dem Zimmer und aus dem Haus. Er hatte sich alte Schuhe angezogen und einen alten Umhang übergeworfen, der ihn und seinen hohen Stand unauffällig verhüllte. Draußen stand Ösler noch und sah uns verwundert nach, als er Oldendorp und mich so lächelnd und vertraulich weggehen sah.

Wir setzten uns in eins der Brauhäuser in der Schnickmannstraße, in eine hintere verschwiegene Ecke. Oldendorp orderte Bier und eine halbe Gans. Noch einmal geriet ein Schweigen zwischen uns, als er seinen Becher hob und sich bei mir bedankte – es war nicht nötig, zu sagen wofür. Seine Frau hatte dafür gesorgt, dass jetzt eine Vertrautheit zwischen uns war, als wenn wir uns seit Jahren kennen würden. Lachend erzählte er mir, wie er vor wenigen Wochen zwischen den Rostockern und Marquardt Behr, dem alten Prior des Kartäuserklosters in Marienehe, so vermittelt hatte, dass danach alles schlimmer stand als zuvor. Hans Prange war vor vierzig Jahren von seinem Vorgänger wegen ungebührlichen Verhaltens zu lebenslangem klösterlichem Gefängnis verurteilt worden. Durch das Zureden des Herzogs und der Ratsherren war die Strafe seinerzeit in lebenslange Verbannung in die Stettiner Kartause umgewandelt worden. Jetzt war er zurück in Rostock und verlangte, wieder im Kloster aufgenommen zu werden. Das war natürlich Stadtgespräch gewesen, Prange war schnell als Wiedertäufer mit aufrührerischen Reden aufgefallen und dass er sich in die Kartause zurückbegeben wollte, war eine unerhörte Eulenspiegelei. Oldendorp erzählte, dass er sich einen Spaß daraus gemacht hatte, Prange in dieser Sache zu vertreten. Aber als Behr sah, dass die Rostocker Kommission nicht zu dritt kam, sondern auch vierzig Bürger der Schlichtung beiwohnen wollten, wurde es schnell laut.

Behr rief, dass er nicht mit Ketzern und Feinden der Kirche verhandele.

»Ich musste das nur als Beleidigung aufbauschen und wollte eigentlich damit nur meine Position stärken«, sagte

Oldendorp verschmitzt. »Aber der Prior wurde immer lauter und die Verhandlungen endeten, in dem die beiden Ratsherren den Kartäusermönchen das Betreten der Stadt verboten.«

Oldendorp sei es schließlich nur noch darum gegangen, zu erfahren, was der junge Prange vor vierzig Jahren getan hatte, das eine solche Strafe rechtfertigen könnte. »Mir schien das ein besonderer Rechtsfall zu sein, den man gut in der Jurisprudenz ausbreiten und diskutieren konnte«, sagte er. »Aber daraus wird nichts. Mir wurde nur vertraulich berichtet, was sich damals zugetragen hat.« Er lächelte mich verschwörerisch an. »Ich kann mich doch auf dich verlassen?« Es schien, als müsste er es unbedingt jemandem erzählen, weil er sonst an diesem Geheimnis platzen würde. »Es wurde mir im Vertrauen erzählt und weil ich so darauf gedrängt hatte.«

Ich nickte.

Und so erzählte mir Oldendorp, dass Prange als sehr junger Mann die Abwesenheit des Priors wiederholt ausgenutzt hatte, um loses Weibsvolk in die Kartause einzuladen. Die hätten den Mönchen dann gegen gute Kost und Wein gezeigt, dass es für einen Mann noch andere Möglichkeiten gäbe, sich seines Samens zu entledigen. Oldendorp brach in Kichern aus und schnappte nach Luft. »Kannst du dir vorstellen, wie die Kartause aussah, als der Prior doch einmal unerwartet zurückkehrte? Der hatte schon gespürt, dass die Brüder froh waren über seine längere Abwesenheit und nach Gründen suchten, um ihn immer wieder auf

Reisen schicken zu können.« Prange war seinerzeit unter Androhung des Rades zu lebenslangem Schweigen verpflichtet worden. Oldendorp musste wieder lachen. »Ausgerechnet seine strengen, arbeitsamen, keuschen, schweigsamen Kartäuser lagen bezecht zwischen den Huren! Es ist damals wie heute: Das Verbotene beschäftigt unsere Gedanken mehr als das Erlaubte. Die Prüderie ist der Geilheit bester Dünger. Der Prior hatte damals wirklich alle Hände voll zu tun, um über diese Hurerei nichts nach außen dringen zu lassen. Deshalb erschien es ihm die bessere Lösung, Prange weit weg zu schicken.« Dass vor diesem Hintergrund auch die neuerlichen Verhandlungen um Prange platzen mussten, lag auf der Hand. Die Gründe für die Verbannung des Mannes mussten ausgebreitet werden, von den beiden Ratsherren und dem Syndikus hätte man Verschwiegenheit fordern können. Aber nicht von vierzig aufgebrachten Rostockern, die offenbar nicht ohne Grund begierig waren, die ganze Geschichte zu erfahren. »Da war die geplatzte Verhandlung nicht das schlechteste Ergebnis für den Prior Marquardt Behr«, sagte Oldendorp, immer noch lächelnd. »Jetzt liegt die verfahrene Sache beim Herzog. Ich hab ihn natürlich über Pranges damalige Sünde unterrichten müssen. Jetzt kann er wieder einmal zeigen, ob er des Beinamens würdig ist, den ihm seine Hofschranzen in die Chroniken schreiben wollen.«

Ich blickte Oldendorp fragend an.

»Er will ›Heinrich der Friedfertige‹ heißen«, sagte der Syndikus lächelnd und schlürfte Bier aus seinem Becher. »Willst du noch ein Geheimnis wissen, Dionysius Schmidt? Das war meine Idee!«

Ich prostete ihm verschwörerisch zu, sodass er sich keine Sorgen über meine Diskretion zu machen brauchte. Auch du, mein Freund, sprich mit niemandem darüber, ich bitte dich! Ich hab das Geheimnis lange bewahrt, aber es geht mir wie Oldendorp: Ich muss es erzählen, so lange dieser Abend auch zurückliegt …

Wo Oldendorp heute ist, weiß ich nicht. Zwei Jahre nach Slüters Tod war Sophia Oldendorp tatsächlich unerträglich geworden, die Gerüchte über seine Neigungen wurden laut in der Stadt erzählt und schadeten seinem Ruf. Er ging nach Lübeck, um dort Syndikus des Bürgermeisters Wollenweber zu werden. Das war das Letzte, was ich von ihm hörte. Aber ich glaube, so muss es ihm schon öfter gegangen sein: Immer wenn diese Gerüchte zu laut wurden, musste er wegziehen. Irgendwann hätten seine Feinde ihn vor ein Kirchengericht gezerrt und dann hätte ihm all seine Beredsamkeit nichts genützt. Denn so war es schon immer und auch die Gerichtsordnung des Kaisers Karl aus dem Jahr von Slüters Tod verlangt den Feuertod für Männer, die bei Männern liegen.

Aber an diesem Abend im Brauhaus der Witwe Busch schlug er mich ausgelassen auf die Schulter, legte ohne auch nur hinzusehen drei Schillinge auf den Tisch und schob mich in Richtung Badstüberstraße. Dort allerdings wollte ich mit dem Syndikus nicht gesehen werden, vor allem deshalb, weil ich nach der Bemerkung von Sophia und nach den vertraulichen Stunden beim Bier ahnte, dass Oldendorp wohl mit Frauen wenig anzufangen wusste. Ich wollte mit dem Syndikus nicht in Häusern gesehen werden, die einen anrüchigen Ruf hatten und derer gab es einige in der Badstüberstraße.

So wurde die gemeinsame Entleerung unserer Blasen am Sühnestein für den erschlagenen Domprobst Rode zu einer Art Abschlussritual für diesen Abend. Was durchaus ein schwerer Gottesfrevel sein könnte, war unter den Rostockern zu einer derartigen Gewohnheit geworden, dass niemand mehr darüber nachdachte. Der Brauch eint bis heute die Protestantischen und die Papisten, denn der Streit, wegen dem die Rostocker den Sühnestein am berüchtigten Studentenhaus *Zum halben Mond* aufstellen mussten, ging eher um die ungehörige Ausbreitung der Macht des damaligen Herzogs Magnus gegenüber der Stadt. Johannes Kruse, Theologe und Rektor der Regentie *Zum halben Mond,* hatte zwar seinerzeit wiederholt beim ehrwürdigen Rat Beschwerde gegen diesen Frevel eingelegt. Aber die Herren hatten ihm nur freundlich zugehört und sein Anliegen auf die lange Bank geschoben. Schließlich frönten auch sie selbst diesem Brauch.

Als ich Oldendorp verließ, sah ich Anerkennung und Bedauern in seinem Blick, und tatsächlich ging er leicht schwankend in Richtung der Badestuben. Ich machte mich auf den Weg in die Altstadt und erst als ich sicher auf meiner Seite der Grube war, fiel mir Oldendorps Frage wieder ein: Wem ist Slüter wichtig? Ich würde auch zu den Gegnern des Magisters gehen müssen, wenn ich es herausfinden wollte: Wie wichtig war Slüter den Dominikanern, den Franziskanern, den Kartäusern? War er den Seinen, den Lutherischen wichtig? Den Menschen, die ihn umgaben? Dann müsste ich zu Katharina gehen, zu der Frau, die ihm am nächsten war in seinen letzten Jahren.

Aber das erzähle ich dir morgen. Bring mich jetzt zurück ins St. Lazarus, vielleicht gibt es noch einen Hering für mich.

Der dritte Doppelschilling,

für den du erfährst, wer dem Slüter nach dem Leben trachtete.

Du bist pünktlich, mein Freund! Du stehst zu deinem Wort und du hast wieder einen Doppelschilling für mich. Weißt du, in der Nacht ist mir der Slüter im Traum erschienen. So wie er war in den Wochen vor seinem Tod, mit den gelben Augen und den faulen Zähnen. Aber seine Stimme war so kraftvoll wie in seinen besten Predigerzeiten, als er mich fragte, ob ich wüsste, warum du mir, einem alten blinden Bettler, so viel Geld gibst?

»Will dein Freund ein gutes Werk tun um des guten Werkes willen? Glaubt er, dass diese Gabe ihm gut angerechnet wird, wenn er vor seinem Schöpfer steht? Oder will er dich einfach nur bezahlen für deine Zeit, die du ihm gibst an jedem Tag?«

Ich wusste ihm nicht zu antworten.

Dann fragte er mich, warum ich dir meine Geschichte erzähle: »Ist es eine Beichte? Stirbt es sich leichter, wenn du jemandem das Geheimnis erzählt hast? Oder ist es ein Dienst für Geld?«

Wieder wusste ich ihm nicht zu antworten. Denn es ist so: Ich hätte es schon längst in der Beichte erzählen können, in Rostock gibt es genügend altgläubige Priester, die mir einfach den Beichtpfennig abnehmen, sich meine Sünden anhören und mich ziehen lassen mit ein paar Mariengebeten. Aber ich glaube nicht mehr daran. Ich weiß nicht, ob die Priester noch daran glauben und das Geheimnis wahren wollen. Vielleicht wollen sie nur den Pfennig?

Slüter segnete mich und verschwand und ich wachte in meinem Schweiß auf, weil ich nicht wusste, was er mir sagen wollte. Ist es recht, wenn ich dir diese schwere Wahrheit erzähle? Ich entledige mich dieser Last, indem ich sie dir aufbürde.

Du gibst mir ein schweres Versprechen, diese Wahrheit über Slüters Tod in dir zu verschließen und nicht weiter-

zugeben – nicht zu meinen Lebzeiten und auch nicht nach meinem Tode. Du gibst mir den Doppelschilling, Fremder, und ich hoffe, du weißt, was du tust. Du wirst dieser Stadt irgendwann die Wahrheit erzählen müssen! Wohl wissend, dass es nicht die ganze gottumfassende Wahrheit sein kann, sondern nur der kleine Teil, den ich beitragen kann. Das Kind in mir will sich mit einem Nachtgebet der kleinen Sünden des Tages entledigen und ruhig einschlafen. Aber der alte Mann, der ich jetzt bin, trägt eine Waage im Herzen und sorgt dafür, dass sich die Schale füllt, die das Gute enthalten soll und die andere sich leert. In meinen jüngeren Jahren war ich ein besserer Lutheraner. Jetzt im Alter sehne ich mich danach, wieder an diese einfache Vergebung glauben zu können: Sünde, Beichte, Strafe, Vergebung – das ist leicht.

Ich habe Angst vor dem Tod. Ich habe Angst vor dem, was danach kommt. Ich habe Angst, dass danach nichts kommt. Ich sage dir auch heute wieder: Vergelt's Gott! So wie es seit Anbeginn Brauch ist unter uns Bettlern.

Am Morgen nach dem Abend mit Oldendorp begann ich dort zu suchen, wo er mich hingeschickt hatte – ich ging zu denen, für die Slüter wichtig war. Ich suchte Katharina Slüter in der Pfarre von St. Petri, aber ich fand sie dort nicht. Also machte ich mich auf dem Weg zu ihrem Vaterhaus in der Sackpfeife. Ich hatte mich darauf eingerichtet, die schöne Katharina mit verweinten Augen zu finden, mit aufgelöstem wirren Haar und tief in Trauer. Doch als ich mich der alten Schmiede näherte, hörte ich, wie sie sang und ihrem Sohn Elias zuredete, der in der Tür stand, mich mit seinen großen klaren Augen ansah und meinte, ich sei der Papa.

Katharina sagte heiter von drinnen zu ihm, dass es dem Papa jetzt gut gehen würde, dass er aber niemals wiederkäme.

Ich wollte gerade anklopfen, als sie in die Tür trat, sich ein wenig erschrak und mich dann freundlich hereinbat. Slüter hatte Katharinas Haus nach der Hochzeit als seines betrachtet und seine Tür allen offen gehalten, die sich gut mit ihm stellten – ob sie nun seine Meinung zum Glauben teilten oder nicht. So wurde diese Stube nicht selten zum Ort von langen Disputen und Slüter hatte es vermieden, aus seinem Hausrecht ein Einverständnis mit seiner Lehre abzuleiten. Anders als im Pfarrhaus: Dort hatte die Inschrift über der Tür »Gottes Wort bleibt in alle Ewigkeit« die Disputanten vom Leib gehalten, dort konnte er abschließen und dann hatte er die Ruhe gehabt, die er brauchte, um sich auf die Gottesdienste vorbereiten zu können.

Ich war kein Freund der Familie, doch immerhin so gut mit Slüter bekannt gewesen, dass ich ohne Umschweife eintreten durfte in die hohe Stube. Es war ein besseres Haus, mit einer Treppe. Früher war die Schmiede zur Straße hin offen gewesen. Doch Katharina hatte eine Wand gebaut und einen Raum hinzugewonnen, den sie verpachten konnte – ein begehrter Platz in der Altstadt, denn sie braute auch gutes Dünnbier. An dem großen Tisch saß schon der hagere, freundliche Antonius Becker, der sich trotz seiner Stellung als Prediger an der Kirche St. Nikolai immer wieder auf den Weg in die kleinen Stuben machte. Und das nicht unbedingt nur in seinem Kirchspiel. Becker konnte einem überall in der Stadt begegnen und jetzt saß er in seiner schwarzen Tracht zu einer unerwarteten Zeit am Tisch der Slüterin, vor sich einen Teller mit einem Brot und einem gebratenen Stück Hirn. Der Duft stieg mir in die Nase und ehe ich bis drei zählen konnte, hatte auch ich einen solchen Teller vor mir, die Slüterin nötigte mich mit einem Lächeln auf den Stuhl neben Becker. Ich ließ mich nicht lange bitten und griff mir den Löffel.

Katharina ließ Elias an einem Hopfenzapfen saugen, den sie mit Honig versüßt hatte. Sie bedankte sich für meinen Besuch und ich wechselte einen Blick mit Becker, der offensichtlich ebenso erstaunt war wie ich, dass nur so wenige Tage nach dem Begräbnis von Meister Jochim wieder die freundliche Stimmung in dem Haus herrschte, die ich noch aus der Zeit vor Slüters Krankheit kannte. Dennoch hielt ich es für geboten, mich nach dem Befinden der Hausfrau zu erkundigen.

Katharina hielt sich mit dem Nachdenken über eine Antwort nicht lange auf. Sie meinte, es müsse so weitergehen, wie es vor dem Tod ihres Mannes gegangen war, natürlich hätte sie sich ein paar Jahre mehr gewünscht an der Seite des geliebten Gatten und er hätte sicher gern seinen Sohn aufwachsen sehen. Doch letztlich habe es Gott gefallen, den Slüter zu sich zu rufen, da nütze alles Hadern nichts und für die Trauer über seinen Tod habe sie schon während seiner Krankheit Zeit gehabt. Ihr Vater sei ähnlich langsam gestorben, daher habe sie schon früh die unerbittliche Arbeit des Schnitters unter ihren Lieben kennengelernt.

Becker hatte den Löffel sinken lassen und erstaunt zugesehen, wie sich die Slüterin beiläufig das Haar aufgebunden hatte, während sie so zu uns sprach. Niemand hätte es ihr verübelt, wenn sie am Tisch eingeschlafen wäre, schließlich hatte sie erst vor zwei Tagen eine lange Totenwache halten müssen. Doch es schien, als habe ihr die vergangene Nacht neue Kraft und Frische verliehen. Ihre wohl gesetzte Rede mit diesen schweren Worten kam so schlicht und alltäglich daher, dass jemand, der die Slüterin nicht gut kannte, es als ungehörig empfinden musste, wie sie heute in diesem Haus wirkte, durch dessen Tür erst gestern der Herr, Gatte und Vater hinausgetragen worden war.

Die Slüterin hielt seinem wortlosem Erstaunen gelassen stand, forderte Becker noch einmal auf, sein Hirn nicht kalt werden zu lassen, und bequemte sich dann doch zu einer Erwiderung. »Das hat doch der Jochim mich gelehrt«, sagte sie still, hob Elias auf ihren Schoß. »Er hat mich erhellt und beseelt und mir die Angst genommen, die mich als Kind und als junge Frau begleitete. Mit meinem seligen Vater war ich in der Kirche und weder er noch jemand anderes konnte mir sagen, warum ich dort sein musste. Weder Gott sprach zu mir noch sein Sohn, er machte mir nur Angst dort an seinem Kreuz und ich dachte nur, dass ich auch so sterben müsste, wenn ich nicht alles beichten würde oder bei der Messe niesen musste.«

Ich lächelte, Antonius Becker nickte nachdenklich. Er hatte einst als Diakon an der Kirche St. Nikolai mit Slüter über Kreuz gelegen und ihn gar zur Disputation herausgefordert. Damals hing er noch dem alten Glauben an. »Aus der Sicht der Papisten – Bitte vergib mir meine offenen Worte! – war der auf so tragische Weise verstorbene Gatte der Ketzer, einer der die Kinder verdirbt, den Frauen ihren Kopf verdreht und die ganze Stadt verführt«, sagte Antonius Becker. »Weißt du noch, wie viele mehr in jeder Woche dort auf den Hof von St. Petri kamen? Wie selbst die besseren Leute aus der Neustadt bei Slüter blieben, vom Morgen bis zum Abend und wie das Backhaus am Adebarsnest schon am Mittag leergekauft war? Vor so viel Volk mussten die Professores und Bürgermeister doch Angst bekommen. Sie hatten damals die erste Zeitung bekommen von dem, was in Zürich vor sich ging, und um zu verhindern, dass aus Rostock eine Täuferstadt wird. Oder dass gar der Bundschuh wieder aufersteht, hier im Norden hätten die Bauern ebenso viel Grund zur Klage wie in Mühlhausen. Dafür unterstellten sie, dass Slüter in seinen Predigten falsch sei und dass er nicht nur die geistliche, sondern auch die weltliche Ordnung stürzen wolle. So schoben sie selbst den theologischen Disput vor, um Slüter der Ketzerei anklagen zu können. Wie hätte er sich denn wehren können? Sie hätten ihn verbrannt.«

Ich hatte von dem drohenden Disput gehört. Doch ich wusste bis heute nicht, was man dem Slüter vorgeworfen hatte.

Becker lächelte, als ich die Frage stellte. Er sei damals in der Diskussion dabei gewesen, als die papistischen Eiferer die Klageschrift gegen Slüter verfasst hätten, der er sich im offenen Disput stellen sollte. Die Runde habe sich damals Schweigen verordnet, sodass an diesem Abend im Lectorium der Universität offen alles ausgesprochen wurde. Der Dankquardt von St. Jacobi habe als erster voller Grimm das Wort ergriffen: Slüter sei ganz ohne Disput nachts das Haus anzuzünden, auch wenn der Brand schließlich die ganze Altstadt verheeren würde, dann sei es auch nicht schade darum, dann habe man das Unruhenest ausgeräuchert und könne die Gegend jenseits der Grube endlich mit richtigen Häusern wieder aufbauen. Glücklicherweise habe der alte Theologe Barthold Moller der Runde vorgesessen und so wurde der Mordplan nach einiger Diskussion verworfen. Schließlich hätten auch etliche angesehene Kaufleute ihre Speicher in der alten Stadt und wenn man das Obdach der aufmüpfigen Handwerksknechte verbrennen würde, dann könnten sie sich später in der Mittelstadt festsetzen oder würden sich gar neue Buden bauen an der Stadtmauer zwischen dem Steintor und dem Kröpeliner Tor. Damit werde der Aufruhr schließlich erst recht und dauerhaft in die Stadt getragen. Nun sei der selige Barthold Moller aber nicht weniger zimperlich in seinen Ansichten gewesen, doch immerhin wollte er sich den Anstrich einer rechtlichen Anklage und eines Prozesses geben, um Slüters Anhängerschaft vor Augen führen zu können, dass sie einem Ketzer aufgesessen waren. Ob sie sich dann ehrlichen Herzens oder aus Angst von Slüter lossagen würden, das bliebe dahingestellt angesichts des gewünschten Ergebnisses, Slüter verbrannt, ertränkt oder aufgehängt zu sehen. Der folgende Disput sei kompliziert gewesen. Denn schließlich kannten die papistischen Professores auch die Flugschriften, die Luthers Argumentation verbreiteten – und gegen die war bisher in ganz Deutschland noch kein Kraut gewachsen. Man war sich einig gewesen, dass man Slüter nicht die Gelegenheit geben dürfe, Luthers Erwiderungen umfassend für seine eigene Verteidigung zu nutzen. Die theologische Anklage gegen Slüter habe schließlich aus vier Punkten bestanden: Slüter stelle die eingeführte Messe grundsätzlich infrage, wenn er behauptete, dass Christus im Abendmahl nicht immer aufs Neue geopfert würde. Slüter nannte Messe, Beichte und Ablass einen Schacher mit dem Herrn, der Gottesdienst sei nicht dazu da, die eigene Zeit im Fegefeuer zu verkürzen, sondern diene einem Leben in Gott auf dieser

Welt. Ein Christ müsse heute und im Hiesigen innerlich bußfertig sein und könne nicht mit frommen Werken für sein Seelenheil sorgen. »Aber das waren drei Punkte, auf die Slüter in seinen Predigten immer wieder eingegangen war und die hatte er im Sinne Luthers behandelt«, sagte Antonius Becker. »Wirklich gefährlich war die vierte Anklage. Slüter wurde vorgeworfen, dass er die ganze Messe auf Deutsch hielt, sodass jedes Wort, vom Schuldbekenntnis bis zum Segen, von der Gemeinde verstanden werden konnte. Aber schließlich habe keiner der Evangelisten sich dieser Sprache bedient – hebräisch, griechisch und lateinisch sei das Wort Gottes abgefasst worden. Aber nicht auf Deutsch! Und schon gar nicht mit dem hiesigen Deutsch! An dieser Stelle sind sich die protestantischen Gelehrten bis heute uneins – und so dachte Moller, dass sich Slüter hier auch keineswegs mit Luthers Schriften herausreden konnte. Wenn man ihn schuldig sprechen könnte, die alten Sprachen zu missachten, die seit Petrus der Kirche vorbehalten waren, dann hätte ihn nicht einmal der Herzog vor dem Ketzerurteil bewahren können.«

Katharina lächelte. Sie kannte diese Geschichte natürlich und so wunderte ich mich ob der Vertrautheit zwischen Becker und der Slüterin. Schließlich gehörte Becker einst zu den offenen Gegnern Slüters. Jetzt berichtete er, was damals im Lectorium disputiert worden war.

Katharina begann nun doch, auf die papistischen Feiglinge zu schimpfen. Fallen stellen – das könnten sie. Nicht aber einen anerkannten ehrlichen Disput führen. Ihr

Jochim sei damals drauf und dran gewesen, sich sehenden Auges in diese Falle zu begeben und zum Märtyrer des neuen Glaubens zu werden. Soweit sie wisse, habe damals der Jurist Johann Oldendorp mit einem Gutachten und etlichen Briefen aus Greifswald dafür gesorgt, dass letztlich der Rostocker Rat den öffentlichen Disput verhinderte.

Davon hatte ich gehört. Der Rat hatte Slüter und Becker damals gemeinsam in die Schreiberei bei der Marienkirche bestellt und Stadtsekretär Peter Sasse hatte ihnen den Beschluss des Rates verlesen, der sowohl Dankquardt als auch Slüter verbot, ihren theologischen Streit öffentlich auszutragen. Man sehe nicht, dass der Streit mit diesem Disput aus der Welt gebracht werde. Vielmehr würde daraus unnötig noch mehr Zwietracht in der Stadt entstehen.

Becker blickte Katharina jetzt nachdenklich an. »Damals auf der Schreiberei hab ich deinem Jochim zum ersten Mal gegenübergestanden. Er war so freundlich, ruhig und sicher, dass ich froh war über den Erlass des Rates. Ob es nun zu der Anklage gekommen wäre oder nicht: Der Slüter hätte mit seiner Bedachtheit mindestens moralisch den Sieg im Disput davongetragen. Er hatte mir schon in seiner schriftlichen Antwort gezeigt, dass er wisse, wer ihm diese Falle gestellt hatte: Wir beide hätten doch nichts zu schaffen miteinander, ›das habe doch alles meine Minerva ausgeheckt‹. Damit meinte er genau Dankquardt, Moller und die papistischen Gelehrten. Er hatte sie gar ›Blinde und Hunde‹ genannt und geschrieben, dass er dem Streit mit ihnen durchaus ausweichen wollte, denn er sei dann wie ein ›Schaf unter Wölfen‹.« Becker seufzte.

Ich goss ihm nach.

Er dankte mir mit einem Blick und sprach zögernd weiter. »Wir kannten uns damals noch nicht, und er hat mir trotzdem ins Herz geschaut. Er hatte mich in seinem Brief wie einen Freund angesprochen, der ihn enttäuscht hatte. So wie Slüter neben mir stand, schämte ich mich damals auf der Schreiberei, Teil dieser Intrige geworden zu sein: Egal, welche Meinung dieser Mann vertrat, er stand seinen geifernden Gegnern ruhig und gelassen gegenüber wie einer, der sich seiner Sache sicher war.«

Niemand hat je erfahren, dass es Antonius Becker gewesen war, der Slüter vor der Rache der Papisten gewarnt hatte. Am Abend sei der Entscheid des Rates im Lectorium auf den Tisch gekommen und diesmal hatte Detlev Dankquardt den Vorsitz an sich gerissen und die ganze Runde auf seine Seite gebracht. Nur Becker hatte still daneben gesessen und jetzt sah er mit anderen Augen auf diese Gesellschaft, die beschloss, ein paar Tage ins Land gehen zu lassen, bis man den richtigen Wind hatte, um nachts den benachbarten Gasthof *Zum Weißen Schwan* anzünden zu können, sodass das Feuer schnell auf die Pfarre überspringen würde.

Schon in der nächsten Nacht hatte Antonius Becker an die Tür Jochim Slüters geklopft, ihm die Pläne der Runde hinterbracht und ihm dringend ans Herz gelegt, aus der Stadt zu fliehen. Natürlich sei er Papist und hänge der alten Ordnung an. Doch an einem Mord könne und wolle er nicht mitwirken. Slüter machte sich tatsächlich am nächsten Morgen auf den Weg und kehrte erst nach einem Dreivierteljahr nach Rostock zurück. Becker hatte über seinen Irrweg schon oft erzählt, auch diesmal senkte er den Blick, als er meinte, womöglich sei es seine Schuld gewesen, dass Slüter anno 1525 um sein Leben fürchten musste und aus der Stadt vertrieben wurde für ein Dreivierteljahr.

Katharina wandte fröhlich ein, dass Becker diese Gedanken wirklich verscheuchen sollte, schließlich sei ihm Slüter sehr dankbar gewesen, dass er ihn damals gewarnt und dringend gebeten hatte, die Drohung ernst zu nehmen. »Du hast ihm doch schließlich noch in der Nacht das Pferd besorgt aus dem Stall der Brüder unten am Kuhtor«, sagte sie.

Becker nickte still.

Ich fragte Becker, wie das möglich war: Slüters Feinde waren bei seiner Rückkehr immer noch da und ihr Hass auf den Prediger konnte doch in dieser Zeit nicht geringer geworden sein? Und wo habe Slüter damals überhaupt diese Zeit verbracht?

Antonius Becker lächelte. »Ich hatte damals keine Gewissensbisse, als ich Jochim Slüter auch die Namen der Männer nannte, die diese Pläne gegen ihn geschmiedet hatten. Er ist daraufhin nach Schwerin geflohen und Herzog Heinrich nutzte ein halbes Jahr lang seine geheimen Verbindungen nach Rostock, um den Verschwörern mitteilen zu lassen, dass sie ihre Stellen an der Universität, ihren Ruf und ihre

Häuser verlieren würden, wenn es in Zukunft auch nur Anzeichen dafür gäbe, dass man dem Slüter auf den Leib rücken wolle. Selbst wenn es dann wirklich nur ein Unglück gewesen sein sollte.« Becker sei damals beeindruckt gewesen, wie schnell diese Hassrunde auseinanderbrach: Allein die Tatsache, dass Herzog Heinrich ihre Namen kannte, wirkte Wunder. Einer von ihnen musste das Geheimnis nach außen getragen haben und selbst wenn sie ahnten, wer das gewesen sein könnte, blieb ihnen in Zukunft nichts anderes übrig, als Slüter gewähren zu lassen. Vor allem Detlev Dankquardt hätte sich danach sehr moderat gezeigt, sich von seiner Funktion als Hetzer zurückgezogen und sogar den Joachim Rotstein, damals Lesemeister im Konvent der Dominikaner, zur Zurückhaltung aufgefordert. Der habe neben Joachim Nyebur in seinen Predigten am schärfsten gegen Slüter gewettert. »Als Slüter im Frühjahr anno 1526 zurückkehrte in seine Pfarre, da hatte sich während seiner Abwesenheit seine Stellung in der Stadt so gestärkt, dass der Kirchhof von St. Petri nicht ausreichte, um alle aufnehmen zu können, die ihn hören wollten. Auch seine Predigten hatten sich verändert. Er wetterte bald offen und furchtlos gegen den Papst, gegen den Ablass und die Beichte, sodass sich seine Worte bei den Rostockern einprägten und in so mancher Schütting wieder auftauchten – begleitet von Drohungen wider den Rat und wider die verlogenen Theologen. Die Messen in den Kirchen waren schlecht besucht und immer wieder wurden unter den Rostockern und bei den Ratsherren Stimmen laut, die verlangten, den neuen Glauben in allen Kirchen der Stadt durchzusetzen. Doch so sehr ich Slüter achtete, so sehr blieb ich in der alten Ordnung verhaftet, die mir als Hirte meiner Schäfchen bei St. Nikolai Sicherheit gab gegenüber dieser Welt, die sich da draußen im Aufruhr befand.«

Ich wusste jedoch, dass er schon vor zwei Jahren begonnen hatte, an St. Nikolai lutherisch zu predigen, ein Jahr bevor der Rat beschloss, den neuen Glauben für alle Kirchen der Stadt festzuschreiben. Ich blickte Antonius Becker gerade in die Augen, als ich ihn fragte, welche Argumente ihn schließlich von Luthers Lehre überzeugt hätten.

Er lächelte, sein Blick blieb an dem kleinen Elias hängen, der auf dem Schoß der Slüterin eingeschlafen war. »Alle Argumente und Dispute um den falschen und den richtigen Glauben haben mich nicht berührt«, sagte Antonius Becker still. »Erst, als ich Slüter als Lehrer im Kirchenspiel zwischen den Kindern sah … wie er da ganz anders mit ihnen sprach als alle Kaplane vor ihm. Wie er die Kinder antworten ließ, mit ihnen lachte und begann, mit ihnen zu disputieren … dabei zwischen ihnen saß. Als ich erlebte, wie auch die Mütter der Kinder sich setzten und ihm zuhörten, da …« Becker hielt inne. Die Tränen waren ihm in die Augen gestiegen.

Auch Katharina lief es jetzt über die Wangen, sie nickte ihm lächelnd zu und endlich sprach er weiter.

»… da ging mir das Herz auf. Ich wusste mit einem Mal, dass hier etwas begonnen hatte, das alles, alles verändern würde.«

»Das neue Licht …«, sagte Katharina leise.

Becker nickte ihr zu. »Ja, das neue Licht. All das Lesen und Disputieren brachte mich dem neuen Glauben nur näher. Aber erreicht hatte ich ihn erst, als ich ihn fühlte. Als er mich beseelte. Ich konnte meinen Christus am Kreuze sehen, ohne Angst zu haben oder Schuld zu fühlen. Sondern mit Hoffnung. Das neue Licht. Ja, das neue Licht …«

Ich saß berührt und beklommen. Den großen, ernsten Becker weinen zu sehen, das war etwas, das ich gern vermieden hätte. Ich hatte diesen Wandel ja selbst erlebt. Becker war ein größerer Eiferer der alten Kirche gewesen als ich. Meistens vertraten tatsächlich diejenigen Priester den neuen Glauben mit größerer Inbrunst, die sich am schnellsten gewandelt hatten. Wird man so leicht vom Saulus zum Paulus? Ich erschrak, als Becker bei diesem Gedanken den Kopf hob und mich ansah. Ich musste wohl laut gedacht haben, denn Becker nickte mir zu.

»Vom Saulus zum Paulus ist es tatsächlich nur ein Schritt«, sagt er. »Du musst daran denken, dass Saulus den gleichen Weg gegangen ist wie die Christen. Er verfolgte sie, er hat ihnen nachgespürt, er hat als Jäger versucht, so zu denken wie seine Opfer. Oder besser: Ein guter Jäger will seinem Wild auch einen Schritt voraus sein!« Becker legte mir die Hand auf die Schulter. »Saulus hatte den Paulus schon lange in sich. Das weiß ich jetzt. Ich hatte Luther genau gelesen, weil ich ihn widerlegen wollte. Ich habe viel mehr über ihn nachgedacht, als über das, was ich in den alten Büchern seiner Gegner über ihn gelesen hatte. Dabei hat er sich festgesetzt. So muss es Saulus gegangen sein. Wer verzweifelt ist, der wird empfänglich für Zeichen. Da reicht ein Lichtstrahl, eine Begegnung. Im Saulus steht der Paulus auf und du weißt, dass du nur einen Schritt auf ihn zu machen musst, damit du ihn in die Arme nehmen kannst. – Weißt du, was daran so verrückt ist? Du kennst deinen Paulus schon so lange, dass er ein alter Freund von dir ist.«

Katharina goss Becker schweigend und lächelnd Dünnbier nach.

Becker wischte sich die Augen und wie aus Verlegenheit fragte er, ob Jochim Slüter jemals von seiner Zeit als Studiosus in Wittenberg erzählt hätte, dort müsse er doch dem Luther begegnet sein. Slüter selbst habe nur wenig davon erzählt, dabei müsse ihm dieses eine Jahr anno 1520 doch sehr geprägt haben.

Katharina wurde still und nachdenklich. Dann nahm sie das schlichte, gedrungene Kreuz von der Wand und legte es vor Antonius Becker auf den Tisch. »Es ist aus dem Holz des Ölbaumes«, sagte sie, als Becker mit den Fingern die verzauberten Maserungen nachzuzeichnen begann. »Es hat es einem Wittenberger abgekauft. Er meinte immer, diese verschlungenen Muster, das seien die Lebenswege der Luther-Studenten von Wittenberg: Kaum jemand, der sich nach Wittenberg begab zu jener Zeit, konnte ahnen, wie sein Leben weitergehen würde.«

Becker lächelte unsicher. Er wusste nicht, was die Slüterin ihm sagen wollte.

»Von Luther hat Jochim nicht viel erzählt. Er sei immer nur hastig durch die Flure gegangen und habe kaum nach links und rechts geschaut. Nur zweimal habe er Vorlesungen von ihm gehört, danach hielt er sich lieber an den kleinen Melanchton, der ihm geduldig half, sein Griechisch zu verbessern. Von Philipp Melanchton sprach er gut und viel: So klein und zart er auch gewesen war, sei er ihm geistreicher und gebildeter vorgekommen als Luther. Fast ein ganzes Jahr war er Student in Wittenberg, studierte die Thesen und die Disputation gegen Eck. Als im Juni die Bannandrohung des Papstes gegen Luther ausgesprochen wurde, da schien es meinem Slüter, dass es nun vorbei sein müsse mit der abtrünnigen Universität zu Wittenberg.«

Sie stand wieder auf und griff sich ein schmales Heft, das auf dem Wandschrank lag. »Das hat er auch mitgebracht: »Von der Freiheit des Christenmenschen«. Das hat er bis zuletzt gelesen. Und dabei hat er immer auf Luther geschimpft: Die Worte seien zwar klar, aber was Luther meinte, das könne jeder wiederum auslegen – so oder so. Mit diesem Buch könne man einen weltlichen Umsturz anzetteln und ihn genauso niederschlagen.«

Becker nickte: »›Eines jeden Herrn und eines jeden Knecht. Niemand untertan und jedermann untertan.‹ Ich hab das bis heute nicht verstanden.«

Katharina lachte laut auf und erschrak sich sofort, denn Elias regte sich. »Manchmal hat Jochim mit mir geredet, wenn er sich mit der Predigt quälte. Ich sollte ihm Antworten geben. Mir fielen immer nur wieder neue Fragen ein. Aber auch die halfen ihm weiter.«

»Und das Licht?«, fragte Becker. »Hat er auch das Erlebnis gehabt?«

Katharina nickte. »Melanchton und Agricola hatten im Dezember die alten Bücher vor der Stadt verbrannt, Slüter nannte es immer ›diesen ganzen scholastischen Mist‹. Plötzlich habe Luther unter ihnen gestanden. Mit der Bulle des Papstes. Und er habe sie wortlos in die Flammen geworfen.«

Becker flüsterte: »Exsurge domine!«

»Ja«, sagte Katharina, »das sei es schließlich gewesen: Erhebe dich, Herr! So hieß die Bulle und so hat Luther es getan. Er hatte sich erhoben. An dem Tag, als seine Sechzigtagefrist zum Widerruf seiner Thesen verstrichen war, warf er die Bannbulle des Papstes ins Feuer. Mein Slüter sagte immer, es sei der stumme Luther am Feuer gewesen und diese Flammen, die ihn verändert hatten.« Katharina seufzte. »Kurz darauf schickte Luther ihn nach Rostock. Herzog Heinrich hatte schriftlich angefragt, ob einer der Wittenberger Studenten so weit sei, die Schule im Kirchenspiel St. Petri zu übernehmen. Da kamen sie schnell darauf, dass sich Jochim doch schon an der Universität zu Rostock eingeschrieben hatte. Luther meinte, dass die Reformation dort noch ein paar Männer brauchen könne. Also machte sich mein Slüter auf den Weg. Der Jochim wäre gern länger in Wittenberg geblieben. Er wäre auch gern in eine andere Stadt gegangen. Ich weiß das, denn ich kann ihm zuhören. Und wenn er sagte ›Was für ein Glück, dass ich hierher nach Rostock gekommen bin. Alles nur, damit ich dich kennenlernen durfte‹, da musste ich natürlich immer an die arme kleine Siberin denken.«

Das war eine der Geschichten, mein Freund, von denen man nicht wusste, ob sie wirklich passiert waren oder ob sie von der papistischen Partei in die Welt gesetzt worden war. Doch nach und nach wurde deutlich, dass dieses Gerücht zumindest einen wahren Kern hatte: Die schöne Geertje Siber, Tochter eines Pelzers, war mit sechzehn Jahren bei einer Frühgeburt gestorben. Doch ob das Kind wirklich von Slüter war und ob er ihr tatsächlich die Ehe versprochen und dafür sogar beim Rat eine Erlaubnis beantragt hatte, dafür wusste niemand einen Beweis zu liefern.

Deshalb musste ich genauso verwundert geblickt haben wie Becker: Die Slüterin dachte mit Mitleid an die kleine Geertje Siber?

Katharina antwortete auf unsere fragenden Blicke: »Natürlich tat sie mir leid. Mit dem Kind. Und immer wenn ich ihre Mutter sah, wollte ich ihr ein paar Worte sagen.« Die kleine Siberin wäre weiß Gott nicht die einzige Frau in Rostock gewesen, die dem Slüter verfallen war. Aber sie habe sehr bitter dafür bezahlt: Zuerst sei sie mit ihrer Mutter aus dem Haus in der Pelzergrube geworfen worden, weil der altgläubige Vater keine lutherischen Schwärmerinnen unter seinem Dach dulden konnte. Dann Slüters Bitte an den Rat, sie heiraten zu dürfen. Und schließlich ihr bitterer Tod und der ihres Kindes. Slüter selbst sei es gewesen, der ihr noch vor ihrer Hochzeit seine Nöte gestanden hätte: Ja, die Gerüchte seien allesamt wahr. »Das war immer eine Last für ihn. Aber auch für mich«, sagte Katharina Slüter und legte die Hände auf den Tisch. Sie sah zum ersten Mal an diesem Tage wie eine Frau aus, die ihren Mann verloren hatte.

Becker unterbrach das Schweigen und fragte mich, wie ich dem Slüter begegnet wäre.

Ich verschwieg ihm nicht, dass ich Slüter einst im Glauben gegenübergestanden hatte und dass ich es gewesen war, der ihm die Worte über der Tür mit Teer zugekleistert hatte.

Als Becker sah, dass auch Katharina leise nickte, lächelte er und entgegnete, dass es wohl einerseits mein jugendlicher Ungestüm gewesen sei, andererseits hätte ich wohl Angst um die Stellung als Vikar gehabt – beides seien nachvollziehbare Gründe, Slüter zumindest anfangs nicht wohlgesonnen gewesen zu sein. Aber wie habe der Magister mich letztlich auf seine Seite bekommen?

Es war mir peinlich, Becker und der Slüterin davon zu erzählen, doch ich nahm es auf die leichte Schulter und berichtete, wie ich danach die innere Kraft und Aufrichtigkeit Slüters gesehen hatte und mich etwa ein halbes Jahr nach diesem Streich das Gewissen plagte und ihn nach einem ruhigen Frühgottesdienst ansprach, dass ich etwas zu beichten hätte.

Becker musste lachen, denn die Beichte bei einem lutherischen Pastor leisten zu wollen, das konnte nur eine Frechheit oder pure Dummheit sein. »Hat er dich nicht aus der Kirche geworfen?«

»Nein«, entgegnete ich Becker, »er hat mir lachend empfohlen, zu Dankquardt zu gehen, seinem Feind, dem altgläubigen Dompfaffen von St. Jacobi, und mir dort gegen einen Schilling und zehn Ave Marias einen Ablass zu ergaunern. Im Übrigen sei er sicher, dass ich von Dankquardt gar eine Belohnung erhalten würde für meinen Streich mit dem Teerquasten. Aber wenn es nach ihm und dem neuen Glauben ginge, dann möge ich mir die Buße ab heute nicht mehr gegen ein paar Pfennige abkaufen lassen, sondern in meinem Herzen tragen allzeit.«

Becker lachte auf: »Das sieht Slüter ähnlich! Er konnte wirklich unterscheiden zwischen der Sünde und dem Sünder. Er nannte es Ketzerei, die Messe auf alte Weise zu halten. Aber mit denen, die es taten, konnte er nächtelang disputieren.«

Katharina nickte. Sie sei immer schon zu Bett gegangen, wenn sich Slüter mit Handwerksburschen und Studenten in ihrer Stube gestritten hätte. Ob es nicht doch recht sei, Klerus und Gemeinde in der Kirche zu trennen. Was denn aus den Pfarrern und den Kirchen würde, wenn in Zukunft jeder Christ ein Priester sein könnte? Ob man diesen Umschwung in der Kirche nicht auch auf die weltliche Ordnung übertragen müsse? »Der Jochim schien seine Lebenskerze an beiden Enden angebrannt zu haben«, sagte sie. »Ich glaube nicht an Gift. Ich glaube, er könnte noch leben, wenn er sich schon im März 1531 zurückgezogen hätte aus seiner Pfarre. Damals lag er schon einmal so krank danieder, dass jeder fürchtete, es ginge zu Ende. – Mancher hoffte es auch. Aber dann ging es wieder einmal um alles: Der Rat hatte ihn um eine Kirchenordnung gebeten, er wollte damals schnell beschließen, dass an allen Kirchen der Stadt nach dem neuen Glauben gepredigt werden müsse, und unter seinen Anhängern waren einige, die er im Zaum halten musste, wenn er den Frieden in der Stadt bewahren wollte.«

Antonius Becker hatte sich vornüber gelehnt. Er strich dem ruhig schlafenden Elias über den Kopf und meinte, vielleicht sei es wirklich besser, die Sache auf sich beruhen zu lassen. Wenn es einen Mörder gab, dann würde Gott dafür sorgen, dass ihn die Strafe ereilte. Alles, was man tun würde, um einen Mörder zu finden, würde den Frieden in der Stadt aufs Spiel setzen. Slüter hätte schließlich die halbe Stadt gegen sich gehabt, Ratsherren, Kaufleute, Dominikaner, Zisterzienserinnen, Kartäuser und nicht zuletzt die Theologen der Universität. »Soll doch Nyebur zusehen, dass er aus der Stadt kommt. Dann wird sich alles bald beruhigen.«

Was sollte ich damit anfangen? Weder von Becker noch von Katharina hatte ich einen Hinweis bekommen, wo ich weitersuchen könnte nach Slüters Mörder. Ich war keinen Schritt weiter, doch ich dachte daran, dass ich auch zu Detlev Dankquardt gehen müsste. Der hatte schließlich allen Grund gehabt, sich Slüters Tod zu wünschen. Doch bevor ich aufstand, hätte ich gern noch erfahren, wie Katharina dazu gekommen war, dass das neue Licht auch sie erhellt hatte.

Während ich noch überlegte, wie ich die Frage stellen sollte, wandte Becker sich an die Slüterin. Zwischen ihnen war eine Vertrautheit gewachsen, dass er das Thema nur andeuten musste – und Katharina verstand.

»Meine Mutter war schon lange tot, als auch mein Vater anno 1520 starb. Ich blieb zurück mit meinem irren Bruder, den ich pflegte, bis er eines Tages tot in der Grube lag. Da war ich ganz allein und nur bei Pastor Giltzheim in der Kirche konnte ich Trost erfahren. Ich war zwanzig Jahre alt und als Giltzheim schließlich die Pfarrstelle aufgab, weil er heiraten wollte, da verwaiste St. Petri für einige Jahre. Ich wurde krank. Meinem Körper fehlte nichts, doch ich konnte mich morgens nicht mehr erheben, mich an nichts mehr erfreuen, ich verließ tagelang das Haus nicht und wenn ich nicht das Erbe meines Vaters für mich gehabt hätte, dann wäre ich wohl einfach verhungert. – Aber dabei blieb es nicht. Ich wurde eines Tages so krank, dass ich im Bett bleiben musste, ich fieberte, nahm nichts mehr zu mir und selbst die alte Nachbarin, die mir gegen ein paar Pfennige immer noch etwas Essen vor die Tür gestellt hatte, kam nicht mehr, denn damals, anno 1523, war auch die Pest in der Stadt. Ich fieberte und fantasierte, doch an einem Abend hatte ich einen ganz klaren Moment: Ich wusste, dass der Herr mich zu sich rufen würde in dieser Nacht und ich wollte es und ich ließ alles los, was mich auf Erden hielt und empfahl mich mit einem Vaterunser in die

Hände des Schöpfers ohne die Sakramente erhalten zu haben. Und ich war tot. Ich sah, wie Jesus Christus aus einem Licht zu mir kam und mir ins Herz sah. Er sah, dass ich ohne Sakramente geblieben war. Da berührte er mich mit seiner Hand und lächelte und verschwand.« Sie hielt kurz inne und schaute mich mit ernsten Augen an. Dann fuhr sie fort: »Aber es war nicht die Pest. Als ich am Morgen erwachte, lag eine weiße Katze auf mir und schnurrte. Ich war ganz klar. Als die Katze verschwand, da schien es mir, als habe sie mir eine neue Kraft gegeben. Ich stand auf und war stark und gesund. Aber ich war unsicher, ob diese Kraft mir bleiben würde, denn noch wusste ich nicht, wie mir das geschehen konnte. Erst eine Woche später ging ich in die Kirche hinauf, um eine Kerze anzuzünden. Ich erwartete, niemanden dort zu treffen, doch der Slüter war zum ersten Mal dort und er stand vor einer kleinen Gemeinde und sprach, dass Gott uns gnädig und wohl gesonnen sei und er uns seinen Sohn auf die Erde geschickt hatte, damit unter den Menschen Hoffnung sei. Da wusste ich, dass Jesus Christus selbst mich geheilt hatte und die Kraft, die er mir gegeben hatte, wird bei mir bleiben so lange ich leben will.« Sie schwieg verlegen.

Becker schwieg auch und lächelte, als sie noch anfügte, dass sie sich erst viel später zu Jochim Slüter hingezogen fühlte und dass eigentlich er es war, der sie für sich entdeckte und sie im August anno 1528 um ihre Hand bat – ohne noch jemanden anders um Erlaubnis fragen zu müssen.

Dann regte sich Elias auf dem Schoß der Slüterin. Er erwachte, blickte in die Runde und konnte seinen Papa nicht sehen.

Weil jetzt doch die Rührung über Katharina kam, schoben Becker und ich die Teller zurück, bedankten uns bei der Slüterin und ließen sie allein.

Mein Freund, diese Erinnerungen stehen so klar vor meinen Augen, als könnten diese doch noch sehen. Aber sie blicken nur in die Vergangenheit. – Nein, du musst mich nicht zurückbringen ins St. Lazarus. Ich höre den Lärm dort drüben am Heringstor und ich kann die Grube riechen jetzt im Sommer. Wenn ich mich mit dem Stock an der Wand entlang klopfe, dann gehe ich genauso schnell wie du. Die Kehle ist mir trocken und morgen ist auch noch ein Tag.

Der vierte Doppelschilling,

mit dem du auf den Turm von St. Jacobi gelangst.

Mein Freund, komm in die Schütting, nimm Platz, hier ist dein Becher! – Nein, ich werde das bezahlen, es ist gutes Bier und ich hab von dem gestrigen Doppelschilling noch einen Dreiling übrig für die Kanne Dünnbier. Oder trinkst du lieber Wein?

Siehst du, das ist richtig, hier am Hafen trinkt man Bier. Der Wein gehört in die Neustadt zu den Professores und unter das Rathaus in den Keller. Dort sitzen die, die nicht arbeiten müssen und daher keinen Durst haben und sich besaufen können um des Rausches Willen. Sie haben das nötige Silber, um sich mit gebranntem Wein die Kehle auszudörren. Für uns in der Altstadt bleibt da nichts übrig, als das Wässerchen aus Korn, das uns im Winter mit innerlicher Frömmigkeit warmhält und uns mit der äußerlichen Frömmigkeit die Flohbisse und die Krätze wegbrennt, wenn wir uns damit einreiben. Inzwischen bringen die Kähne aus Bützow und Schwaan nicht nur ihr Getreide bis zum Mühlendamm, sondern auch die Flaschen mit dem guten Kornbrand.

Guter Freund, ich kann dir den Kornbrand für die Hälfte verkaufen, denn die Müller schlagen zu viel drauf für den kurzen Weg von ihren Mühlen bis in die Stadt. Für meine Freunde, die Trägerknechte, lohnt es sich, mit dem Boot bis zum Blockhus am anderen Ende des Mühlendamms zu fahren und den Fuhrleuten dort einen besseren Preis zu machen als die wuchernden Müller. Die Trägergesellen verdienen ihr Geld mit dem Beladen und Entladen der Schiffe. Wer immer in der Stadt ein paar hilfreiche starke Arme braucht, der kann in ihrer Schütting in der Strandstraße nachfragen – ob nun der Burgwall neu geschanzt oder die Tore bewacht werden müssen. Sie sind einfache, ehrbare Männer und obwohl sie manchmal dem Büttel im Verhör zur Hand gehen, wettern sie gegen die Ratsherren, die Bürgermeister und gegen den Landesfürsten Albrecht mit seinem Güstrower Hofstaat.

Gar nicht weit von hier, im *Weißen Schwan*, da ist auch die Stelle, an der ich zum letzten Mal die Welt mit meinen eigenen Augen sah, an einem Sonntag, nach einer von Slüters Predigten: Immer, wenn ich dort den Kopf in den Nacken legte, grüßte ich den langen Turm von St. Petri hinauf. Dann müssen mich die anderen in meine Bude gebracht haben. Am nächsten Morgen erwachte ich mit einem schweren Kopf. Und ohne Augenlicht. Die beiden Trägergesellen Klaus und Hein hatten mir den Kornbrand mitgebracht, ich hab die Flasche mit ihnen geleert. Sie starben in der Nacht und müssen trunken und ohne Sakramente vor ihren Richter getreten sein. Der eine blond, der andere mit schwarzem Schopf hatten die beiden Riesen die blaue Kluft ihrer Zunft mit Stolz getragen. Die Stunden, die ich mit Klaus und Hein in der Schütting beim Gänsespiel oder bei den Würfeln verbrachte, waren kurzweilig, weil beide mit einem natürlichem, ehrlichen Witz gesegnet waren. Wie ich waren sie Schonenkinder und wenn sie nicht in den Dünen von Falsterbo, sondern in einem Steinhaus in der Mittelstadt oder im Collegium der Neustadt gezeugt worden wären, dann hätten sie ihren Vätern sicher als Studiosi oder Kaufmannserben Freude gemacht. So aber blieben sie arm, aber sie waren angesehen in der Stadt und legten Hand an, wenn es not tat: Sie trugen die schweren Balken aus Danzig zum Schiffbauer am Heringstor. Sie schleppten Geschütze auf die Stadtmauern.

Sie schanzten die Gräben um den neuen Zwinger vor dem Steintor. Als ich darum betete, dass Gott mir mein Augenlicht wiedergeben möge, da betete ich auch um ihr Seelenheil. Schließlich waren es Klaus und Hein, die in der Stadt auch manche schmutzige Arbeit taten, die getan werden musste. Nichts davon hätten sie je in einem Beichtstuhl erzählen können. Doch sie lachten darüber und sagten zu mir: Immer wenn sie taten, was kein anderer tun wollte, hätten sie auf Luther gehört und bei Bier und Kornbrand ihr Gewissen befragt. Ihr Gewissen hätte ihnen gesagt, dass es Dinge gäbe, die gute Männer tun müssten, wenn sie vor Gottes Gericht bestehen wollten. Gott würde es ihnen eher vorwerfen, wenn sie faul und bequem blieben – obwohl sie erkannt hatten, dass sie dieses oder jenes tun mussten, das sie als schmutzig, aber vor Gott als rechtens erkannt hatten.

Mein Freund, ich weiß, dass Klaus und Hein nicht immer das Richtige getan haben. Aber sie haben immer selbst daran geglaubt und ich hoffe, dass Gott gnädig darüber hinwegsehen konnte, dass beide ohne die Empfehlung eines Pfaffen vor seinen Thron getreten waren.

Dennoch: Meine Strafe war so endgültig wie ihre: Sie starben. Und ich, mein Freund, werde blind bleiben bis an mein Lebensende. Von Klaus und Hein wirst du später mehr erfahren. Vielleicht. Wenn es mir vergönnt ist, dir diese Geschichte wirklich bis zum Ende erzählen zu dürfen.

Mein Freund, vergelt's Gott! Du hast mir wieder den Doppelschilling gegeben und heute fällt es mir nicht leicht, dir weiter zu erzählen.

Denn ich musste mich aufmachen, Slüters große Widersacher zu treffen. Die sich allein von seiner Anwesenheit so tödlich beleidigt fühlten, dass ihnen jedes Mittel recht war, Slüter zu seinem Schöpfer zu befördern – oder, wie sie meinten: »ins Fegefeuer zu den anderen lutherischen Ketzern, die sich allesamt protestantisch nennen«, seit die sechs Fürsten und vierzehn Städte sich dem Edikt des Kaisers widersetzten auf dem Reichstag zu Speyer anno 1529. Das schon zum dritten Male, seit sich der Sachsenfürst Friedrich der Weise nach dem Reichstag im Worms anno 1521 erdreistet hatte, den Luther vor der Reichsacht des Kaisers Karl in Schutz zu nehmen. In den Messen von St. Jacob wetterten Stiftsherr Detlev Dankquardt und der alte Propst Nicolaus Franck offen gegen alle diese Protestanten und sie fühlten wohl Gottes Gnade, wenn sie dem Slüter dabei die Pest an den Hals wünschten. Der Dominikaner Jochim Rotstein hat immer wieder auf die Bücher gewettert und er schickte sogar die Messdiener hinter dem Lettner durch die Reihen, um diejenigen zu finden, die mit einer Bibel oder mit Slüters Gesangbuch in der Messe saßen und nach den Stellen blätterten, um nachlesen zu können, ob das, was die Priester redeten, auch wirklich Gottes Wort sei. Mancher, der in der Messe saß, musste die ungezügelten Worte dieser Prediger als einen Mordauftrag für die gerechte Sache der reinen römischen Kirche aufgefasst haben und als Möglichkeit, durch einen Märtyrertod über das Fegefeuer hinweg in den Himmel springen zu können. Gut, dass St. Petri doch recht weit von St. Jacobi entfernt war und dass St. Marien noch dazwischen lag. Dort war man schon länger gemäßigt, dort saßen die Ratsherren und Kaufleute, die in der Glaubensfrage unentschlossen waren: Je nachdem, was ihnen ertragreicher schien, schwankten sie entweder zum Erhalt der alten Ordnung oder zu ihrem Umsturz. Mancher von ihnen hatte sogar Tetzels großen Ablass bestellt und bezahlt. Die wollten nun lange nichts von den Lutheranern hören – davon, dass dieser Ablass aller eigenen Sünden und die ihrer seligen Verwandten im Fegefeuer nichts weiter sei als ein gemeiner Würfelschacher mit dem Antichristen in Rom.

Rostock war – wie du wohl weißt – den beiden Landesfürsten Heinrich und Albrecht gleichermaßen untertänig. So lange Heinrich als »der Friedfertige« in die Geschichte eingehen wollte, würde er sich zwischen dem Kaiser und den Aufrührern nicht entscheiden. Erst als Rostock sich offen zum neuen Glauben bekannte, da erst bekannte sich auch Heinrich öffentlich dazu, Luthers Anhänger zu sein.

– Und unter uns, mein Freund, ich glaube, das war er damals der Stadt auch schuldig, die ihm doch am meisten sein Säcklein füllte.

Herzog Heinrich blieb es ebenso überlassen, sich um die Geschicke und die Besetzung der Stellen der Universität zu Rostock zu kümmern. Nur sein Stift in St. Jacobi war fest in der Hand der reinen römischen Kirche geblieben. Detlev Dankquardt und Nicolaus Franck entwickelten dort bei der Verteidigung des reinen alten Glaubens eine Leidenschaft, der sich in seiner Stärke ohne weiteres mit dem Eifer der Protestanten messen konnte. Wenn jemand wüsste, wo Jochim Nyebur zu finden sei, dann diese beiden. Hatte er sogar bei ihnen Unterschlupf gefunden? Angesichts des Paktes, den sie nach der Vertreibung und der Rückkehr von Jochim Slüter anno 1526 mit Heinrich hatten treffen müssen, schienen sie ihre Absetzung und ihre Vertreibung zu riskieren, wenn sie dem Mann Asyl gewährten, von dem die ganze Stadt glaubte, dass er ein Giftmörder sei.

Deshalb konnte Nyebur auch bei den Dominikanern Unterschlupf gefunden haben. Denn so wie dieser Orden schon gegen Luther gezogen war und all überall in den deutschen Landen fest auf der Seite des Papstes stand, so wetterten sie auch hier in Rostock wider dem Slüter und allen, die neuen Glaubens waren – selbst noch ein Jahr nach der neuen Kirchenordnung. Die schwarzen Brüder hatten mit ihrem Widerspruchsgeist schon früh den Rat und die Bürger gereizt, sodass es billig erschien, sie bald aus der Stadt zu werfen und auf diese Weise auch ihren Streit mit den gemäßigten Franziskanern zu beenden. Die Dominikaner wurden nur noch von den Zisterzienserinnen zum Heiligen Kreuz übertroffen, deren Widerstand gegen den neuen Glauben bis heute den einen Hochachtung, den anderen ein Lachen abringt über die Standfestigkeit dieser Insel des alten Glaubens inmitten eines zumindest offiziell anerkannten Luther-Meeres.

Aber ich schweife ab in die Verästelungen dieser wirren Zeit. Du willst wissen, ob ich Nyebur an diesem Tag gefunden habe oder nicht. So mach mir die Freude und trink einen Schluck, ich habe schon so lange niemanden mehr zu einem Becher Bier eingeladen. Und höre mir zu!

Noch am Nachmittag nach dem Besuch bei der Slüterin ging ich hinüber zur Jacobikirche. Ich hoffte, dort Detlev Dankquardt oder Nicolaus Franck zu treffen, und dachte, dass sie sich vielleicht an mich als papistischen Eiferer erinnerten. Wie ich mit ihnen ins Gespräch kommen sollte, wusste ich noch nicht. Ich war ein zu kleines Licht, um einem Stiftsherr mit Fragen unter die Augen treten zu können. Deshalb hatte ich es nicht eilig, ich überquerte die Grube über die Fischbrücke, schlenderte bei den Bäckern entlang und drückte mich durch die Arschkerbe an der Waage vorbei bis zum Schilde und schließlich zum Großen Markt.

Dort herrschte Messetrubel. Nun war der berühmte Rostocker Pfingstmarkt damals nicht mehr so gut besucht wie noch zehn Jahre zuvor. Aber immer noch kamen die feinsten Tuche aus den Niederlanden und die Pelze aus

Reval. Und aus Danzig wurde alles geliefert, was eine gute Werft brauchen konnte: Kernholz, Kupfer, Eisen. Seiltänzer und Gaukler ließen sich bewundern, zwei Wahrsager und drei Quacksalber hatte ihre Stände aufgeschlagen, dazu die beiden Bibelhändler, die für wenige Pfennige die neuesten Schriften unters Volk brachten – oder gleich selbst daraus vorlasen. Aber das schadete ihrem Geschäft nicht: Selbst einfache Gesellen, die des Lesens unkundig waren, kauften Luthers Schriften und bewahrten sie zu Hause wohl genau dort auf, wo sie noch den Ablassbrief liegen hatten. Schriftstücke aus dem alten und dem neuen Glauben nach dem Tod vorweisen zu können – das schien ihnen wohl ein doppelt sicherer Weg in den Himmel zu sein. Schließlich: Wer konnte wirklich wissen, ob nach dem Tod schon ein reformierter gütiger Christus oder noch der alte Gott aus dem Buch Mose auf die eigene Seele wartete?

Mein Freund, du fragst, ob auch Schauspieler damals zum Pfingstmarkt in Rostock waren? Nein, so weit ich zurückdenken kann, konnten die Rostocker dem Theaterspiel wie auch den anderen Künsten noch nie etwas abgewinnen. Es gab Schauspieltruppen, die auf dem Weg von Lübeck nach Danzig manchmal für einige Tage im Hafen lagen. Doch selbst die kannten den Ruf der Stadt und bauten ihre Bühne gar nicht erst auf, sondern gönnten sich ein paar freie Tage. Schauspieler sind in Rostock schon seit Jahrzehnten nicht mehr gesehen worden – weder zum Pfingstmarkt noch zu anderen Gelegenheiten. Zum letzten Mal hatte 1520 eine dieser papistischen Truppen zum

Fest der schmerzensreichen Mutter Gottes im Juli eingeladen und dafür in der Druckerei des Ludwig Dietz gar einen Zettel drucken lassen. Aber soweit ich mich erinnere, hat sich damals zur Vorstellung kaum ein Rostocker am Großen Markt eingefunden. Die wenigen Passanten hatten die Bemühungen der Schauspieler entweder gar nicht oder mit Gelächter bedacht, sodass die Vorstellung nicht zu Ende geführt wurde. Seitdem habe ich nie wieder Schauspieler in Rostock gesehen. Wer in dieser Stadt sein Vergnügen suchte, der verspielt sein Geld in den Schüttings beim Würfeln oder beim Gänsespiel. Oder er geht zu den bekannten dunklen Stellen bei der Stadtmauer, wo in der Nacht die Wetten für die Hundekämpfe angenommen werden. So ist es bis heute und ich glaube nicht, dass sich daran etwas ändern wird. Selbst in den besseren Zeiten der großen Hanse landete das Geld aus dem Heringshandel und die Steuern ausschließlich dort, wo sie den Reichtum der Kaufleute vermehren oder ihr Seelenheil sichern konnten. Auch an diesem Pfingstmarkt vermisste niemand das Theater.

Dass damals nicht nur der Große Markt voller Leben war, hatte einen einfachen Grund: Nur in diesen Tagen war es den fremden Händlern gestattet, auch untereinander Geschäfte jeder Art zu machen. So konnte hier ein Pelzhändler aus Narva dem Tuchhändler aus Flandern seine Angebote unterbreiten. Das war sonst – so musst du wissen – in Rostock verboten.

Die Norweger saßen meist mit den Rostocker Kaufleuten am Tisch und tranken – natürlich mussten sie probieren, um zu ermitteln, wie viele Tonnen dieses oder jenes Rostocker Dünn- oder Doppelbiers nach Bergen verschifft werden sollte. Selbst das sonst so sichere Geschäft mit dem Hering wurde in diesem Frühjahr schwieriger: Noch zählten die alten Bekanntschaften unter den Händlern, aber die Partner begannen, den Preis zu drücken und drohten, in Zukunft den Hering aus der Westsee zu handeln, der seit einigen Jahren in Mode gekommen war. Trotzdem wurden die Geschäfte gemacht, die Anzahlungen für soundso viele Rostocker Tonnen gingen über den Tisch und wurden mit einem Krug Bier besiegelt. Es konnten wohl noch etliche Jahre vergehen, bis diese Partnerschaften zerbrechen würden – und auch die Frage nach diesem oder jenem Glauben spielte bei den alten Kaufleuten keine Rolle: Wer einen guten Preis machen und zuverlässig liefern konnte, der musste sich nicht erklären – religiöse Eiferei war in den Kontoren verpönt. Dass Rostock sich 1531 wenigstens offiziell zum neuen Glauben bekannt hatte, war schon in diesem Jahr kein Gesprächsthema auf dem Großen Markt mehr. Das wäre doch längst überfällig gewesen, meinten die Händler aus Riga, Danzig und Königsberg. Es sei doch merkwürdig, dass sich Luthers Lehre offenbar früher in jenen deutschen Städten durchgesetzt hatte, die am weitesten von Wittenberg entfernt waren. Eher war der Tod von Jochim Slüter und der Mordverdacht ein Thema, das viele aufgeregte Gespräche auch unter den Händlern auslöste.

Wenn auch das traurige Thema eine durchaus heitere Ergänzung in der Gerichtslaube vor dem Rathaus erhielt.

Dort wurden unter lautem Lachen vor dem Gerichtsratsherren Hinrich Boldewan zwei Anklagen verhandelt – so als wäre Slüter nicht vor wenigen Tagen beerdigt worden. Doch das Rad der Zeit dreht sich unerbittlich weiter und der Tod umgibt uns so nah, als wäre er nicht unser Mantel, sondern unser Hemd. Solange in uns ein Herz schlägt, muss auch gelebt werden – und gestritten und gelacht. So wie an diesem Tage.

Eine Bürgersfrau klagte gegen ihren Mann, dass er sie geschlagen habe, nur weil sie am Sonntag über die Grube gegangen sei.

Der Mann, ein angesehener Pantoffelmacher aus der Mittelstadt klagte zurück: Sie habe zum seligen oder unseligen Slüter gewollt, begründete der Mann seine Schläge, und sie sei gegangen, ohne ihn um Erlaubnis gefragt zu haben.

Ob er es denn erlaubt hätte, wenn sie ihn gefragt hätte, versetzte die Frau und natürlich kannte sie die Antwort.

Niemals hätte er, der gottesfürchtige Anhänger der reinen römischen Kirche diesen Frevel erlaubt, wo ihm doch das Seelenheil seiner Frau am Herzen liege und er gar den Ablass für alle Sünden bis an ihr Lebensende bezahlt hätte.

Er kam nicht weiter, denn diese kleine energische Person erwiderte, dass er mit diesen Schlägen und diesem Geld für den römischen Ketzertempel gerade sein eigenes Seelenheil verspielt hätte, er würde ewig in der Hölle braten und bis es soweit sei, könne er alle Nächte allein liegen, die Gott seinem Sünder noch ließe auf dieser Erde.

Da schritt Hinrich Boldewan lachend ein und sagte, diese Eheangelegenheiten wolle er nicht auf dem Marktplatz verhandelt sehen. Auch wenn es jetzt wohl Mode sei, solcherart Dinge nach Luthers Schriften zu disputieren, müsse man doch Grenzen der Schamhaftigkeit wahren. Im Übrigen sei Slüters Kirchenordnung seit über einem Jahr in der Stadt geltendes Recht, die Frau hätte ihren Gottesdienst auch in der Kirche *Unser Lieben Frauen* leisten können, das sei ihre zuständige Pfarrkirche. Boldewan vermied es weise, den Mann zu fragen, wo in dieser Stadt er denn seinen Segen nach der alten Art empfangen würde und diktierte dem verdrießlich blickenden Stadtsekretär Peter Sasse eine Strafe für die Frau: Sie solle zwei Stunden am Pranger stehen oder einen Sechsling in die Stadtkasse zahlen. Damit dachte er, würde der Streit das übliche versöhnliche Ende finden: Der Pantoffelmacher würde den Sechsling zahlen und seiner Gattin damit die Schande ersparen.

Doch die Frau rief ihn an, dass er seinen Beutel geschlossen halten solle, sie sei bereit, als Märtyrerin am Pfahl die Schande zu tragen. Für sie sei es eine Reinigung und eine Ehre, auf diese Weise vor aller Welt ihren neuen Glauben zu bezeugen, das möge der Herr Stadtsekretär notieren!

Es gab einen heiteren Tumult, gleichwohl die Mehrheit der Umstehenden protestantisch dachte, redeten sie der Frau des Pantoffelmachers zu, sie solle Vernunft annehmen, denn solcherart Bekenntnistaten würden sich für Lutheraner nicht geziemen.

So zahlte der Pantoffelmacher, aber als er sich nach seiner Frau umdrehte, da stand sie beim Bibelkrämer, der vor der Waage seinen Wagen bereit gemacht hatte, und drückte ihm gerade den gleichen Sechsling in die Hand – für ein schmales Heft, das der Krämer aus einem Versteck hervorziehen musste und das von der Menge mit einem Raunen erkannt wurde: Luthers Schrift »Vom ehelichen Leben«.

Da musste sogar der Stadtschreiber lächeln – und das war ein seltener Augenblick. Denn Peter Sasse hatte seit zwei Jahren nicht mehr gelächelt, seit seine einzige Tochter Elisabeth eines Morgens aus dem Haus gegangen und nicht wiedergekommen war. Das Mädchen war den Rostockern als ein zartes, zauberhaftes Geschöpf von dreizehn Jahren in Erinnerung geblieben. Sasse hatte mit seiner Frau lange nach Anne gesucht, dann hatte der Gram ihn gelähmt. Seitdem verrichtete er seine Arbeit gewissenhaft, aber ohne jede Freude.

Boldewan sah das Lächeln seines Sekretärs, schüttelte dann den Kopf und fragte laut, was denn in den letzten Jahren in die Weiber gefahren sei, dass sie sich von Luther, einem abgefallenen Augustiner, der mit einer entflohenen Zisterzienserin zusammen in Sünde lebte, auslegen lassen würden, was Gottes Wort über die Ehe verlauten ließe. Das Weib sei doch so oder so immer noch dem Manne untertan – und das sei selbst bei den Zwinglianern Gesetz geblieben.

Die Menge war still geworden, hatte er sich doch als Bürgermeister einer erklärtermaßen lutherischen Stadt mit dieser Rede wieder in die Reihe der Altgläubigen gestellt.

Nur einer konnte sich nicht beherrschen, ihm Beifall zu zollen: der Kirchdiener von St. Jacobi, der alte Krüger, hielt nicht an sich und forderte den Pantoffelmachermeister auf, seine abtrünnige Frau auch in Zukunft ordentlich zu züchtigen.

Angesichts des heiligen Zornes, der sich aus dem zahnlosen Mund so lautstark und durchaus feucht Bahn brach, endete die Verhandlung in einem allgemeinen, versöhnlichen Lachen, von dem letztlich sogar die Frau des Pantoffelmachers angesteckt wurde.

Krüger benötigte ein paar Augenblicke, um zu verstehen, dass dieses Gelächter gegen ihn gerichtet war. Aber als er es gewahr wurde, stieß er noch ein paar schwere Flüche gegen den seligen Slüter aus, die man zwar noch vor einer Woche in jeder Schütting der Neustadt hatte hören können, aber heute vor der Gerichtslaube höchst unpassend waren.

Jetzt wurde selbst der heitere Boldewan grimmig: Er solle sich sofort zügeln, sonst werde er höchst selbst Anklage erheben gegen den Krüger wegen der Verunglimpfung eines Toten – und ihn auch selbst verurteilen.

Krüger stockte tatsächlich, dann winkte er ab und ging brummelnd seines Wegs. Der führte ihn erst zur Wasserkunst und dann über den Markt. Ich dankte Gott, als ich die Gelegenheit erkannte, mit dem alten Kirchdiener auch zu Dankquardt und Franck zu gelangen. Krüger schien zu wissen, ob sie um diese Zeit in der Kirche, im Pfarrhaus oder im Lectorium waren. Oder saßen sie gar schon beim

Bier in einem der vielen vornehmen Brauhäuser in der Koßfelder Straße?

Doch der Weg führte ihn zu einem Barbier, der vor seinem Haus gerade den richtigen Haken ausgesucht hatte, um den faulen Zahn aus dem Mund eines Mädchens zu ziehen. Die junge Frau auf dem Stuhl war sichtlich hin und her gerissen zwischen dem Schmerz des Zahnes und der Angst vor dem eisernen Werkzeug. Krüger drängte sich durch die Menge und lachte den Barbier Möller an. Doch der meinte zu den Umstehenden, dass sie sich den alten Krüger genau ansehen sollten: So würden die Leute aussehen, nachdem sie ihn reich gemacht hätten.

Die Leute lachten darüber, Krüger lachte zurück und das Mädchen – sie war die Tochter eines Papiermachers aus der Neustadt – erschrak sich bei dem Anblick des schwarzen Mundes.

Der Geselle des Barbiers drückte sie schließlich mit einer Hand auf den Stuhl, zog ihr mit der anderen die Stirn nach hinten, sodass die Kleine die Augen schließen musste, wenn sie nicht geblendet werden wollte. Dann redete Möller ihr gut zu, das Mädchen öffnete den Mund und der Barbier war nicht zimperlich: Das Ansetzen des Hebels, der Ruck an dem Zahn, der Schrei des Mädchens – alles geschah in demselben Augenblick. Und als der Kleinen das Blut aus dem Mund schoss, hatte der Barbiergeselle schon das Säckchen Hanfleinen bei der Hand, das mit Hirtentäschel gefüllt war.

Das Mädchen biss unter Schmerzen darauf und bald sollte das Bluten aufhören. Sie gab still einen Dreiling, die

Menge klatschte Beifall, und ich war so gefesselt, dass ich den wunderlichen Krüger fast verloren hätte.

Ich sah ihn noch, wie er bei der Marienkirche zwischen der Schreiberei und der Münze hindurch auf die Blutstraße ging und dort tatsächlich die Richtung nach St. Jacobi einschlug. Ich beobachtete, wie er an den guten Fischerscharren vor dem Heiligen-Geist-Hospital zwei Klippfische kaufte, dazu Brot und eine Kanne Bier. Was wollte er damit? Der Einkauf war Sache der Haushälterin, sie versorgte die Geistlichen von St. Jacobi mit allem, was der Leib benötigte. Zusammen mit der Kanne Bier hatte der alte Krüger jetzt einiges zu tragen und bis zum Pfarrhaus von St. Jacobi war es noch ein wenig zu gehen. Er ging jetzt in die Pädagogienstraße, achtete darauf, dass er nichts von dem Bier auf dem Pflaster verschüttete. Dann blickte er sich vorsichtig um, öffnete die Tür der Anna-Kapelle mit einem Schlüssel und verschwand.

Das konnte nur eins bedeuten: Nyebur war dort! Er versteckte sich vor den Rostockern in St. Jacobi, der Feste der römischen Kirche, in der Nähe landesherrlicher Obhut am Kollegiatstift.

Ich betrat die Kirche natürlich nicht durch die gleiche Pforte, sondern durch die große Tür, durch die man nach der Messe aus dem Turm auf die Gasse *In vico versus dotem* gelangte. Stille umfing mich, und der Duft von Weihrauch ließ mich lächeln. Aus St. Petri und St. Nikolai hatten ihn die Kaplane verbannt, in den anderen Kirchen der Stadt räucherte man weiter. Ich sah mich nach Krüger um, doch ich konnte ihn nirgends entdecken. Hatte er das Bier zu einer anderen Tür wieder hinausgetragen? Oder versteckte er Nyebur in der Kapelle und hatte die Kirche gar nicht betreten? Nur wenige Menschen waren hier. Aber sie saßen so, dass ich keinen Augenblick unbeobachtet war. Unauffällig schaute ich mich weiter um. Zuerst lugte ich in den Fürstenstuhl, dann ging ich langsam zur Kapelle hinüber, in der ich jetzt Krüger und Nyebur vermutete. Umsonst, sie waren nicht dort. Doch als ich mich umdrehte, stand kein Geringerer vor mir als Detlev Dankquardt.

Er war einen Kopf kleiner als ich, füllig, mit einer runden Nase und trotz seiner fünfzig Jahre noch vollem Haar – doch die Gemütlichkeit seiner Erscheinung war verflogen. Dankquardt registrierte meinen Schrecken mit Genugtuung. Unter seinen schwarzen Augenbrauen blinzelte er mich drohend an und ging weiter auf mich zu. Einen Augenblick lang hatte ich Angst, dass er einen Dolch aus seiner Soutane ziehen könnte. Er trat ganz nah an mich heran und zischte von unten herauf: »Was suchst du hier? St. Jacobi ist nicht dein Kirchspiel.« Er hatte seine Stimme unterdrückt und trotzdem schien es mir, als hallte die ganze Kirche nach. Die wenigen Besucher hatten sich erhoben und sahen in unsere Richtung, zwei hatten gar die Hand unter dem Rock. Sie waren nicht zufällig hier. Dankquardt hatte sie als Wächter ausgesandt. Einerseits war ich mir jetzt sicher, Nyebur recht nah gekommen zu sein. Andererseits konnte es sein, dass ich diese Gewissheit alsbald mit ins Grab nehmen würde.

Mein Freund, sag mir, wie hätte ich mich herausreden sollen?

Doch wie schon bei Oldendorp fiel in diesem Augenblick alle Furcht von mir ab. Ich blickte Detlev Dankquardt gerade ins Gesicht und sagte: »Mich schickt Bürgermeister Murmann. Er weiß, wo ich bin. Und wenn ich nicht wiederkomme, dann weiß er auch, dass Nyebur sich hier versteckt. Er hat seine Leute draußen vor der Kirche.« Das war natürlich gelogen. Aber es half mir ein Stück weiter.

Dankquardt nickte stumm. Als er die Schritte seiner Wächter hinter sich hörte, hielt er sie ohne Hinzusehen mit einer Handbewegung zurück. Dann musterte er mich. »Ich kenne dich. Du bist der Vikar mit dem lustigen Namen, der vor Jahren den Lutherspruch über Slüters Tür auslöschte – wenigstens für ein paar Tage.«

»Ganz recht, Herr, ich bin Dionysius Schmidt«, antwortete ich kühl. »Nur dass ich jetzt ebenfalls zum neuen Glauben gewechselt bin.«

Dankquardt nickte: »Dich hat der Slüter also auch eingewickelt. Glaubst du, ich kann dich jetzt gehen lassen? Damit ich beim nächsten Stundenschlag eine Meute lutherischer Studiosi in der Kirche habe, die mir die Altarschranken zerschlagen und die Bilder verbrennen?«

Ich versuchte, so etwas wie ein Versöhnungslächeln in mein Kopfschütteln zu legen. »Herr, dem Bürgermeister ist daran gelegen, den Frieden in der Stadt zu wahren. Er lässt ausrichten, dass sich der Nyebur dem Stadtgericht ausliefern soll. Wenn man ihm nichts nachweisen kann, dann wird er nur aus der Stadt gewiesen. Denn jeder weiß, dass er bis heute die reine Lehre predigt und deshalb schon etliche Male vor den Rat geladen war.«

»… wo er bis heute nicht erschienen ist, ich weiß«, seufzte Detlev Dankquardt plötzlich. Er dachte nach. »Steig auf den Turm!«, sagte er plötzlich.

Ich erschrak. Mein Hals war trocken. Was wollte Dankquardt von mir?

»Steig auf den Turm!«, wiederholte er ruhig. »Zeig dich

dort oben so, dass Murmanns Leute dich sehen können!«

Ich schüttelte den Kopf. Ich zögerte, etwas zu erwidern.

»Was ist los«, fragte Dankquardt, »du hast Angst, dass es eine Falle ist? Falle gegen Falle. Setzen wir mal den Fall, dass Jochim Nyebur hier ist. Angenommen, ich kann ihn überreden, sich Murmann auszuliefern. Woher soll ich wissen, dass er überhaupt vor dem Gericht landet? Dass er nicht vorher ins Wasser fällt und ertrinkt? Dass er nicht zufällig so endet wie seinerzeit der selige Rode?«

Dankquardt winkte jetzt einen der Wächter heran. Es war ein vierschrötiger, rotgebrannter Kerl, dessen strohblonder Haarschopf mir irgendwann schon einmal an der Landebrücke der Flussfischer aufgefallen war. Er blickte mich geringschätzig an und ich glaube, er hätte mich auf einen Wink von Dankquardt ohne zu zögern mit nur einem routinierten Hieb niedergemacht.

Dankquardt gab mir nochmals zu verstehen, mich zum Turm zu bewegen. Er öffnete mir selbst die Tür zur Treppe.

Der Luftzug erfasste mich, mir schauderte.

Der Strohblonde schob mich unnachgiebig hinein.

Ich blickte mich zu Dankquardt um. Als könnte ich ausgerechnet von ihm Hilfe erwarten.

»Bis ganz nach oben!«, sagt der nur. »Zeig dich an einem der Südfenster!«

So stieg ich nach oben, hinter mir die schweren Tritte meines Bewachers. Auch der Strohblonde war oben ganz außer Atem geraten, sodass er mir schließlich doch ein Lächeln zuwarf, als er endlich durch die Tür auf der letzten Plattform trat. Er wies mit einem Nicken auf die drei hohen Fenster in Richtung Süden und ich trat heran, blickte nach unten und winkte, ohne zu wissen, ob mich jemand sehen würde dort unten. Was hatte Dankquardt vor? Brauchte er mich als Pfand, als Garant für Nyeburs Leben? Murmann würde leugnen, mich losgeschickt zu haben, mich überhaupt zu kennen. So hing ich hier, zwischen Himmel und Erde, einen blonden Zerberus im Nacken, unter mir wohl zwanzig Ruten bis zum Boden, über mir das gedrungene Dach, das den Turm und die Glocke vor Wind und Wetter schützte, seit vor siebzig Jahren der schlanke Helm eingestürzt war, der – so behaupteten es zumindest die Bürger der Neustadt – höher gewesen sein soll als die beiden schlanken Türme von St. Petri und St. Nikolai. Worauf die Altstädter meist mit dem naheliegenden Sprichwort antworteten: Wer hoch hinaus will, der wird tief fallen.

Die Sonne schien schon flach durch die Fenster und strich weich über die Stadt, die dort unten lag, und nur das Rattern der Fuhrwerke auf der Kröpeliner Straße drang leise bis hier hinauf. Ein heftiger warmer Abendwind fegte vom Fischerhafen über die Mauer hinweg in die Stadt und wirbelte den Sand der Straßen zu Wolken auf. Es hatte zwei Wochen nicht geregnet und die Straßen lagen inzwischen voller Unrat.

Ich blickte meinen Bewacher an, der sich jetzt vor dem Eingang zur Treppe niedergelassen hatte und mich keines Blickes würdigte. Ich war noch nie auf dem Turm von St. Jacobi gewesen. Als Kind war ich natürlich auf den Turm von

St. Petri geklettert, später auch auf den von St. Nikolai. Und die schwarze Grete hatte mich mitgenommen zum Glockenstuhl von St. Marien, um mir zu zeigen, wo sie sich als Kind versteckt hatte nach den Schlägen ihres Vaters. Jetzt stand ich also hier und blickte nach Süden hinunter zum Hopfenmarkt, auf die ruhigen Geschäfte rund um die Wasserkunst mit all den kleinen Menschen, die sich dort unten um ihr Leben mühten.

Mein Freund, nach dem Willen der Gelehrten sollten die Rostocker schon damals diesen Markt den *Lateinischen Markt* nennen, wegen des Collegiums, der Regentien und des großen Lectoriums, das dort mitten auf dem Platz prangte. Doch alle Gelehrtheit der Universität kam nicht gegen den Alltag dieser Stadt an, denn hier wurde täglich der Hopfen für die Brauhäuser gehandelt und ebenso täglich obsiegte das gute Bier: Was allabendlich als lateinische Konversation über theologische und juristische Probleme begann, endete in der Nacht als fröhlicher Streit über die Brüste und Ärsche der Weiber. Oder als Schlägerei. So ist es bis heute beim Hopfenmarkt geblieben. – Rechts neben dem Lectorium ragte das Schwaansche Tor schlank herauf und noch weiter rechts verdeckte die Kirche zum Heiligen Kreuz das Kloster der Zisterzienserinnen, die sich bisher so wehrhaft erwiesen hatten gegen den neuen Glauben. Zwischen dem hohen, schlanken, schmucklosen Haus der *Brüder zum gemeinsamen Leben* und dem schwarzen Kloster der Dominikaner konnte ich sehen, dass nach sechs Jahren Bauzeit auch das Dach des neuen, runden Zwingers zwischen dem Steintor und der Bastion fast geschlossen war. Aus der Menge an Backsteinen hätte man gut und gerne eine weitere Kirche für Rostock bauen können. Stattdessen wurden die Südmauern des Zwingers anderthalb Ruten stark und bis heute kann ich mir nicht vorstellen, dass es Geschütze gibt, die selbst solche Mauern durchschlagen können. – Die Reepschläger auf der Reiferbahn teerten das letzte Seil dieses Tages, dahinter lag friedlich das kleine Hospital St. Georg und die Häuser ringsherum ließen es fast wie ein Nest erscheinen, das sich an die Stadtmauern schmiegte.

Weiter nach Süden öffneten sich auch die Stadtgärten und ich sah von dort oben weit ins Land über all die Stadtfeldmark mit ihrem friedlichen Grün für das, was täglich benötigt wurde – vom Hopfen bis zum letzten Rettich. Erst hinten bei der Biestower Kirche, da wurden die Felder größer und bald würden sie gelb werden und – mit Gottes Hilfe – reiche Ernte tragen für die Kornspeicher der Stadt und die Laderäume der Norwegenfahrer.

Hier oben war nichts zu spüren von dem Streit, der diese Stadt zerriss und ausgerechnet hier oben auf der Spitze der Trutzburg des alten Glaubens, eingefangen im Streit zwischen diesen und jenen, erfuhr ich den städtischen Frieden und die Sonne wärmte mich.

Als ich an die drei Westfenster trat, erschrak ich fast vom Anblick der Trutzmauern der Kirche *Unser lieben Frauen* mit seinen drei aufstrebenden Teilen. Sie war zum Greifen nah und wuchs so übermächtig über die Heili-

gen-Geist-Kirche, das mich das Mitleid mit dem kleinen Kirchlein anflog.

Der Wächter, der sich auf dem Turm von St. Marien schon fleißig für die Nachtwache bereit machte, winkte herüber.

Ich konnte ihn nicht erkennen, doch ich wusste, dass es Kaspar war, einer der Trägergesellen, allerdings einer, der übermäßig viel trank. Ich winkte zurück. Links und rechts der Marienkirche ragten die beiden schlanken Türme der Altstadtkirchen von St. Petri und St. Nikolai empor. Von hier erschienen beide gleich groß, doch ich wusste, dass der alte Streit nie gelöst werden konnte. Denn wenn auch sicher war, dass der Turm von St. Nikolai um mehr als eine Rute höher war, so behaupteten die Verteidiger von St. Petri, dass die Gründung ihrer Kirche noch höher gelegen sei.

Links von St. Petri verschwand das graue Kloster der Franziskaner mit dem Lazarushospital fast im Meer der alten Dächer. Rechts von St. Nikolai versorgte das Schöpfwerk mit dem großen Tretrad den Born beim Nikolaikirchhof beständig mit frischem Wasser aus dem Fluss. Manchmal im Winter, wenn das Tretrad und die Pipen über Nacht doch eingefroren waren, dann spürte die Altstadt für kurze Zeit, welch ein Segen mit dem Geklapper des Schöpfwerkes der Borngesellschaft verbunden war. Einen Brunnen zu haben, aus dem alle sicher schöpfen können, das ist ein Gut für die Stadt! Und wenn es auch für Altstadt, Mittelstadt und Neustadt je einen eigenen großen Brunnen gab, so war allein das doch Grund genug, vom Lande in die Stadt zu ziehen. Auch wenn manche den Wasserpfennig nicht zahlen konnten und ihr Wasser nicht aus der Pipe bekamen, sondern mit dem Eimer zum Freibrunnen gehen mussten. Draußen im Land, da holte sich der Schnitter in jedem Herbst seinen Teil, die Ruhr war seine Sense: Kinder und Alte mussten dran glauben. Von hier oben sah ich die vielen Dächer nebeneinander und die Pipen verbanden die Papisten und die Martinisten miteinander, die Alten und die Jungen, die Kaufleute und die Gesellen. Dort unten lebten diese kleinen Menschen miteinander und wenn ich heil wieder herunterkäme von diesem Turm, dann würde ich wieder eine von diesen Ameisen sein in diesem Haufen.

Mein Freund, kannst du dir vorstellen, was das bedeutet, so eine Kirche mit einem Turm, von dem man hinuntersehen kann? Ich weiß nicht, wie lange die Menschenameisen daran gebaut haben und wie viele dabei abgestürzt und gestorben sind. Aber die Kirchen sind für die Ewigkeit, eine jede ist wie der ewige Felsen Petri und es gibt auf Erden keine Macht, die ein Werk wie diesen mächtigen Turm zerstören kann. Nur die Zeit.

Ich trat zu den Nordfenstern und sah von dort über die vielen kleinen Dächer, die bis hinunter zum Strande und die Hafenmauer reichten. All diese Gevierte, von denen ich wusste, dass sie die Höfe umschlossen mit den Ställen für die Kühe und die Schweine, während die Ziegen in der ganzen Stadt unterwegs waren und überall das Gras aus den Straßen zupften. Die Abendbrise aus dem Westen brachte einen Schonenfahrer herein, der tief im Wasser lag, etliche Heringstonnen standen sogar an Deck. Von den Werften am Wendischen Tore stieg Rauch auf. Die Fischweiber von Warnemünde mit ihren breiten Händen richteten die Spitzen ihrer leeren Boote vor dem Fischertor in Richtung Sonnenuntergang. Ich wusste, dass sie lachten und sangen, auch wenn ich sie hier oben nicht hören konnte. Da unten lag sie, die stolze Stadt. Slüter war aus ihr genommen worden. Aber das schien Rostock nicht zu erschüttern.

Wenn ich nach Westen blickte, genau zwischen dem Kröpeliner und dem Bramowschen Turm hindurch, über den Pestfriedhof und die Gertrudenkapelle hinweg, hinüber nach Barnstorf und zum Kartäuserkloster von Marienehe, dann schien mir die Grenze zwischen der Stadt und dem Lande wie ein Schutz und die Türme – Kaiserturm, Blauer Turm, Bussebarth und Gießerturm –, die ließen weit ins Land und auf den Fluss sehen. Entlang der Straße nach Wismar und Lübeck drehten sich die Flügel der vielen Windmühlen, die immer noch einige Kornspeicher leerten, die im vergangenen Jahr reichlich gefüllt worden waren. Natürlich kam von dort, aus dem Land, alles was die

Stadt brauchte, von den Kabutzen bis zum Ton für die Ziegelhöfe und dem Bauholz. Aber wenn eine Krankheit über das Land rollte oder die Steuereintreiber des Herzogs Albrecht, dann gab es weder ein Versteck noch eine Gemeinschaft, die stark genug war, um wirklich helfen zu können. Welcher Sturm auch übers Land fegte, an der Stadtmauer musste er sich brechen. Und wenn er dann doch in die Straßen dringen mochte, so war er um einiges milder als da draußen auf dem Lande. Irgendwo fanden sich immer Vorräte und hier gab es für jeden eine helfende Hand – sei er nun Papist oder Martinist oder keins von beiden.

So stand ich sinnend und versunken in den Anblick dieser Stadt im Abendlicht, dass ich den Strohblonden nicht hörte, wie er sich erhob und auf mich zukam. Erst als er mich ansprach und ich mich erschrocken umdrehte, erwachte ich aus dem schönen Traum.

Dankquardt war jetzt in weltlicher Tracht, er nahm schnaufend die letzten Treppenstufen, dann stand er vor mir – wieder so nah, dass ich Angst bekam. Er sah es.

Ich sah, dass er das mochte.

»Dionysius Schmidt!« Er ging schweigend um mich herum und musterte mich.

Ich blickte zu Boden. Dankquardt war in der Stadt gefürchtet wegen seiner vernichtenden Wortgewalt.

»Erklär es mir! Wie kann jemand, der noch bis vor wenigen Jahren zum Papst und zur alten Ordnung stand, auf den Irrglauben Luthers hereinfallen? Eine Ordnung, die auf Gott gegründet wurde und über tausend Jahre die

Welt im Gleichgewicht hielt – trotz der Schwachheit der Menschen.« Er umkreiste mich weiter. »Erklär mir das!«

»Das geht vielen so in der Stadt«, versuchte ich einzuwenden. Mir klebte die Zunge am Gaumen.

Doch er wischte meine Widerworte beiseite: »Ich weiß! Die Herren rennen heute ihren Knechten hinterher zu den lutherischen Predigern. Die Kaufleute sehen, dass sie den Zehnt und den Ablass sparen könnten und zum Abendmahl gibt es nun nicht mehr nur das Brot, sondern auch noch den

Wein.« Er unterbrach. »Das weiß ich alles! Ich weiß auch, dass unsere Kirche auf dem Lande kaum noch Brüder hat, die nach den Geboten leben. Die einen huren, die andern saufen und die nächsten tun beides! Aber ich verstehe es umso weniger!« Jetzt blieb er vor mir stehen, tippte mir mit seinem Finger auf die Brust und sprach weiter: »Warum springt einer wie du, der doch noch vor wenigen Jahren auf unserer Seite stand, jetzt in diesen Teufelsabgrund?«

Ich wusste nicht, was Dankquardt von mir wollte. Er hatte mich in der Hand und er hatte in seinen Messen öffentlich dem Slüter den Tod gewünscht. Die Stadt hatte Nyebur schon lange als Dankquardts Werkzeug erkannt: Der Kirchherr von St. Jacobi hatte den Mord befohlen, sein Diener hatte ihn ausgeführt. Jetzt stand ich hier mit ihm über der Stadt – und er redete mir ins Gewissen? Er fühlte sich mir gegenüber im Recht und fand tatsächlich Gründe, Nyeburs Mord an Slüter zu rechtfertigen mit weltlichen und geistigen Schriften? Um nicht antworten zu müssen schüttelte ich einfach den Kopf.

Da zog mich Dankquardt am Arm zu den Westfenstern. »Was siehst du?«

Ich blickte ihn ratlos an.

»Sieh doch nach unten! Die Kühe und die Schweine scheißen auf die Straßen und die Menschen pissen dazu und nur wenn Gott es gnädig regnen lässt, dann stinkt es in den Straßen für ein paar Stunden nicht nach all dem Unrat. Mitten darin paart sich der Pöbel und setzt ohne die Sakramente Bälger in die Welt, die er nicht ernähren kann. Tagsüber sitzen die Studiosi schlafend im Lectorium. Oder sie legen die gelehrten Texte auf die Lesebank und darunter haben sie den »Reineke Fuchs« und den »Eulenspiegel«, Ulrich van Huttens dreiste »Dunkelmännerbriefe« oder gar die Predigten des Melchior Hofmann. Abends prügeln sie sich erst mit den Knechten und dann ziehen sie doch gemeinsam mit ihnen los, um den Professores den Sack über den Kopf zu ziehen und sie unerkannt zu verprügeln. In den altgläubigen Kirchenschulen haben die Kinder lesen gelernt – und jetzt lesen sie nicht den Katechismus, sondern verderben sich selbst durch Luthers Neues Testament. Wer aus Reval fliehen muss oder aus Wismar oder aus Lübeck oder aus Danzig, weil er dort gerechterweise als Täufer oder zwinglianischer Ketzer verbrannt werden würde, der bekommt in Rostock Asyl! Durch die Tore kommen jetzt alle herein, niemand fragt mehr nach dem Woher und Wohin. Ein jeder, der entfliehen will, baut sich einfach an der Stadtmauer eine Bude – aber die Stadt ist voll, wo sollen denn alle diese fremden Leute hin? Haben wir unser

Brot gebacken, um damit jetzt diejenigen zu füttern, die meinen, sich der römischen Kirche verweigern zu können? Der Rat hat Angst vor seinen Bürgern, niemand von denen, die seinerzeit im Frühjahr anno 1531 gegen das Rathaus anrannten, wurde verurteilt. Es sei ja niemandem etwas geschehen, heißt es! Der Becker und der Korte, diese Wendemäntel, predigen jetzt lutherisch und singen gar die deutschen Lieder mit ihren Schäfchen! Und was hat der Rat denn getan, nachdem sie verkündet haben, dass jetzt Lutherisch gepredigt werden sollte? Sie haben das Kirchensilber eingesammelt und, ich sage dir, dort in der Tresekammer wird es sich ganz bestimmt nicht verzinsen! Da haben sie in diesem Jahr sogar erlaubt, dass in der Fastenzeit Fleisch verkauft werden darf! Ganz öffentlich! Denkst du, sie tun das, weil Luthers freie Christenmenschen jetzt selbst über ihre Fastenzeit bestimmen dürfen? Nein, diese Herren wollen auch vor Ostern die Akzise kassieren! Sie war ihnen in den letzten Jahren entgangen, weil das Fleisch in der Fastenzeit unter dem Scharren versteckt und unter der Hand verkauft worden war! Dieser Rat ist verkommen und er holt nur immer seine verkommene Brut ins Amt! Ob es nun die Kerkhoffs sind oder die Boldewans oder die Beselins oder die Gerdes!« Detlev Dankquardt atmete schwer. Sein Hals war rot geworden, seine Augen glänzten, seine Finger hatten sich in die Gitterstäbe des Fensters gekrallt und waren weiß geworden. Jetzt blickte er mich an. Der Triumph war verschwunden, heiliger Zorn und ehrliche Traurigkeit sprachen jetzt aus seinem Blick. »Diese Stadt ist eine Hure.

Da unten liegt sie. Und jeden, der ihr in Warnemünde unter die Röcke lupft, lässt sie bis ganz hinauf fahren in ihren stinkenden Hafen. Wenn er nur genügend Geld lässt, kann hier jeder sein Abendmahl empfangen – ob nun mit oder ohne Wein. In den Schüttings sitzen sie alle bei den Würfeln und nur wenn sie zu viel getrunken haben, versuchen sie eine Erhebung gegen den Rat und die Fürsten. Mit Worten, an die sie sich am nächsten Morgen nicht mehr erinnern können.« Er winkte ab. »Die sieben Todsünden sind in der Stadt. Es geht dem Ende zu und wenn die sieben Posaunen erschallen, dann wird von den sieben Kirchen nur eine übrig bleiben – und das ist St. Jacobi. Keine Macht wird diesen Turm jemals zu Fall bringen können.«

Detlev Dankquardt war nach dieser Tirade still geworden. War das der Mann, der dem Magister Slüter noch vor wenigen Jahren nachts das Haus anzünden wollte? »Warum sagst du nichts?«, fragte er mich. »Stehst nur da und schweigst und lässt mich reden und hinterbringst es dann dem Murmann. Aber ich hab keine Angst. Ich hab schon genug Schläge bekommen und wenn es mein Gott so einrichtet, dann will ich ihm als ein Christ entgegentreten, der seinen Glauben nicht verraten und die Ordnung auf Erden so anerkennt, wie er sie eingerichtet hat: Obrigkeit und Untertanen, Papst und Christenheit, Hirt und Herde.«

Leise versuchte ich einen Einwand: »Aber Oldendorp hat doch klug vermittelt zwischen dem Rat und dem Fürsten Heinrich. Und das Domkapitel ist doch bei St. Jacobi geblieben.«

Dankquardt winkte ab: »Taktierereien eines Advokaten, eines ganz und gar ungläubigen noch dazu und außerdem ein Sodomit.« Er drehte sich zu mir um: »Das wusstest du nicht, stimmt's? Aber es ist wahr: Der ehrwürdige Rat lässt sich von einem schwulen, schielenden Teufel in die Karten sehen. Der gehört selbst ins Feuer! So einer ist heute die Gerichtsbarkeit der Stadt! Was soll einer, der fest im Glauben steht, dagegen tun?«

»Handeln«, hörte ich mich sagen.

Dankquardt blickte mich an und nickte: »Erst mit dem Teerquasten, Schmidt. Dann mit der Fackel.«

»Aber es ist Unrecht.«

»Einen Ketzer zu verbrennen ist Unrecht?«

»Slüter war kein Ketzer«, erwiderte ich leise, heiser vor Durst. »Wie Luther stand er fest in Gottes Wort.«

»Die Schrift.« Dankquardt sagte es, als spucke er aus. Dann erschrak er und blickte mich an. »Wie machst du das, Schmidt, dass ich hier oben rede, was ich eigentlich nur denken sollte?«

›Auch dafür hat Luther ein Wort gefunden‹, dachte ich bei mir. ›Er hat es bei Matthäus untergebracht: Wes das Herz voll ist, des geht der Mund über.‹ Aber ich sagte nichts, ich blickte Dankquardt nur an.

Der zischte jetzt drohend: »Was wir hier oben reden, Schmidt, das wurde nie gesagt. Verstehst du mich?«

Ich nickte vorsichtig.

»Hus, Wyclif, Zwingli, Müntzer, Hofmann – alle berufen sich auf Gottes Wort und alle sind durch die Schrift nicht zu widerlegen«, flüsterte er hastig, so als könne Gott seine lästerlichen Reden dann nicht hören. »Die römische Kirche hat es wohl eingerichtet, dass ein gemeines Volk nur das aus Gottes Wort erfährt, was es erfahren soll. Damit die weltliche Ordnung bleibt.« Dann griff er mich am Ärmel. »Dein Slüter war ein Täufer! Er war schlimmer als ein Täufer!«

Ich wollte mich seinem Griff entwinden, doch er packte mich am Wams und zog mich zu sich heran.

»Er war ein verkappter Täufer, er wollte die Ordnung so umwälzen, wie es nicht einmal Luther zugelassen hätte.« Seine Stimme war wieder scharf und böse geworden. »Weißt du, welches Buch er ausgelegt hat in seinen letzten Tagen?«

Ich wusste es nicht.

»Erst als er wusste, dass er bald sterben würde? Weißt du, welches Buch?«

Ich zuckte die Schultern.

»›Amos‹!«

Ich zuckte wieder mit den Schultern.

Dankquardt nickte. »›Amos‹ hat er gelesen! Auf Deutsch, sodass es alle verstehen konnten: Wie der Herr spricht, dass man das Land Samaria bedrängen wird und die Reichen von ihrer Macht herunterreißen und ihre Häuser plündern wird.«

Ich wand mich heraus, denn ich hatte das Buch »Amos« im Alten Testament nie gelesen, schon gar nicht auf Deutsch. »Ich weiß nicht, wie Slüter dieses Buch ausgelegt hat …«

»Wie schon! Als Aufruhr gegen die Ordnung! ›Amos‹ kann man nicht anders auslegen! Slüter hat seine Pöbel-Gemeinde aus Schweinen, Gesocks und Verrückten immer nur deshalb zurückgehalten, weil er Angst um seinen eigenen Kopf hatte«, sagte Dankquardt bissig. »Erst als er sah, dass er sterben würde, da hat er sie losgehetzt. Als er wusste, dass er nicht mit ansehen musste, wie sie die Stadt ins Unglück stürzten.«

»Niemand hat losgeschlagen, Herr Dankquardt. Außer Slüter selbst ist niemand gestorben«, wandte ich leise ein.

Dankquardt hatte sich abgewandt und schwieg. Er blickte nach Westen, die Sonne schien ihm ins Gesicht, er hielt die Augen geschlossen, genoss die Wärme und atmete ruhig den Wind der Abendbrise ein. »Der Aufruhr in der Stadt ist nur noch eine Sache von Stunden«, sagte Dankquardt ruhig. »Wenn sie Nyebur kriegen, schlagen sie ihn tot. Wenn sie ihn nicht kriegen, schlagen sie sich gegenseitig tot. Oder – wenn wir Glück haben – die Bürgermeister.« Dankquardt erschrak wieder über seine eigenen Worte. »Ich muss dich hinunterwerfen lassen«, sagt er nachdenklich.

Das hatte der Strohblonde gehört. Er stand diensteifrig auf, schickte Dankquardt aber einen zweifelnden Blick.

Ich erschrak, denn natürlich war Dankquardt jetzt auch das Ziel rachsüchtiger Lutheraner geworden. Er hatte einem Mörder Unterschlupf gewährt, ihn verpflegt und vor dem Zugriff der Stadtoberen geschützt.

Doch Dankquardt winkte dem Strohblonden, dass er sich wieder hinsetzen könne. »Wenn ich nicht selbst zum

Mörder werden will, dann bleibt mir nichts weiter übrig, als dir zu vertrauen«, sagte er still. »Wenn ich dir sage … nein, wenn ich schwöre, dass Nyebur nicht der Mörder ist, glaubst du mir dann?«

Ich weiß nicht, woher ich den Mut nahm, den Kopf zu schütteln.

»Ich schwöre es trotzdem«, erwiderte Dankquardt. »Nyebur hat Slüter nicht vergiftet. Er ist nicht der Mörder, für den ihn alle halten. Deshalb ist er jetzt an einem sicheren Ort.« Er lächelte. »Zehnmal sicherer noch als hier in St. Jacobi.«

Es stimmte also: Ich war Nyebur sehr nah gewesen, ohne ihn gesehen zu haben. So nah, dass Dankquardt glauben musste, kaum noch einen Ausweg zu haben. Die Stadt lag schon im Schatten, die letzten Strahlen der Sonne erreichten nur uns drei auf dem Turm von St. Jacobi. Dann verlosch auch für uns das letzte rote Gleißen am Horizont.

»Du kannst gehen!«, sagte Dankquardt zu mir.

Der Strohblonde atmete auf.

Ich auch.

Wir lächelten uns sogar einen Augenblick an.

»Was soll ich Murmann sagen?«, fragte ich Dankquardt, mit inzwischen ausgedörrter Kehle.

»Nichts sollst du ihm sagen! Du schweigst über alles, was du hier gesehen und gehört hast! Streich diese Stunde aus deinem Gedächtnis!« Er lächelte mich herzlich an. Ich wollte sein Lächeln schon erwidern, da sagte er: »Wenn ich erfahre, dass du etwas erzählt hast, dann fällst du in die

Warnow. Noch in der gleichen Nacht. Nicht nur Murmann hat Spitzel in der Stadt. Ich finde dich! Wenn du fliehen willst, dann verschwinde am besten gleich nach Amerika.«

Mir blieb der Atem weg.

Dankquardt genoss meinen Schreck. Seine Stimme war jetzt wieder leise, zischend und so bedrohlich wie bei unserer Begegnung in der Kirche. »Du sagst Murmann gar nichts! Das mache ich. Aber ich verrate dir noch ein Geheimnis: Murmann ist immer noch einer von uns. Dass er bei Slüters Begräbnis war, hat nichts zu bedeuten.« Dann nickte er in Richtung Treppe.

Ohne ein weiteres Wort drückte ich mich an Dankquardt vorbei, der Strohblonde grüßte mich mit einem Nicken, das durchaus eine Drohung sein konnte. Ich rannte die Treppe hinunter. Nur einmal blieb ich stehen und lauschte. Sie folgten mir nicht. Das große Portal des Turmes war verschlossen. Ich drehte mich um und rannte auf meinem Weg durch das Kirchenschiff fast den alten Krüger über den Haufen, der plötzlich neben der Fünte aufgetaucht war und mir den Weg zu versperren schien. Die Tür der Anna-Kapelle stand noch offen, ich rannte weiter und erst auf den Stufen des Neustädter Borns auf dem abendlichen Hopfenmarkt hielt ich inne. Hier konnte ich sehen, ob Dankquardt mir doch Verfolger geschickt hatte. Hier konnte ich zu Atem kommen. Und endlich meinen Durst stillen. Ich tauchte mein Gesicht in den Brunnen und trank in vollen Zügen. Dann ließ ich mich auf den Stufen der Wasserkunst nieder und schloss die Augen. In meinen Kopf wirbelten Bilder und

Worte dieses Tages durcheinander. Wenn es stimmte, dass Nyebur nicht Slüters Mörder war, dann musste Murmann es erfahren. Doch wenn Murmann ein verkappter Papist war, dann musste er verhindern, dass Nyebur verhört wurde. Und wo in drei Teufels Namen hatte Dankquardt Nyebur angeblich so sicher versteckt? Ich wusste nicht, was ich jetzt noch tun konnte. Natürlich hatte ich das Honorar, das mir Murmann versprochen hatte, längst in den Wind geschrieben. Jetzt kam es nur noch darauf an, mit heiler Haut aus dieser Geschichte herauszukommen. Schließlich beschloss ich, die Suche nach Nyebur aufzugeben und Murmann in Zukunft aus dem Weg zu gehen. Ich würde mein Problem genauso lösen wie es die Ratsherren die Probleme der Stadt lösten: mit Nichtstun. Ich würde abwarten, bis die Konstellationen sich irgendwie änderten, bis ein anderer einen Fehler machte. Außerdem schien es nicht mehr weit zu sein bis zu dem Weltuntergang, den Dankquardt und die Täufer vorhergesagt hatten. Wenn ich Glück hatte, dann würde die Apokalypse über die Stadt und den Erdkreis hereinbrechen, bevor man Nyebur gefunden hätte. Im Augenblick schien es mir leichter, mich vor meinem Schöpfer zu rechtfertigen als vor Murmann und Dankquardt.

Ein furchtbarer Gesang riss mich aus meinen Gedanken. Ich musste mir eingestehen, diese Melodie schon gehört zu haben, aber erst nach einer Weile erinnerte ich mich: Dieser trunkene Schlachtgesang, der da aus der Regentie *Zum Wilden Mann* dröhnte, war Luthers neues Lied. Ich weiß nicht, warum Luther »Ein feste Burg ist unser Gott«

geschrieben hatte – ob nun für den Kampf gegen die Türken, die Pest oder die Papisten. So wie ich den Text verstanden hatte, sollte es den Singenden eine innere Stärke verleihen. Aber aus den Kehlen der Studenten klang es wie eine Bedrohung, wie die Lust auf Rache. Und tatsächlich: Die betrunkene Bande kam über die erste Strophe nicht hinaus und tat das Gegenteil von dem, was der Text des Liedes meinte: Statt auf Gott zu vertrauen und standhaft im Glauben zu bleiben, entzündeten sie Fackeln und machten sich auf, in der Stadt nach Nyebur zu suchen. Sie würden sich von keinem Büttel aufhalten lassen und wenn ihnen jemand begegnen sollte, der dem alten Glauben anhing, dann würden sie ihn wohl totschlagen. Es war nur zu hoffen, dass sie in ihrem Suff so laut bleiben würden, dass ihnen jeder rechtzeitig aus dem Weg gehen konnte.

Ich saß noch immer still auf den Stufen des Brunnens und drückte mich noch weiter in seinen Schatten, so zog die Bande grölend an mir vorüber durch das Kirchspiel von St. Jacobi. Wenig später hörte ich lautes Lachen und zerbrechende Scheiben. Wie es schien, hatten sie im Haus der Kartäuser in der Breiten Straße die Fenster eingeworfen. Für mich war damit der Weg frei über die Grube. Im *Weißen Schwan* bei der Petrikirche betäubte ich mein Gedankenwirrwarr und meinen Durst mit einer Kanne Doppelbier. Als ich schließlich in meiner Bude auf das Stroh sank, hatte ich wieder Selbstvertrauen und einen Rausch, der mich meinem eigenen Weltuntergang wieder ein Stück näher brachte.

Lieber Freund, lassen wir es damit für heute bewenden. – Was aus Detlev Dankquardt geworden ist, willst du wissen? Er liegt jetzt im Sterben. Er ist alt geworden und hatte in den letzten Monaten auch seine Sinne nicht mehr beieinander. Aber er wird als Papist vor seinen Schöpfer treten, er hat sich allen Forderungen der Lutheraner widersetzt und vor ein paar Jahren sogar den Herzog herausgefordert. Für St. Jacobi wird es schwierig, ihn unter die Erde zu bringen. Ihm angemessen wäre eine große Feier nach der alten Liturgie der reinen Kirche. Doch der neue Prediger Andreas Martini ist lutherisch, und wie gelassen er auch das Fortwirken der alten Kirchenlehre in Rostock sieht: Das Begräbnisritual der alten Kirche darf er nicht zulassen, gerade am Schweriner Domstift von St. Jacobi nicht und schon gar nicht bei diesem Erz-Widersacher des Herzogs. Dieser Triumph Dankquardts wäre umso größer, weil er selbst nach seinem Tode den alten Streit gegen die Lutheraner doch gewinnen würde.

Du siehst, mein Freund, selbst 25 Jahre nach der Verkündigung der städtischen Kirchenordnung nach dem neuen Glauben können die Papisten in Rostock ruhig leben. Die Zisterzienserinnen halten auch heute treu zum Papst und selbst der offiziell eingesetzte Reformator Heinrich Techen ist schließlich am ehrwürdigen Rat und an den Rostockern gescheitert. Mag die Welt sich neuerdings sogar um die Sonne drehen – hier bleibt alles beim alten, hier dreht sich die Sonne weiter um den Mittelpunkt der Welt: den Großen Markt.

Der fünfte Doppelschilling,

für den du erfährst, wo sich der Nyebur versteckt hält.

Mein Freund! Danke für den Doppelschilling. Vergelt's Gott! Ich hab letzte Nacht von dir geträumt. – Ja, glaub es nur. Im Traum hast du mich gefragt: »Woher soll ich wissen, dass du mir nicht nur eine Geschichte strickst, die umso länger und lügnerischer wird, je mehr Geld du mir gibst?« – Ich weiß es nicht. Natürlich würde ich gern sagen: »Glaub mir. Ich bin dabei gewesen und wenn einer die Geschichte kennt, dann ich! Denn ich habe sie alle gekannt: die Slüterin und den Becker und die schwarze Grete und den Nyebur und den Murmann. Ich kann es bezeugen.« Aber was helfen dir solche Beteuerungen? Nichts.

Vielleicht ist es ja möglich, dass du dort, wo du herkommst, alles nachlesen kannst aus den Briefen und Büchern und Akten. Und vielleicht wirst du dort Dinge finden, die mit meiner Geschichte nicht übereinstimmen. Aber können diejenigen, die das aufgeschrieben haben, nicht ebenso lügen? Oder übertreiben? Oder weglassen? Wird es auch nur ein Stück wahrer, wenn es einmal aufgeschrieben wurde? Oder erst, wenn es dreimal abgeschrieben wurde? Oder dreißigmal? Oder wenn es gedruckt wurde bei Ludwig Dietz in seinem Offizin am Hopfenmarkt? – Aber ich schweife ab. Unterbrich mich, wenn du nichts mehr hören willst!

Zum Hopfenmarkt verschlug es mich am nächsten Tag. Einer von den Laufburschen aus der Druckerei hatte mittags an meine Bude geklopft, mich nach meinem Namen gefragt. Ich wollte ihn rauswerfen, weil ich noch auf dem Stroh lag und mein Kopf noch schwer war von dem Schlummertrunk des vorangegangenen Abends. Doch dieser kleine Spitzbube hatte mir einen Zettel zugesteckt, den Ludwig Dietz an mich gerichtet hatte: Ich sollte heute Abend wie zufällig zu ihm in die Druckerei kommen, ihn aber nicht ansprechen. Das würde er tun, wenn ihm die Gelegenheit günstig erschiene. Denn er habe mir eine wichtige Mitteilung zu machen, die mich interessieren dürfte. Ich war erstaunt darüber gewesen, dass Dietz meinen Namen kannte. Kannte er auch meinen Auftrag? Meinen Auftraggeber? Wer wusste noch davon? Noch in der Nacht hatte ich mir geschworen, den Auftrag Murmanns samt dem Honorar fahren zu lassen. Jetzt schien die halbe Stadt davon zu wissen.

Ich entschloss mich, zu Dietz zu gehen. Ich wollte nicht glauben, dass mir Dankquardt ausgerechnet bei ihm eine Falle stellen würde. Außerdem musste ich herausfinden, wie weit sich meine Suche nach Nyebur herumgesprochen hatte.

Ich war selten in der Neustadt. Aber wenn, dann musste ich hineingehen und die Schriften betrachten, die dort in den Regalen lagen, ob sie nun bei Dietz gedruckt worden waren oder woanders. Hager, mit einer freundlichen roten Nase stand Ludwig Dietz oft selbst in seiner Lederschürze zwischen den Pressen und Setzkästen in der Druckerei, unter seiner Kappe ragten dunkle Locken hervor und wenn er seine Drucker lobte, dann verfiel er oft zurück in seinen heiteren Pfälzer Dialekt. Er stammte vom Rhein, aus Speyer, und er war weiß Gott ein Glücksfall für unsere Stadt. Ich wäre gern bei ihm in die Lehre gegangen, doch seine Gesellen kamen allesamt aus dem Haus der *Brüder zum gemeinsamen Leben* – stille, arbeitsame, heitere Männer, die ihr großes Fraterhaus in Rostock selbst gebaut hat-

ten und ihre hohe Bildung gleichmäßig in den Dienst derer stellten, die bei ihnen drucken ließen: Wer fehlerhafte, schnell hingeworfene Schriften abgab, der konnte sich darauf verlassen, dass sie beim Setzen verbessert wurden – sowohl in der Rechtschreibung als auch in der Grammatik, und das nicht nur in Deutsch, sondern auch in Latein, Griechisch und Hebräisch. Sogar Syndikus Johann Oldendorp war daher dankbar und des Lobes voll, denn wie er mir vertraulich erzählte, seien seine beiden Schriften »Ratschlag für eine gute Politik und Ordnung in Stadt und Land« und seine Lehrschrift »Was billig und recht ist« erst in der Zusammenarbeit mit den Brüdern in die rechte Ordnung gekommen und außerdem sehr sauber gedruckt und gebunden worden. Hier kamen die martinistischen Flugschriften auf ebenso gutes Papier wie die altgläubigen Erwiderungen der Herren Professores, die Forderungen des ehrwürdigen Rostocker Rates an den Landesfürsten wie dessen Polizeiordnungen für sein Herzogtum und diese Stadt, die ihm viele Sorgen einbrachten, aber eben auch die meisten Steuern. Hier wurden simple Theaterzettel und Kataloge, Verordnungen und Kalender, Auktionsankündigungen und Akziselisten gedruckt, aber auch die gefährlichen Flugschriften – und besonders die schlimmen Bilder wurden massenhaft für nur wenige Pfennige verteilt: Ein teuflisches Wesen mit der Mitra eines Papstes verschlingt die armen Seelen und lässt sie vorher noch dafür bezahlen. Hier wurde die Schrift gedruckt, mit der die Professores den Slüter in die Falle der theologischen Disputation locken wollten, und auch jene freundliche Erwiderung Slüters an den Antonius Becker, mit der er seinerzeit die Disputation verweigerte und damit gleichzeitig den Kettenhund der Professores zähmte, der er damals war. Ich blätterte oft in der niederdeutschen Übersetzung von Brants »Narrenschiff«, aber noch mehr fesselten mich die Bilder eines dicken Buches über Wundarztchirurgie von einem Hieronymus Brunswick. Ich konnte Stunden dort zwischen den Büchern stehen: In der Bibliothek der Universität herrschte eine strenge Aufsicht, hier schob mir ein freundlicher Bruder einen Stuhl zurecht, obwohl er wissen musste, dass mein Geld immer nur für eine kleine Flugschrift reichte.

Oldendorp sagte mir einst, dass dieser Ludwig Dietz und seine Fratres – die mit ihrem Orden den altgläubigen Augustinern nahestanden – mehr für den Frieden in der Stadt tun würden, als der Rat es je vermochte: Denn wer sich mit Schriften und Disputationen stritt, der mache sich auch immer verantwortlich vor denen, die nach uns kommen werden und ihr Urteil über diese Zeit nur nach dem geschriebenen Wort fällen konnten. Allein das wirke mäßigend auf die Streithähne: Selbst Dankquardt wolle schließlich in den Chroniken nicht als der Hitzkopf verewigt werden, der er tatsächlich war. Das Offizin des Ludwig Dietz war selbst in diesem städtischen Streit, der manchmal zum Krieg wurde, niemals das Ziel eines Anschlages – obwohl doch vor allem die Papisten Grund dazu gehabt hätten. Denn alle Welt kaufte zwar die lutherischen Flugschriften,

die deutsche Bibel und das niederdeutsche Gesangbuch Slüters. Aber kaum jemand interessierte sich für die Argumente der Papisten: Was Barthold Möller und sein Freund Johannes Kruse den Protestanten entgegnete, musste natürlich in akademischem Latein abgefasst sein und bis auf die wenigen Studenten, die damals noch den altgläubigen Professores an der Universität ergeben waren, kaufte niemand diese Blätter. Was natürlich die Fratres nicht hinderte, auch diesen Texten ihre ungeteilte Aufmerksamkeit und liebevolle Gestaltung zukommen zu lassen. Und freundlich zu versichern, das man selbstverständlich mehr als die geplanten fünfzig Stück drucken würde, wenn die Nachfrage nach dem Buch sich so entwickeln würde, wie sich Möller und Kruse das vorgestellt hatten.

Dort saß ich also, wie im Auge eines Wirbelsturmes. Auch wenn die altgläubigen Pfaffen das nicht wahrhaben wollten: Aus dieser nach allen Seiten freundlichen Druckerei drang der neue Glaube in die Stadt. Wer nicht lesen konnte, der wollte es lernen, wer es nicht lernen konnte, der wollte sich die Schriften vorlesen lassen. An den Tischen der Schüttings wurden Glaubensfragen diskutiert und wenn es Streitfragen zum Verständnis eines Textes gab, dann lag nicht selten das Papier auf dem Tisch und es wurde nachgelesen, was richtig war. So wurden die Bierbänke zu Schulen. Für Ludwig Dietz war diese protestantische Bewegung und der Streit um den rechten Glauben ein Glücksfall: Er hatte schon zehn Jahre in der Druckerei als Geselle unter Meister Barckhusen gearbeitet und den Betrieb anno 1514 übernommen. Doch die Geschäfte liefen schlecht, die Universität hatte kaum Studenten und die Professores – waren sie nun vom Rat der Stadt eingesetzt oder vom Herzog – waren mit zwei oder drei Posten versorgt worden. Sie betrieben eigene Schankhäuser, vermieteten Räume, hielten Messen ab, vertraten Stadt und Bürger in Rechtsangelegenheiten – und wenn auch ihr Salär an der Universität nicht gerade knapp bemessen war, so hatten sie doch genügend Zeit, auf diesem Fundament noch weitere Einkünfte zu erschließen und nicht selten konnten sie ihre akademischen Verbindungen in andere Städte auch kaufmännisch nutzen. Doch für die Wissenschaft war dann keine Zeit mehr und für die Druckerei gab es in dieser Zeit kaum Aufträge. Mit dem, was der Stadtsekretär Peter Sasse in Auftrag gab, konnte Dietz nicht überleben. Er hatte schon daran gedacht, seine Druckerei nach Lübeck zu verlegen: Wo schon vier Druckereien seiner Größe arbeiten konnten, da würde es auch noch Platz für eine fünfte geben. Doch dann hatte Luther 1517 seine Thesen wider den Ablass an die Tür der Wittenberger Schlosskirche geschlagen und als er anno 1518 in seinem »Sermon von Ablass und Gnade« seine lateinischen Thesen schriftlich auf Deutsch erklärte, da ließ sich Ludwig Dietz nicht lange bitten, setzte höchst selbst mit seinen schönsten Lettern die Flugschrift nach und dann kamen Menschen in die Druckerei, von denen auch er nie gedacht hätte, dass sie Geld für Gedrucktes ausgeben würden – und seien es auch nur drei Pfennige.

Die Reformation, die doch zuerst nur die Wittenberger Universität erfassen sollte und nun selbst bis Rostock gekommen war – sie klang nach dem Knarren der Spindeln der Druckpressen in Dietzens Druckerei. Sie roch nach dem alten Leinöl, mit dem sich der Ruß zu Druckerschwärze verband und mit den Druckerballen auf die Lettern aufgetragen wurde. Dieser bitter-blumige Geruch steigt mir heute noch in die Nase, wenn ich den Namen Martin Luther höre. Die Brüder sprachen immer davon, dass sich das Leinöl mit dem Firnis auch von selbst entzünden könnte und mahnten einander oft, darauf achtzugeben. Aber was sich wirklich wie von selbst entzündete, das war das Lauffeuer einer Botschaft: Es gab eine neue Nähe zu Gott und es war nicht gewiss, ob sich nach dem Umsturz der kirchlichen Ordnung nicht auch ein Umsturz der weltlichen Ordnung anschließen würde. Denn wie soll einer ein freier, selbstbestimmter, büßender Christenmensch im Glauben sein, aber weltlich der geduldige Untertan eines so eitlen und streitsüchtigen Herzogs wie Albrecht von

Mecklenburg? Das konnte mir auch Luther nicht erklären. Obwohl ich nicht wusste, wie weit diese neue Ordnung gehen sollte und natürlich das Blutbad von Frankenhausen ein zu hoher Preis war, so empfand ich diesen Weg hin zu einer Reformation der weltlichen Ordnung doch als logische Konsequenz von Luthers Kampf gegen das Papsttum.

Lieber Freund, dass ich hier abschweife, hat seinen Sinn, denn immer wenn ich zwischen diesen Schriften stand, verlangte es mich, meine Meinung zu vertreten, und wenn niemand da war, dann rechtfertigte ich meine Meinung vor mir selbst und legte mir Argumente für einen Disput zurecht. Denn Ludwig Dietz ließ mich warten und ich tat, was sein Laufbursche mir ausgerichtet hatte: Ich ließ meine Anwesenheit in seinem Offizin wie den eines Mannes aussehen, der sich für die Bücher interessierte – und das fiel mir nicht schwer.

So stand ich also an diesem Abend zwischen seinen Verkaufsregalen – nahe genug an der Werkstatt, sodass er mich sehen konnte und ich es dennoch nicht weit hatte bis zur Tür. Er hatte von seiner Setzerbank kurz aufgesehen, mich mit den Augen gegrüßt und sich dann wieder seiner Arbeit zugewandt. Um nicht aufzufallen, hatte ich mir ein Heft gegriffen und begonnen, beiläufig darin zu blättern. Erst nach einigen Seiten blickte ich hinein und las: ›Ich sage: Selbst wenn die christliche Kirche noch heute beschlösse und abschließend erklärte, dass der Ablass mehr als die Werke der Genugtuung tilge, so wäre es dennoch tausendmal besser, wenn kein Christenmensch den Ablass kaufte oder begehrte, sondern sie lieber die Werke täten und die Strafe erlitten.‹ Ich musste lächeln, denn es war, als hätte Gott selbst mir die Hand geführt: Ohne hinzusehen hatte ich mir den »Sermon von Ablass und Gnade« gegriffen und trotz meiner durchaus heiklen Situation hatten mich Luthers starke Worte genauso angerührt wie damals, als mein ehemaliger Kommilitone Valentin Korte mir das Heft mit einem verschwörerischen Lächeln gegeben hatte.

Ein Hüsteln riss mich aus meinen Erinnerungen. Ludwig Dietz war an mich herangetreten, legte mir seine schwarze Hand auf die Schulter, schob mich stumm und freundlich in die Druckerei und drückte mich auf einen Schemel nieder. »Du bist Dionysius Schmidt?«

Ich nickte vorsichtig.

»Dann kennst du die Anna?«

Anna? Dietz konnte doch unmöglich diese Anna meinen. Ich schüttelte den Kopf.

Dietz lächelte: »Die schwarze Grete? Die kennst du nicht mehr? Dann wird sie aber enttäuscht sein!«

Mir blieb das Herz stehen.

Dietz lachte. »Na also doch! Ich bin nur der Liebesengel. Ich will gar nicht wissen, was ihr zu reden habt. Aber ich muss dich enttäuschen: Es scheint Anna um etwas anderes zu gehen als nur um ein Wiedersehen mit dir. Sie scheint sehr verzweifelt zu sein.«

Endlich hatte ich mich gefangen. »Was ist mit Anna?«

Ludwig Dietz hob die Schultern. »Ich weiß es nicht. Einer meiner Gehilfen, der den Nonnen die Schriften verkauft, gab mir heute diesen Zettel.« Er reichte mir ein Papier herüber. – Hier, mein Freund, ich trage es auch nach so vielen Jahren noch in dieses Leder gewickelt bei mir. Falte es auf, ich kenne die Worte darauf auswendig:

Gott sei mit dir, Bruder Dietz!

Ich habe eine wichtige Bitte an dich. Stell keine Fragen, es geht um das Weiterleben unseres Klosters! Ich muss einen Freund treffen, er scheint der Einzige zu sein, der uns noch helfen kann. Er heißt Dionysius Schmidt und ich hoffe sehr, dass er sich noch an die schwarze Grete erinnert – so hat er mich früher genannt, als ich noch die Tochter des Schuhmachers Hans Sassen war. Ich weiß, dass er in Rostock ist. Ihn muss ich treffen, aber das kann nicht im Kloster geschehen.

Ich bitte dich deshalb: Behalte ihn in deiner Druckerei und wenn er bei dir ist, mein Freund, dann schicke deinen Burschen zur kleinen Pforte und lass ihn das Zeichen geben! Ich werde in der Nacht Wege finden, das Kloster zu verlassen. Gib uns einen sicheren Ort, an dem wir reden können ohne dass uns jemand belauscht. Mein Bruder, glaube mir bitte, wenn ich dir sage, dass es besser für dich ist, wenn du nichts weiter weißt als das.

Gottes Segen über dich!

Anna.

Ich blickte auf. Mit feuchten Augen sah ich Ludwig Dietz ins Gesicht.

Er lächelte: »Dann willst du sie sehen?«

Ich nickte heftig: »Ja. Ja, ich will sie sehen!«

Ludwig Dietz trat auf die Stufen vor dem Haus, rief den Laufburschen, drückte ihm zwei Pfennige in die Hand und schickte ihn mit einem Zettel los, auf dem nur ein Ort und eine Zeit standen. Offenbar wusste der Junge sofort, was zu tun war. Dann kam Dietz zurück und nahm mir das Heft aus der Hand.

»Ach, der Sermon«, sagte er abfällig und warf die Schrift ohne hinzusehen auf einen Tisch.

Ich blickte ihn verwundert an. »Sie haben doch sehr viele davon verkauft.«

Ludwig Dietz lächelte und zuckte mit den Schultern. »Ja, aber weißt du: Solche Flugschriften sind keine gute Buchdruckerarbeit. Dafür nimmt man kein gutes Papier, so eine Schrift setzt mein jüngster Geselle, dafür mache ich nicht mal einen Titelholzschnitt und selbst auf das Binden lege ich keinen Wert. Diese Schriften sind neumodisches Zeug, sie treiben die Zeit immer schneller voran, sodass unsereins nicht mehr mitkommt. Und so viele Exemplare es auch sind, so schnell werden sie wieder vergessen sein. Das Buch über die Wundarznei, das prächtige »Narrenschiff«, der »Reineke Fuchs« oder auch die große Bugenhagen-Bibel, für die mein Schweriner Holzschneider Erhart Altdorfer gerade die prächtigsten Holzschnitte macht – das sind Bücher, die die Zeit überdauern werden. Von dem Sermon müsste ich aber inzwischen tausend Stück verkauft haben und selbst heute kommen immer wieder Laufburschen, die mir die vier Pfennige reichen, den Sermon unter dem Wams verstecken und ihn irgendwohin bringen, wo man ihn wohl gut vor seinen Nächsten verstecken muss.« Er lachte leise. »Die Universität, St. Katharinen, die Kartause und selbst das schwarze Kloster …«

»Die Dominikaner?«, entfuhr es mir.

Ludwig Dietz nickte. »Die Brüder wollen wissen, warum Gottes Strafgericht den Luther immer noch nicht ereilt hat. Dafür hat die Pest schon lange den Tetzel geholt. Und dem anderen Lutherfeind, ihrem alten Ordensgeneral Cajetan, fällt offenbar in Rom auch nichts mehr ein. Die Dominikaner können sich in ihrem Habit nicht mehr in der Stadt sehen lassen und selbst viele ihrer liebsten Feinde, die Franziskaner aus dem Katharinenkloster, traten dem neuen Glauben bei. Es heißt sogar, der Rat wolle ihnen einen Teil des Klosters nehmen und eine Schule daraus machen. Da steckt sicher Oldendorp dahinter. Ja, und deshalb hat der Zahn der Zeit und die Hartnäckigkeit der Lutheraner stetig und sicher an der Papstgläubigkeit der Dominikaner genagt.«

Ludwig Dietz schob mir einen Becher Bier, Butter, Brot und ein Stück Käse über den Tisch und lud mich ein, zuzugreifen. Ich war tatsächlich hungrig geworden und während ich mir Butter daumendick auf das Brot strich, blätterte Ludwig Dietz in dem Heft.

»Weißt du übrigens, wer mich zum ersten Mal nach dem Sermon fragte?«

Ich schüttelte den Kopf.

»Ein junger Priester, der von Dömitz gekommen war, um sich in Rostock an der Universität einzuschreiben.«

Er lächelte.

»Der Meister Jochim?«

Dietz nickte. »Das war anno 1518. Zuerst musste er wieder abziehen: Ich hatte von dem Buch noch nichts gehört, ich kannte den Text nicht und konnte es daher auch nicht setzen. Ein paar Tage später war er wieder da – mit dem Sermon. Ich musste nicht lange darin blättern, um zu sehen, dass es Ärger geben würde, wenn ich das drucken würde. Also sagte ich ihm, dass dieses Hochdeutsche den Menschen hier nicht geläufig sei und dass sich deshalb der Aufwand nicht lohnen würde.« Er lachte wieder. »Was soll ich dir sagen: Zwei Tage später war er wieder da. Er hatte den Text ins Niederdeutsche übertragen und reichte mir seine Schrift mit einem solchen Leuchten in den Augen herüber, dass ich mir sagte: So drucke ich es in Gottes Namen!«

Er schwieg. Die Uhr schlug zehn Mal. Der Drucker schüttelte den Kopf. »Jetzt liegt er da in der Erde, ermordet.« Er seufzte. »Wo soll das noch hinführen?«

Ich nahm mir ein Herz: »Und Ihr, Ludwig Dietz, wie haltet Ihr es mit dem Glauben?«

Er lachte. »Kenne ich dich so gut, dass ich mich in deine Hand begeben würde?«

Ich schwieg.

»Du weißt, mir geben die Martinisten ihr Geld und die Papisten auch. Jede dieser Seiten glaubt, dass ich ihnen nahestehe und manchmal wird mir angetragen, mich zu stellen und öffentlich darzulegen, ob ich zu dieser oder zu jener Seite neige. Ich verwehre mich einer solchen Stellungnahme und ich kann gut damit leben, dass beide Seiten glauben, ich würde nur deshalb schweigen, weil ich sonst jeweils eine Hälfte meines Geschäftes gefährden würde.«

Er stand auf, ging zu einem Regal und kam mit einem Buch wieder. »Natürlich sollte die Bibel bald als vollständig übersetztes Buch vorliegen. Aber auch dieses hier.« Er lächelte, als er es mir reichte. »Moriae encomium« stand auf dem Titel und sein Verfasser nannte sich Erasmus von Rotterdam. Ich suchte in meinem Kopf mein Latein zusammen, doch Ludwig Dietz kam mir zu Hilfe. »Es ist griechisch, übertragen in lateinische Lettern«, erklärte er. »Es heißt: ›Lob der Torheit‹. Und es ist einer von den Scherzen, die zur Wahrheit führen – wenn der Leser sie richtig verstehen will.«

Ich begann zu blättern, doch bald blickte ich Dietz hilflos an. Das war ein gelehrtes, hohes Griechisch und dass es in lateinischen Lettern gedruckt war, machte das Lesen nicht einfacher. Ich habe es danach noch viele Male gelesen, um die Worte zu verstehen. Dietz half mir damals, und er offenbarte mir damit seinen Glauben, als er mir den Inhalt des Buches darlegte: »Die Torheit selbst stellt sich vor die Menschen und beweist, dass sie es ist, die alles richtig macht, die die Welt im Gange hält und daher ohne allen Zweifel ist. Wenn ich Menschen begegne, die ohne allen Zweifel sind, Menschen wie den dreisten Slüter und den unnachgiebigen Luther, wie den berechnenden Cajetan und den unfehlbaren Papst, wie den cholerischen Dankquardt und den geizigen Herzog Albrecht, dann sehe ich in ihnen die Narren, an denen diese Welt leidet. Doch weil ich zweifle, bin ich schwach und kann nichts anderes tun, als mir dieses Welt-Theater anzusehen wie eine Komödie.«

Das konnte ich nicht verstehen: Wenn einer in dieser Stadt dabei half, dass diese Komödie zumindest in Religionssachen weitergespielt wurde, dann war es doch Dietz mit seiner Druckerei – und diesen vielen Papieren, die immer wieder zu Disputationen und Streit führten.

Doch diesen Vorwurf wehrte Dietz ab – und wie immer tat er es heiter. »Wenn sich zwei mit Worten streiten, dann müssen sie einander verstehen wollen. Deshalb ist es mir wichtig, heute die Anklage des Dankquardts gegen Slüter, morgen die Verteidigung des Slüters gegen Dankquardt zu drucken.«

»Diese Disputation hätte Slüter das Leben kosten können!«, rief ich. »Die Papisten wollten ihn auf dem Scheiterhaufen sehen!«

Dietz nickte. »Damals ist das verhindert worden, weil die Anklage und die Erwiderung gedruckt waren. Deshalb gab es keinen Scheiterhaufen. Aber die meisten Scheiterhaufen in Deutschland brennen dann, wenn nicht mehr gedruckt und nicht mehr gestritten wird. Diese Druckerschwärze, diese Lettern helfen dem Frieden. Schon weil einer Lesen lernen muss, wenn er streiten will.«

»Der Hus hat gebrannt, der Zwingli und der Müntzer sind tot und Luther wäre auch tot, wenn er nicht geflohen wäre aus Augsburg«, wandte ich ein. »Und jetzt der Slüter.«

Dietz nickte. »Ja, manchmal findet ein Disput solch ein böses Ende. Wenn der andere nicht lesen will, dann kann auch die Druckerschwärze nichts ausrichten. Aber sollte Slüter wirklich vergiftet worden sein, dann von jemandem, der sich noch nie mit ihm gestritten hat.«

»Nicht von Nyebur?«, fragte ich erstaunt. Wusste Ludwig Dietz mehr als er sagte?

Er erhob sich schweigend und schloss das Fenster, durch das jetzt der studentische Lärm aus den benachbarten Regentien hereindrang. Er blieb stehen, den Rücken mir zugewandt und sagte: »Ich antworte dir mit Erasmus auf deine Frage, Dionysius Schmidt: Niemand ist weiter von der wahren Religion entfernt, als wer sich selbst für sehr religiös hält.«

»Dann glaubst du nicht an Gott?«

»Ich bete zu ihm, weil ich auf ihn hoffe. In meinem Glauben hat auch der Zweifel seinen Platz und wenn ich auf Erden meinen Garten bestelle, dann kann ich – sollte mich meine Hoffnung trügen – wenigstens in der Erinnerung anderer Menschen noch ein wenig weiterleben. Das geht natürlich auch, indem ich grantig und griesgrämig lebe, sodass sich mein Tod bei meinen Brüdern an die glückliche Erinnerung knüpft, mich endlich losgeworden zu sein.« Dietz legte mir die Hand auf die Schulter. »Ich will lieber mit meinem Leben als der Drucker Ludwig Dietz zu einer guten Erinnerung bei den Brüdern werden.«

Er stellte das Buch zurück, strich noch einmal mit der Hand darüber und begann nachdenklich, die Bücher in den Regalen zu ordnen. »Weißt du, wie viele Schriften ich gedruckt habe, in denen nur darum gestritten wird, ob man nach der Messe nur Jesu Leib essen oder auch noch Jesu Blut dazu trinken soll?« Dietz lachte bitter. »Darum werden Kriege geführt!«

»Aber was kannst du tun, wenn du dich nicht entscheidest? Wenn du dich nicht auf die eine oder andere Seite stellst, dann dauern diese Kriege ewig.«

Dietz musterte mich nachdenklich, bevor er etwas er-

widerte. »Oh, glaub nur nicht, dass ich nichts tu«, sagt der Buchdrucker leise, »ich hab schon manche Hetze aus den Texten genommen. Ein Wort vergessen oder milder übersetzt. Oder mit den Schreibern einen guten Wein getrunken, bevor ich ihren zornigen Texte beim Setzen die Schärfe genommen habe.« Er drehte sich jetzt zu mir um. »Aber sag es nicht weiter! Du hast so eine Gabe, dass man dir Dinge erzählt, die man besser für sich behalten sollte. Ich hoffe, du kannst schweigen.«

Plötzlich stand Jochim Kock bei uns. Er musste durch einen Hintereingang hereingekommen sein. Der Diener der Zisterzienserinnen drehte seine Mütze in den Händen und wusste nicht, an wen er das Wort richten sollte. Wo immer Jochim Kock bei seinen Wegen durch die Stadt den Herren Studiosi begegnete, traf ihn Hohn und Spott: Ob denn seine Manneskraft ausreichen würde für so viel Weibsvolk, ob er nicht statt eines Sackes Grütze nicht lieber einen weiteren Mann mitnehmen wolle, der es den Bräuten Gottes so richtig besorgen könne. Eines Tages waren auch zwei Studenten aus Cambridge in diese Späße einbezogen worden, die mit einem Englandfahrer herübergekommen waren und nach Wittenberg wollten – seitdem hatte Jochim Kock doppelt zu leiden. Er ertrug es wie einer, der seine Kraft aus dem Glauben zog und sich nicht von seinem Ziel abbringen ließ.

Dietz winkte Jochim Kock freundlich heran, ließ ihn Platz nehmen und goss auch ihm einen Becher Dünnbier ein.

Kock trank hastig und mit zitternden Händen, er wischte sich mit dem Handrücken über die Lippen und blickte dann verlegen auf den Tisch, so als suche er nach Worten. »Ihr Herren«, begann er schließlich, »mich schickt Schwester Anna und Ihr müsst meine Ansprüche entschuldigen. Doch bevor ich Euch etwas von ihr sage, muss ich sicher sein, dass Ihr ihres Vertrauens würdig seid. Ich habe Angst um sie und die anderen Schwestern und ich halte es für einen Fehler, dass Anna in der Weltlichkeit um Hilfe nachsucht. Allein – das Kloster ist in Gefahr in dieser Zeit und weder die Äbtissin noch die Schwestern wissen Rat.«

»Wir sind allein, Jochim. Niemand hört uns«, erwiderte Ludwig Dietz ruhig. »Du weißt, dass du mir vertrauen kannst und ich sage dir, dass Dionysius Schmidt der Mann ist, an den Anna ihren Brief gerichtet hat. Wir beide sind die Einzigen, die außerhalb des Klosters wissen, dass die Schwestern Hilfe brauchen. Also rede mit uns!«

Jochim Kock nahm noch einen Schluck und dachte nach. Dann nickte er und sagte wie zu sich selbst: »So muss es wohl sein, dass ich mich und das Kloster in Eure Hände lege in einer Zeit, in der man niemandem trauen kann. Und das, obwohl Ihr wohl beide nicht der reinen Kirche angehört, sondern abtrünnig geworden seid und wohl auch nicht mehr zur Beichte geht.« Dann schwieg er wieder.

Ich wusste, wen ich da aus dem Mund von Kock reden hörte: Nicolaus Franck, einst eifriger papistischer Prediger zu St. Marien, hatte vor Ostern des vergangenen Jahres seinen Posten als Prediger der St. Marienkirche an den Lutheraner Valentin Korte verloren. Darum hatte Franck auch der Marienkirche den Rücken gekehrt und war in eine Wohnung bei den Zisterzienserinnen gezogen. Alle, die sich vom alten Glauben abgewandt hatten, nannte er Wendemäntel und hatte ihnen den Kampf angesagt. Vor allem war ihm Valentin Korte verhasst, der seine trutzige Gottesburg St. Marien den Lutheranern kampflos übergeben hatte. Nicolaus Franck hatte die Nonnen gegen den Rat und die lutherischen Prediger aufgebracht. Er hatte dafür gesorgt, dass bisher alle Versuche, den neuen Glauben auch zu den Zisterzienserinnen zu tragen, gescheitert waren. Allerdings war dieser Streit vom Rat und von den Rostockern eher mit Heiterkeit bedacht worden, denn weder hatten die Nonnen Einfluss auf die städtischen Bürger, noch war bei ihnen Kirchensilber zu holen. Die Zisterzienserinnen hatten ihren einstigen Reichtum längst verloren, inzwischen hörte man sogar von Hunger hinter den Klostermauern und auch Jochim Kock fiel es schwer, sich seinen Stolz zu bewahren, wenn er in der Stadt und bei den Ratsherren um Almosen für die Nonnen bat.

So versuchte ich, nicht ungehalten zu klingen, denn offenbar befand sich der Mann in großen Gewissenskämpfen: »Kock, hör mir zu! Schwester Anna steckt in großen Nöten. Für einen Disput um Glaubensfragen ist offenbar keine Zeit mehr. Weiß denn die Äbtissin, dass du hier bist?«

Jochim Kock erschrak: »Gott bewahre! Sie darf es nie erfahren! Sie weiß sich zwar nicht mehr zu helfen. Aber sie hätte niemals die Lutherischen um Hilfe gebeten. Das hat allein Schwester Anna vor Gott ausgehandelt und sie wird auch verstoßen werden, wenn es jemals jemand erfährt.«

Jetzt drang es auch Ludwig Dietz, endlich zu erfahren, was hinter den Klostermauern vorgefallen war: »So rede jetzt mit uns! Du kannst Schwester Anna vertrauen und selbst wenn wir dem Kloster nicht helfen können oder nicht helfen wollen, so werden wir über dieses Gespräch schweigen. Du wirst unbehelligt hinausgehen und niemals hier gewesen sein.« Dietz sah mich fragend an.

Ich nickte. »So ist es, Kock. Und nun rede!«

Jochim Kock holte tief Luft: »Der Nyebur ist bei uns. Gestern, zwei Stunden vor Sonnenuntergang, stand Dankquardt vor der kleinen Pforte und verlangte nach der Äbtissin. Dann schob er Jochim Nyebur hinein, der sich als Bettler verkleidet hatte, um von der Jacobikirche unerkannt bis hinüber zum Kloster zu gelangen. Das Türmerhaus sei nicht mehr sicher, sagte er. Die Lutheraner hätten ihnen ein Ultimatum gestellt und wohl entdeckt, dass Nyebur in St. Jacobi untergekrochen sei. Schwester Anna und ich standen dabei. Wir schlugen die Hände über dem

Kopf zusammen und wenn nicht Nicolaus Franck dazugekommen wäre, hätten wir Dankquardt wohl wieder weggeschickt, zusammen mit Nyebur. Aber Franck hat gedroht, das Kloster den Lutheranern zu übergeben, wenn sie Nyebur nicht aufnehmen würden, den verfolgten Märtyrer für die gerechte Sache der reinen Kirche. Die Lutheraner würden das Kloster schleifen und jetzt, nachdem ihr Slüter tot sei, würden sie nicht nur den unschuldigen Nyebur verbrennen, sondern sich vorher auch an den Schwestern vergehen.« Jochim Kock seufzte und sagte dann: »Franck sagte nicht: Lutheraner. Er sagte ›diese wilde Meute teuflischer Ketzer‹. Dann nahm er Nyebur zu sich in seine Kammer und ließ die Äbtissin stehen.«

Ludwig Dietz und ich saßen wie vom Donner gerührt. Denn jetzt, nachdem Nyebur im Kloster untergekrochen war, hatte Nicolaus Franck durchaus nicht unrecht. Natürlich würde sich niemand an den Nonnen vergreifen. Aber wenn die Rostocker erführen, dass Slüters Mörder von den Zisterzienserinnen verborgen wurde, dann hätten sie einen guten Grund, die Schwestern aus der Stadt zu jagen. Auch die Papisten hätten ihnen dann nicht mehr helfen können. Jetzt war Mut und geheime Diplomatie vonnöten, wenn alle ohne Schaden aus dieser verzweifelten Lage herauskommen wollten.

Ludwig Dietz hatte genau zugehört und fragte nach: »Nicolaus Franck meint, dass Nyebur unschuldig ist?«

Jochim Kock nickte: »So sagte er es: ›Der unschuldige Nyebur‹.«

»Hast du eine Ahnung, warum Nyebur nicht derjenige sein soll, der den Slüter vergiftet hat?«

Jetzt zuckte Kock mit den Schultern. »Nein. Alle Welt weiß, dass er es war. Oder glaubt es.«

Ludwig Dietz schüttelte den Kopf und erhob sich mit einer Geste der Hilflosigkeit. Ob Nyebur den Mord begangen hatte oder nicht, das war nicht mehr wichtig. Wenn die Rostocker ihn zu fassen bekämen, dann würden sie ihn bestimmt nicht erst vor Gericht stellen. Nyebur hatte jahrelang gegen Slüter gewettert, er hatte ihm in der Messe und in der Schütting mehrfach laut den Tod gewünscht und es hatten immer genügend Männer um ihn gesessen, die ihm lautstark beigepflichtet hatten. »Nyebur kann seine Unschuld gar nicht beweisen«, sagte Dietz leise.

»Selbst wenn er es könnte, er würde keine Gelegenheit dazu bekommen«, fügte ich hinzu. »Er würde genauso sterben wie der Hans Runge und der Bernd Wartberg. Die haben sie auch einfach umgebracht anno 1491. Nicht mal raus vor die Stadt zum Galgenberg haben sie die beiden geführt, aus Angst, dass sie noch etwas erzählen könnten. Nein, einfach auf dem Rammelsberg sollen die beiden erschlagen worden sein, vor dem Lagebuschturm.«

Die Uhr schlug elf, Jochim Kock trank seinen Becher leer und blickte uns an. Natürlich, er musste jetzt zurück und er musste Anna eine Antwort bringen.

»Kock, kannst du Schwester Anna zu unserem Lagerhaus bringen? Kennst du dort den Eingang zum Keller auf der Rückseite?«

Jochim Kock nickte.

»Dort wird Schmidt auf Anna warten. Die Tür wird offen sein. In einer Stunde.«

Jochim Kock blickte uns an. »Wie soll ich denn mit Schwester Anna in der Nacht … über den Hopfenmarkt? Am Steintor vorbei? Unter den Augen des Turmwächters von St. Marien?«

»Den Kaspar, der heute Turmwächterdienst hat, den habe ich vor zwei Stunden in der Schütting gesehen. Der wird wieder schlafen«, sagte Ludwig Dietz.

Er stand auf, ging in die Druckerei und holte ein Hemd, eine Hose, Stiefel und einen Umhang. »Sind Annas Haare kurz?«, fragte er.

Jochim Kock zuckte mit den Schultern. »Woher soll ich das denn wissen?«, antwortete er mit ein wenig Entrüstung in der Stimme.

Dietz lächelte und steckte die Sachen in einen Sack. »Hier kann sie nicht herkommen«, sagte er. »Aber an unseren Keller denkt niemand mehr. Dort ist es ruhig und du wirst dort am Stadtstall im Schatten stehen und darauf achten, dass die beiden ungestört reden können. So lange es nötig ist.«

Dietz hatte Entschiedenheit in seine Worte gelegt und die hatte Jochim Kock erreicht. Er blickte Ludwig Dietz und mich fest an, griff sich den Sack mit den Männersachen und verschwand zum Hinterausgang.

Dietz drehte sich um und von seiner Entschlossenheit war nichts mehr zu sehen. »Setzen wir mal den Fall, dass

Schwester Anna wirklich kommt. Was willst du ihr sagen? Was wollt ihr tun?«

Ich zuckte mit den Schultern. »Mein Auftrag ist erfüllt. Ich sollte den Nyebur finden und jetzt weiß ich, wo er ist.«

»Welcher Auftrag?«, fragte Ludwig Dietz. »Wer hat dich losgeschickt, den Nyebur zu suchen?«

»Bürgermeister Murmann«, antwortete ich und musste mit ansehen, wie sich das Gesicht von Ludwig Dietz verfinsterte.

»Du kennst den Murmann?«, fragte er leise. »Woher kennst du den Murmann? Und wie gut?«

Hatte ich zu viel erzählt? War da etwas, das ich wissen sollte?

Dietz erhob sich und nahm beide Becher vom Tisch. Dann sah er mich an. »Schmidt, sag es mir ins Gesicht! Hat er dich auch zu mir geschickt? Hab ich dir genug erzählt?«

Ich erschrak. Dietz glaubte, dass ich einer von Murmanns Spitzeln war. Das musste eine große Enttäuschung für ihn sein nach all der Vertrautheit unseres Gespräches. »Ludwig Dietz, glaub mir! Ich kenne ihn aus den Heringssommern, aber ich hab seit zwanzig Jahren nicht mit ihm gesprochen. Erst nach dem Begräbnis von Slüter hat er mich wieder angesprochen. Ich war ganz überrascht! Er sagte, ich solle ihm den Nyebur finden, weil er glaubt, dass er unschuldig ist und er ihm helfen will.«

Dietz schüttelte den Kopf. »Und es hat dir geschmeichelt, dass ein Herr Bürgermeister dich anspricht und mit dir redet und dich um deine Hilfe bittet?«

Meine Ohren wurden heiß wie bei einem Schuljungen, der beim Stibitzen erwischt worden war.

Aber Dietz war noch nicht fertig. »Dann hat er dir Geld gegeben und gesagt, dass du noch mehr bekommst, wenn du ihm den Nyebur lieferst.«

Ich nickte.

Dietz sah mir in die Augen. »Und jetzt kannst du dir noch mehr Geld verdienen, weil du Murmann sagen kannst, dass die Anna gegen seinen Freund Nicolaus Franck intrigiert und dass der Drucker Dietz bis zum Hals mit drinsteckt!«

Mir schnürte sich die Kehle zu. Was war in Dietz gefahren? Ich sollte ein Spitzel sein? Verzweifelt schüttelte ich den Kopf. »Dietz! Glaub mir, ich …«

Dietz winkte nur ab. »Da hat der Murmann seinen besten Mann geschickt«, murmelte er zu sich. »Ich sag ihm auch noch, dass er die Gabe hat, die Menschen Dinge erzählen zu lassen, die man eigentlich besser für sich behalten sollte.« Er schüttelte den Kopf. »Wie konnte ich mich nur so täuschen lassen?«

»Dietz, ich schwöre dir …«

Jetzt sah er mich an. »Schmidt, wenn ich dich jetzt rauswerfe, dann landet die Nonne in eurer Falle. Wenn ich dich nicht rauswerfe, dann sitzt das Kloster in der Falle. Sag mir, was ich mit dir tun soll!«

»Das ist keine Falle! Ich würde niemals Anna ausliefern! Ich hab nur einmal mit Murmann gesprochen! Ich würde ihm nie etwas von dir erzählen!«

Dietz blickte mich an.

»Das musst du mir glauben!«

Er schwieg.

»Was ist mit Murmann, dass du eine solche Angst vor ihm hast?«, fragte ich.

Da blickte mich Dietz an, als sei er gerade aufgewacht. »Angst«, fragte er, »wie kommst du darauf, dass ich vor Murmann Angst hätte? Ich bin oft im Rathaus und in der Schreiberei. Ich treffe dort den Rat und die Bürgermeister, den Gerdes, den Kron, den Boldewan. Und den Murmann. Ich sehe sie mir an, ich hör sie reden, ich nehme meine Aufträge entgegen und ich weiß, dass ich mich von ihnen fern halten werde.« Er hielt inne. »Aber ich erzähle dir schon wieder, was ich denke.« Er ließ sich auf einen Stuhl nieder.

»Bitte ...«, fing ich wieder mein Flehen an.

Doch er winkte ab. »Es ist ohnehin zu spät ...«, sagte er und lächelte. »Setz dich, Schmidt! Ich will dir glauben. Schließlich warst du es selbst, der mir gesagt hat, dass du im Auftrag von Murmann unterwegs bist.« Dietz trank einen Schluck. Dann blickte er mich gerade an. »Ich sage dir, wovor ich Angst habe. Nicht vor Murmann. Ich habe Angst vor der versammelten Dummheit, die diese Stadt regiert. Vor denen, die zu dumm sind, um Zweifel zu haben. Und vor denen, die – obwohl sie klug sind – dieser Dummheit auch noch den Arsch lecken. Seit Jahrhunderten gebiert diese Dummheit sich immer wieder selbst und schickt ihre Kinder nach Schonen in die Heringssommer und wenn sie wiederkommen, dann sind sie alle miteinander so gute Feinde geworden, dass sie sich gegenseitig die Ratsstühle zuschieben. Damit sie einander im Blick haben und sich belauern können.«

Ich hatte Dietz still zugehört und musste an Murmann und die Heringssommer denken. An die Hure, die er geschlagen hatte. Wie er sich schon in seinem ersten Sommer durchgesetzt hatte. Damals hatte mir das Achtung abgenötigt und auch später hatte Murmann mich beeindruckt: Der war seinen Weg nach oben gegangen, ohne nach links

und rechts zu sehen. Ohne sich für irgendetwas zu entschuldigen. Er hatte die Regeln dieses Spieles schmerzhaft lernen müssen und jetzt war er darin ein Meister geworden, der überall in der Stadt jemanden finden konnte, dem er einfach zwei Dänische Mark in die Hand drücken konnte, damit der für ihn arbeitete.

»Diese Ratsherren haben keine Bildung. Sie sind erschreckend heuchlerisch dumm und nur auf zwei Dinge gründen sie ihre Macht ganz sicher: die Angst und die Gier der Leute«, sagte Dietz in die Stille hinein. »Die Schlauheit eines Reineke Fuchs reicht ihnen völlig aus. Sie meiden die Bücher, das Lachen, den Disput, die weltlichen Gaukelspiele auf dem Pfingstmarkt. Denn wahre Bildung würde sie nur das Zweifeln lehren. Und für Menschen, die Macht haben wollen, sind alle Zweifel ein Zeichen der Schwäche. Oder wie es die Landsknechte sagen würden: eine offene Flanke. Sie stemmen sich gegen jede Veränderung. Sie tun nur das, was in ihre eigenen Pläne passt. Alles andere wird abgelehnt. Oder es landet auf der langen Bank. So wie die neue Kirchenordnung.« Dietz hatte sich erhoben und war in die Druckerei gegangen. Als er zurückkam, hatte er einen Schlüssel in der Hand. Er blickte mich ernst an, griff dann nach meiner Hand, legte den Schlüssel hinein und schloss seine Hand um meine. Genauso hatte Murmann es getan mit den zwei Dänischen Mark. Dietz blickte mich an: »Tu, was du tun musst, Dionysius Schmidt! Du hast jetzt Macht über mich: Wenn du es willst, dann werden Murmann und die anderen Bürgermeister ihre Wege finden, mich und die Druckerei zu zerstören. Aber als dein neuer Freund rate ich dir: Halte dich von diesen Herren fern! Hast du einen Feuerstahl dabei?«

Ich griff in meinen Beutel und nickte.

»Du kennst den Eingang zum Keller des Lagers unserer Michaelisbrüder?«

Ich erinnerte mich dunkel an eine alte Tür auf der Rückseite des großen Hauses am Kuhtor.

»Du hast nicht mehr viel Zeit«, sagte Dietz. »Geh hinten raus!«

Ein gleißend heller Vollmond empfing mich. In den Regentien der Studenten am Hopfenmarkt war Ruhe eingekehrt. Ich wünschte mir Neumond. Oder wenigstens Wolken. Doch dieser Sommermond schickte sein weißes, unnachgiebiges Licht in die Gassen. So konnte ich nur hoffen, dass auf dem Turm der Marienkirche wirklich der alte Kaspar seinen Dienst so trunken angetreten hatte, wie Ludwig Dietz es vorausgesagt hatte. Ich lief offen und wie ein verspäteter Trunkenbold durch die Stadt. So überquerte ich auch den Großen Markt. Erst im Kibbenibber drückte ich mich an die Häuser, bis ich schließlich vor dem Kuhtor den großen Stall und Speicher der *Brüder zum gemeinsamen Leben* erreichte und es im Schatten umkreiste, bis ich schließlich die Tür entdeckte, von der Ludwig Dietz gesprochen hatte. Der Schlüssel passte, die Tür ließ sich geräuschlos öffnen und schließen. Ich machte nur einmal mit dem Feuerstahl Licht, um mich umzusehen, entdeckte einen Tisch mit Stühlen und ein paar Flaschen Wein. Ich setzte mich. Dann ließ ich das Feuer wieder verlöschen und wartete im Dunkeln auf Anna und Jochim Kock.

Mein Freund, dieses Warten wurde mir so lang. Ich wusste nicht, was mir die nächsten Stunden bringen würden. Würde mir der Keller zur Falle? Würde hier alles enden? Ich erzähle es dir morgen, mein Freund.

Der sechste Doppelschilling,

für den du die schwarze Grete kennenlernst.

Mein Freund, ich sage dir, wenn ich heute an die schwarze Grete denke, dann seh ich sie so vor mir wie damals im Keller der Michaelisbrüder. Man hörte in der Stadt nur Gerüchte über das, was sich hinter den Mauern des Klosters zum Heiligen Kreuz ereignete, man hörte von Armut, sogar von Hunger. Deshalb hatte mich nach der ersten Freude über die Möglichkeit dieses unverhofften Wiedersehens auch die Sorge überkommen: Nach diesen Heringssommern auf der Vitte und nach dem verlorenen Kampf gegen ihren Vater konnte ich mir die schwarze Grete nicht als Nonne vorstellen. Würde ich noch etwas von dem wiederfinden, an das ich mich so gern und lustvoll erinnerte? Natürlich war die Zeit über unsere Liebe hinweggegangen, die Stadt war voller schöner Frauen und ich war jung. Aus der Erinnerung an Anna Sassen war ein Bund Stroh geworden. Manchmal lag es lange Zeit vergessen in einer Ecke meines Herzens. Doch dort lag es trocken, sodass ein Funke wie dieser Brief genügte, um es lichterloh brennen zu lassen. Ich konnte nicht verhindern, dass ich daran dachte, Anna aus dem Kloster zu holen, jetzt in dieser Zeit der Umstürze sollte es doch möglich sein, dass auch hier in Rostock die Nonnen dem Kloster entfliehen könnten. Und war nicht die Katharina Lutherin auch eine Zisterzienserin gewesen? Insgeheim hoffte ich, dass Anna ihre Flucht schon geplant hatte. Doch ich verscheuchte diesen Gedanken. Ich würde Anna wiedersehen und damit zufrieden sein. Wenn sie meinte, fliehen zu müssen, dann würde es ohnehin ihre Entscheidung sein und außerdem hatte es dafür schon etliche Gelegenheiten gegeben.

Noch nie war mir eine halbe Stunde so lang geworden wie damals im Dunkel des Kellers. Ich hörte leise die Tür, Mondlicht fiel in den Keller. Anna. Dann wurde es wieder dunkel. Sie huschte hinein, verriegelte die Tür und fragte leise: »Dionysius?«

»Ja, ich bin hier«, antwortete ich und schlug Funken, um das Licht anzuzünden. Mein Herz schlug so laut, dass ich glaubte, Anna müsse es hören. Dann brannte der Docht. Ich blickte ihr entgegen.

Sie lächelte, schlug ihren Mantel zurück und sank auf einen der Stühle.

Ich stand starr, die Lampe in der Hand, und als sie den Blick hob, da war es mir, als führe mir eine Brise Nachtwind durchs Haar wie dort auf Falsterbo. Den ganzen Weg bis hierher hatte ich darüber nachgedacht, wie es wohl sein würde, wenn wir uns nach all den Jahren wieder in die Augen sehen und was sie wohl sagen würde. Was ich wohl sagen würde … Jetzt verschlug es mir einfach den Atem. Ihr Haar war kurz, einfach abgeschnitten, sodass ihre dunklen Augen umso größer und tiefer wirkten. Wie ein Brunnen, in den ich sofort hineinfiel. Die schwarze Grete war schöner als je zuvor und an diesem Zug um ihre Lippen sah ich, dass uns die gleichen Erinnerungen bewegten.

Sie musterte mich fröhlich, und dann war sie es, die zuerst die Sprache wiederfand. »Das ist lange her«, sagte sie nur und ich konnte nicht herausfinden, ob sie damit die Erinnerungen an unseren letzten Heringssommer herbeiwünschte oder wegschob.

So nickte ich stumm. Im Licht der Lampe war im Keller auch das Regal wieder aufgetaucht, in dem ein paar verstaubte Flaschen Wein lagen und ein paar Becher. Ich half mir über die erste Verlegenheit, deutete mit einem Fingerzeig auf die Flaschen und lud sie zu einem Glas ein. Anna nickte und beim Einschenken konnte ich ihr sagen, dass ihr die Männerkleidung gut stand und auch ihr Haar sehr gut dazu passte.

Sie lächelte verlegen und versuchte, sich ihre kurzen Strähnen ein wenig fraulicher zu legen, doch es gelang ihr nicht und offensichtlich hatte sie gesehen, welchen Eindruck ihr Auftritt bei mir hinterlassen hatte. Als ich mir den Stuhl heranzog und mich setzte, war wieder Schweigen zwischen uns. Ich wollte etwas sagen, doch sie kam mir zuvor. »Wir haben Zeit. Jochim wacht draußen. Er sagt, dass es besser für uns wäre, wenn wir erst in einer Stunde ins Kloster zurückkehren würden. In meiner Kammer würde mich um diese Zeit niemand vermissen und der Rückweg wäre leichter für uns, wenn am Hopfenmarkt alle schlafen würden. Bis dorthin kennt er die verschwiegenen Tüschen. Der Wächter von St. Marien sieht uns nicht und außerdem dürfte dann der Mond untergegangen sein.« Sie holte tief Luft. »Die Äbtissin weiß nicht, dass ich hier bin. Sie hätte mich nicht gehen lassen.«

Ich nickte nur. Ihr Redeschwall zeigte mir, wie aufgeregt sie war. Sie lebte seit Jahren hinter Klostermauern und die Pforte öffnete sich nur, wenn Jochim Kock etwas von seinen Bettelzügen mitbrachte oder wenn wieder eine Abordnung des Rates versuchte, die Nonnen von Luthers Lehre zu überzeugen. Dieser Gang durch die Stadt musste sie sehr bewegt haben. Ich wollte ihr Zeit lassen und sie noch etwas länger ansehen, doch die Verlegenheit breitete sich wieder aus und schließlich hatten wir uns hier nicht getroffen, um Erinnerungen aufzuwärmen. Deshalb begann ich. »Der Nyebur ist also bei euch?«

Anna nickte und stellte ihr Glas heftig ab. »Er kam gestern am Nachmittag. Ich hatte Dienst als Botin der Äbtissin und so musste ich nicht heimlich lauschen. Detlev Dankquardt brachte Nyebur als Bettler zur Pforte und als die Äbtissin mit den beiden im Garten stand, schickte sie mich, Nicolaus Franck aus seiner Zelle zu holen. Denn sie müsse sich erst beratschlagen, sagte sie. Ich glaube, sie hätte Nyebur und Dankquardt am liebsten gleich wieder weggeschickt. Schließlich standen sie alle vier im Garten und Detlev Dankquardt erzählte, dass der Dionysius Schmidt auf dem Turm von St. Jacobi auf ihn wartete, um ihn zur Rede zu stellen. Sie hätten wohl Verräter in den eigenen Reihen, er könne sich nicht erklären, woher die Martinistenschweine wüssten, dass sich Nyebur im Türmerhäuschen versteckt hatte.«

»Im Türmerhäuschen!«, entfuhr es mir.

Anna blickte mich fragend an.

»Ich wusste das nicht! Ich hatte Kirchendiener Krüger auf dem Markt gesehen. Er kaufte verdächtig viel ein, sodass ich ihn verfolgte. Aber er ging nicht ins Türmerhäuschen, sondern in die Anna-Kapelle. In der Kirche hatte Dankquardt seine Leute, so stellte er mich zur Rede und ich sagte, ich wüsste, dass Nyebur hier ist und dass Murmann seine Männer vor der Kirche hätte. Aber ich saß in der Klemme. Also hab ich gelogen.« Jetzt fiel mir auch die Tür wieder ein, die am Ende des Südchores in die Wand eingelassen war. Sie führte natürlich nicht in ein Nebengelass, sondern in das angebaute Turmwärterhaus. Das hatte ebenfalls einen Ausgang zum Kirchhof, und so hatte Nyebur ein recht komfortables Versteck mit einigen guten Möglichkeiten zur Flucht.

Anna musste lachen. Es klang so zauberhaft wie früher. »Dankquardt hat sich gebrüstet, Nyebur an Murmanns Männern vorbeigeschmuggelt zu haben. Sie hätten sie in jeder Ecke gesehen. Und du sagst jetzt, da wäre niemand gewesen.«

Ich lächelte zurück. Mich hatte eher erschüttert, mit welcher Selbstverständlichkeit sie den Ausdruck *Martinistenschweine* gebraucht hatte, der immer noch in mir nachklang. Er sollte zwar ein Zitat sein, doch ich hörte, dass dieses Wort unter den Nonnen geläufig war – und vermutlich noch viele andere.

»Die Äbtissin wollte Nyebur nicht im Kloster haben. Wenn sie einen Mörder hier finden würden, dann hätten diese Ketzer den Grund, der ihnen noch fehle, um das Kloster aufzuheben und zu schleifen. Doch da griff Nyebur ein, er sagte, dass er mit Slüters Tod nichts zu tun habe.

Das könne er schwören in Gottes Angesicht. Die Äbtissin glaubte ihm natürlich nicht, aber sie konnte kaum etwas erwidern, solange Franck und Dankquardt bei ihr standen und ebenfalls beteuerten, es gebe keinen Grund, Nyebur nicht zu glauben.« Anna machte eine Handbewegung, die die Hilflosigkeit der Äbtissin untermalte. »Dankquardt verschwand schnell wieder«, berichtete sie weiter. »Nicolaus Franck nahm Nyebur mit in seine Zelle. Die Äbtissin setzte sich in die Klosterkirche vor das Kreuz mit dem Splitter vom Kreuze Christi und versuchte, in der Zwiesprache mit Gott einen Ausweg zu finden. Sie schickte mich mit Worten hinaus, aber mit den Augen gab sie mir den Auftrag, Nyebur und Franck zu folgen und herauszufinden, was sie planen würden. So folgte ich ihnen bis neben Francks Zelle, ich weiß ja, welche Dielen knarren. Meine Schwestern waren um diese Zeit alle im Refektorium versammelt und so dachten Nyebur und Franck wohl, dass ihnen niemand zuhören würde.«

Ich unterbrach Anna. »Was glaubst du eigentlich, war es Nyebur? Hat er es getan?«

Sie blickte mich an, ich glaube, sie wollte sogar meine Hände nehmen in diesem Augenblick. »Er war es nicht. Franck war mit ihm kaum in der Zelle verschwunden, da beglückwünschte er Nyebur aus vollem Herzen und dankte ihm dafür, dass er diesen Schritt gegangen sei und er selbst würde bis an sein Lebensende täglich für sein Seelenheil bitten, dass er es gewagt hatte, diesen Ketzer aus der Schöpfung zu entfernen. Aber Nyebur wehrte sich leidenschaftlich gegen diese Ehrerbietung: Er hätte nie den Mut besessen, Slüter anders als durch Worte anzugreifen. Außerdem hätte er gar nicht die Möglichkeit gehabt, so etwas wie Gift im Hause Slüters unterzubringen, geschweige denn dafür zu sorgen, dass es in Slüters Suppe landet. Weder der auch am Gift gestorbene Wollenweber noch der Buchdrucker seien ihm bekannt. Er hätte keine Ahnung, wer es gewesen sein könnte. Das ging noch eine Weile hin und her, aber Nyebur blieb dabei: Er sei es nicht gewesen.« Sie hielt inne. »Und ich glaube ihm. Es klang sehr leidenschaftlich und Franck hat fast mit ihm geschimpft deswegen, aber Nyebur blieb dabei: Es täte ihm leid, aber er sei nicht derjenige, der den Slüter ins Jenseits befördert hätte, er könne es gar nicht gewesen sein und er habe sich für Slüter in all den Jahren der Feindschaft tausend Tode ausgedacht – aber Gift sei nie dabei gewesen.«

Ich schwieg. Das passte zu dem, was mir Murmann, Becker und Oldendorp gesagt hatten. Ich holte tief Luft. Dann sagte ich gepresst: »Du weißt, dass ich eins von den Martinistenschweinen bin?«

Anna erschrak. »Ja, ich weiß, dass du Lutheraner geworden bist. Aber deshalb kannst du uns doch helfen? Ich habe dieses Wort nicht gegen dich gerichtet, das musst du mir glauben! Aber als ich deinen Namen hörte, da dachte ich, dass es für das Kloster nur einen Ausweg geben kann: Nyebur muss aus dem Kloster verschwinden, ohne dass jemand erfährt, dass er bei uns Asyl hatte.«

»Behalten könnt ihr ihn nicht. Ausliefern könnt ihr ihn nicht.«

»Hast du eine Idee, was wir tun könnten? Dionysius!«

»Vielleicht Gift?«

Anna erschrak nicht mal. Sie lachte gleich. Das beruhigte mich. Beim Lachen hatte wir uns am besten verstanden und wir hatten auf der Vitte jede Gelegenheit genutzt, einander zum Lachen zu bringen. »Dann aber auch für Franck und Dankquardt«, sagte sie prustend. »Wenn wir schon mal dabei sind.«

Jetzt erschrak ich. Da war sie, die schwarze Grete. Und es brauchte nur ein paar Worte, um sie unter all den Jahren der Frömmigkeit und der Einkehr wieder hervorzuholen. Sie trank einen Schluck. Blitzte sie mich an? Mit diesem Blick, auf den es damals nur eine Antwort gab?

Bevor diese Stimmung uns ergreifen konnte, beendete Anna sie. »Dionysius, ich bin nicht mehr die schwarze Grete. Die dich umwirft wie ein Kanonenschuss. Ich bin Anna Sassen, die Nonne. Die schwarze Grete ist eine Erinnerung.«

»Bist du denn gern da im Kloster?«

»Ich werde nicht weggehen. Es ist wahr, ich wollte nicht ins Kloster. Mein Vater hat mich gezwungen. Aber das Gelübde, das wollte ich. Ich will es immer noch.«

»Eine Frau soll bei einem Manne sein. Kinder bekommen. So steht es doch geschrieben. Im reinen Wort Gottes.« Jetzt hatte ich doch angefangen, sie bekehren zu wollen, sie zur Flucht zu überreden.

Anna hatte das wohl erwartet. Sie lächelte und schüttelte den Kopf. »In der Schrift steht auch, dass das Weib dem Manne untertan sein soll«, sagte sie. »Das will ich nicht.

Aber es geht nicht um den alten oder den neuen Glauben. Ich bin im Kloster zufrieden. Ich kann dort leben, besser als die Frauen, die draußen den Männern ausgeliefert sind. Mein Mann sagt mir nicht, welches Buch ich lesen darf und welches nicht. Mein Mann macht mir kein Kind, an dessen Geburt ich sterben könnte. Mein Mann belastet mich nicht mit der Sorge um eine Familie.«

Ich hörte Anna erstaunt zu, suchte nach einer Frage. Und fand keine.

»Diese Mauern, sie grenzen mich nicht ein. Sie beschützen meine Freiheit. Wenn wir hören, was da draußen in der Welt vor sich geht, dann danken wir Gott für jeden Tag, den er uns gibt in unserer Gemeinschaft. Als anno 1523 zum letzten Mal die Pest umging in der Stadt, da hat sie weder unsere 38 Nonnen noch unsere acht Laienschwestern erreicht und auch nicht die zehn Bürgerstöchter, die wir damals bei uns bewahrten. Alle zehn wollten sie nach diesen zwei Jahren bei uns bleiben. Aber wir mussten sie ziehen lassen. Sie wollten bei uns bleiben, obwohl sie sahen, dass wir manchmal hungrig zu Bett gehen müssen und dass wir es nie zu etwas von dem bringen würden, was den Bürgerfamilien wichtig ist. Wir haben unsere Zeit auf Erden. Die einen lesen, die anderen singen oder malen. Ich liege oft nachts im Hof und sehe in die Sterne. Ganz ruhig. Das könnte ich draußen nicht. Ich weiß, wenn es für mich mal ans Sterben geht, dann werde ich nicht im Pesthaus liegen. Ich werde meine Lieben um mich haben, froh sein und nach dem Sterben werde ich ein Grab bekommen.

Und ob mich nun mein Herr Jesus Christus zu sich holt oder … Wir können nichts mitnehmen. Wohin auch immer es dann geht.« Anna sagte das alles mit einer solchen Bestimmtheit, das ich selbst darin die schwarze Grete wiedererkannte. »Jetzt weißt du, warum wir uns dieses Kloster erhalten müssen. Nicht weil wir uns nicht entscheiden können zwischen dem alten oder dem neuen Glauben. Sondern weil es bei den Martinisten keine Klöster gibt – weder für die Frauen noch für die Männer. Mag sein, dass

es Klöster gibt, aus denen man fliehen muss – wie Katharina, die Lutherin. Aber wir wollen nicht fliehen. Wir wollen unseren Dienst tun.«

Eine unausgesprochene Frage ließ meine Ohren entflammen. Doch so eine Gelegenheit, hinter diese Klostergeheimnisse zu kommen, würde es nie wieder geben. »Und was …«, fing ich an. »Was ist mit …«

Als Anna verstand, wurde ihr Blick spöttisch. »… mit der Fleischeslust?«

Ich erschrak und nickte blöde.

Anna schüttelte nachsichtig den Kopf und lachte dann. »Ich bin enttäuscht von dir, dass du so schnell danach fragst, Dionysius. Als ob du immer nur an das eine denkst. Damals auf der Vitte warst du anders. – Aber um zu antworten: Wenn ich mich recht entsinne, dann steht in der Schrift nur, dass der Mann seinen Samen nicht auf die Erde fallen lassen soll.«

Mir blieb die Luft weg. In mir gingen alle Erinnerungen an die schwarze Grete durcheinander.

Anna lachte. »Was ist, Dionysius? Du denkst die ganze Zeit daran, aber wenn es ans Reden geht, dann scheinen dir die Worte zu fehlen. Glaubst du, wir wissen nicht, was sich unser Jochim alles anhören darf, wenn er durch die Stadt geht? Er bekommt sogar Zettel zugesteckt, auf denen eine Geldsumme steht und mein Name. Diese Herren sitzen auf Ratsstühlen, sie haben Lehrstühle und Predigerstellen. Frauen und Kinder. Das ist so widerlich.«

»Anna, glaub mir …«

Sie winkte ab. »Schon gut, Dionysius! Ich weiß ja, dass es bei uns anders war.« Dann sah sie mich gerade an. »Jede von uns findet ihre Antwort. Aber glaub mir: Auf Schwänze können wir alle gut verzichten. Auch von diesem Prügel haben wir uns befreit.«

Ich musste mich abwenden. Aus dem Mund einer Nonne diese Worte zu hören – das war zu viel für mich.

Anna lachte laut über meine roten Ohren und sie war so schön dabei, dass es mich wieder anflog.

Zum Glück bekam ich wenigstens meine obere Hälfte wieder unter meinen Willen, sodass es mir gelang, das Thema zu wechseln. »Warum klettert der Nyebur nicht einfach über die Mauer?«

Anna sah mich fröhlich an. Sie ahnte, was in mir vorging. Sie ging über diese Brücke und wurde wieder ernst. »Er hat Angst, dass er gefasst wird. Dann kann er erzählen was er will: Er ist geflohen, also ist er der Mörder. – Nein, Nyebur will nicht geschnappt werden wie ein ehrloser Dieb. Er will vor ein Gericht. Er meint, man könne ihm nicht nachweisen, dass er jemanden losgeschickt habe, den Slüter zu vergiften. Außerdem hätte er Fürsprecher im Rat, die für einen Vergleich sorgen könnten. Dann würden sie ihn aus der Stadt jagen. Er glaubt, er könne nach Lissabon und dann vielleicht nach Amerika.«

»Warum stellt er sich dann nicht? Das wäre das Beste!«

»Dankquardt und Franck haben ihn daran gehindert. So lange man den wahren Mörder nicht gefunden habe, hätte Nyebur keine Chance auf ein gerechtes Verfahren. So lange müsse er sich verstecken.«

Ich goss uns Wein nach. Dann erhob ich mich und begann, in dem kleinen Keller nachdenklich hin und her zu laufen. »Das ist verrückt. Dankquardt und Franck haben recht: Man würde ihn einfach so lange verhören, bis er gesteht. Das wäre sein Tod. Andererseits glaube ich nicht, dass man jemals den wahren Mörder Slüters finden wird.«

Anna seufzte: »Dann wird der Nyebur bei uns ewig versteckt bleiben müssen.«

»Nein«, erwiderte ich, »ich werde dafür sorgen, dass Murmann erfährt, wo Nyebur ist. Murmann will auch, dass er nach einem Verhör vor ein ordentliches Gericht kommt. Er glaubt nicht daran, dass Nyebur das getan hat und er meint, dass niemand ihm diesen Giftmord nachweisen könne. Nyebur würde wohl aus der Stadt gejagt. Aber als der eifrige Papist, der er hier war, könne er ohnehin nicht in einer Stadt bleiben, die lutherisch verfasst ist.«

Anna wurde nachdenklich. »Glaubst du, man kann ihm trauen, diesem Murmann?«, fragte sie.

Ich zuckte mit den Schultern, dachte an Dietz und seine Warnungen. Aber ich sagte Anna nichts davon. »Wir werden ihm trauen müssen. Im Augenblick ist er der Einzige, der dem Kloster und dem Nyebur helfen kann. Ich werde es ihm sagen. Aber wie könnt ihr eine Nachricht von Murmann bekommen?«

Der fünfte Ziegel auf der Gartenmauer links der Pforte sei lose, erzählte sie. Darunter sei ein Fach, in das man eine Nachricht legen könne. »Murmann soll die Nachricht versiegeln und an die Äbtissin richten«, sagte Anna. »Sie soll nicht erfahren, dass ich es war, die draußen um Hilfe gebeten hat.«

»Dann wird es Murmann auch nicht erfahren«, sagte ich.

Anna nickte nur. Sie fragte, wo ich denn jetzt weitersuchen wolle, schließlich wisse ich immer noch nicht, wer den Slüter vergiftet hätte.

Mir schien das nicht mehr wichtig. Schließlich hatte die Slüterin selbst gesagt, dass sie nicht an einen Giftanschlag glaubte. Doch ich erzählte Anna, wo ich schon gewesen war: Oldendorp, Becker und die Slüterin, schließlich Dankquardt und Dietz. Sie fragte, ich antwortete. Sie fragte weiter. Ich fragte mich selbst. Sie machte Vorschläge für mögliche Antworten. Doch dieser Dialog war ebenso hastig wie fruchtlos. Dennoch schien er um ein Zentrum zu kreisen, ein nicht zu fassendes Zentrum. Es war mir bekannt, ich war ihm schon einmal begegnet, aber immer wenn ich glaubte, es fassen zu können, verschwand die Erinnerung wieder im Nebel: Waren es Worte? War es ein Gesicht? Auf jeden Fall war ich überrascht von Annas Denken: Es war schnell, folgerichtig und messerscharf. Auf keinen Fall war sie im Kloster stehengeblieben. Sie war von der schwarzen Grete herangewachsen zu einer Frau, die mit ihrer Bildung jedem unserer Ratsherren mindestens ebenbürtig war.

Schließlich sagte Anna nach eine halben Stunde kopfschüttelnd: »Wir kommen so nicht weiter. Du musst zurückgehen zu Slüter. Zu denen, für die er wichtig war.«

Danach hatte ich gesucht! Es war das Gesicht von Olden-

dorp mit seinen Schielaugen und er hatte gesagt: »Als Erstes sollten wir uns fragen, wem dieser Slüter wichtig ist.«

Als ich den Satz wiederholte, sah mich Anna entgeistert an: »Genau das hab ich grade gesagt!«

»Diesen Satz hat Oldendorp zu mir gesagt, als ich bei ihm war«, erwiderte ich.

Anna nickte. »Dann höre auf den Advokaten und die Nonne! Wem war Slüter wichtig?«

»Seiner Mutter.«

»Die ist nicht hier.«

»Seinem Vater.«

»Der ist auch nicht da.«

»Seinem Kind.«

»Elias ist zu klein.«

»Seiner Frau Katharina.«

»Die es lieber sehen würde, wenn er noch lebte.«

»Seinem Nachfolger. Der Joachim Schröder, sein Nachfolger als Prediger an St. Petri. Er kommt auch aus Dömitz. Oder der Valentin Korte.«

»Nein«, sagte Anna, »denen war er nicht wichtig. Sind da nicht noch Frauen?«

»Nein«, sagte ich, »er wollte die junge Siberin heiraten. Aber die ist gestorben.«

»Die Siberin? Die kleine Tochter von Siber aus der Pelzergrube?«, fragte Anna nach. »Die war doch viel zu jung! Woran ist sie gestorben?«

»Das ist tragisch: Sie war wohl mit ihrer Mutter oft bei Slüters Predigten, da muss er sie gesehen haben. Die Kleine war noch keine sechzehn Jahre alt, als sie ein Kind von Slüter unter dem Herzen trug. Er hatte schon beim Rat um eine Hochzeit gebeten, da war sie gestorben und mit ihr das Kind. Ein paar Monate später hat er dann seine Katharina geheiratet.«

Anna seufzte: »Siehst du, gut dass wir im Kloster sind. Ich würde wahnsinnig, wenn mir so etwas zustoßen würde.«

»Anna, die Siberin konnte doch nicht wahnsinnig werden. Die Siberin ist doch gestorben, mit dem Kind.«

»Du verstehst nichts, Dionysius! Ich meine doch nicht die kleine Siberin«, sagte Anna kopfschüttelnd, »ich meine die Mutter, die alte Siberin.«

Ich sah sie verständnislos an. Die alte Siberin?

Anna erklärte es mir: »Die Siberin schwärmt den Slüter an – zusammen mit ihrer Tochter. Dafür lassen sie sich beide aus dem Haus jagen! Sie verliert ihren Mann, ihre Ehe, ihr Dach. Trotzdem scheint sich alles zum Guten zu fügen: Slüter schwängert sie, will die Kleine heiraten. Sie werden ein Einkommen haben, ihre Tochter wird als Frau des Predigers geachtet und sie wird als Großmutter und Schwiegermutter den Haushalt führen, bei dem Mann, den sie anhimmelt und der sie zu einem neuen Glauben geführt hat. Das sind wunderbare Aussichten! Da reißt der Tod ihr alles weg: das einzige Kind, den Enkel. Der Mann, den sie einst vergöttert hat, verleugnet sie jetzt. Und: Er heiratet eine Katharina, wie der Luther. Eine, die älter ist und die ein Haus mit Braurecht in die Ehe bringt.« Anna holte Luft. Dann fragte sie: »Wer ist schuld?«

Ich zuckte mit den Schultern: »Gott?«

Anna schüttelte den Kopf und stellte ihre Frage noch einmal: »Was hat Slüter denn getan für die Mutter Siberin? Hat er das Kind anerkannt? Hat er der Frau geholfen?«

»Nein, nichts davon«, sagte ich langsam.

»Also: Wer ist schuld?«

Ich nickte. »Slüter.«

»Wem war der Slüter wichtig?«

»Der alten Siberin!«

Anna bohrte weiter. »Hast du sie mal gefragt, ob sie Slüter gehasst hat dafür?«

»Nein. Aber Katharina hat mir von ihr erzählt.« Ich musste nachdenken. »Die Slüterin hat mit ihr gesprochen. Sie bewunderte die Siberin für ihre Stärke im Glauben. Sie habe nur gesagt: ›Der Herr hat's gegeben, der Herr hat's genommen.‹«

Anna lachte nur bitter, als sie das hörte. »Glaub mir, du solltest bei der alten Siberin nochmal nachfragen. Du hast keine Ahnung …«

Es klopfte. Anna blies die Kerzen aus. Durch das kleine Fenster sah sie das Flackern von Fackelfeuer. »Da stimmt was nicht«, flüsterte sie, »Jochim hat keine Fackel. Das Klopfzeichen stimmt auch nicht.«

Es klopfte noch einmal. »Hier ist Jochim!« Die Stimme klang zittrig. Schweigen. »Seid ihr noch da drin?«

Dann hörten wir einen derben Fluch, ein Tritt brach den Riegel aus dem Holz, bei einem zweitem Tritt flog die Tür auf und zwei Fackeln leuchteten in den Raum. Erst wurde Jochim Kock hineingestoßen, dann folgten zwei Trägergesellen. Im Halbdunkel erkannte ich Klaus und Hein. Sie erschraken, als sie mich erblickten. Jeder von ihnen hatte in der linken Hand eine Fackel. Klaus umfasste mit der Rechten einen langen Dolch, Hein einen Knüppel.

Anna und ich waren sitzen geblieben.

Die beiden grüßten mich mit den Augen und deuteten nach draußen. Ich verstand: Ich sollte sie nicht ansprechen, ihr Auftraggeber musste nicht erfahren, dass wir uns kannten.

Anna hatte unsere Blicke bemerkt, doch sie war klug genug, jetzt nichts zu fragen.

Doch Jochim Kock blieb ahnungslos. Er blickte zu uns herüber und schüttelte entschuldigend den Kopf. »Sie müssen es gewusst haben …« Als Hein ihm mit dem Knüppel drohte, schwieg er.

Klaus war an der Tür geblieben, Hein begann sich umzusehen. Doch es gab in dem Raum kein Versteck. Er leuchtete kurz herum, aber er fand nicht, wonach er suchte.

Da erst fiel Hein auf, dass hier nicht zwei Männer beim Wein saßen. Er leuchtete Anna ins Gesicht, pfiff dann leise und er hatte Anerkennung im Blick, als er mich ansah. Dann gab er Klaus ein Zeichen.

Der beugte sich aus der Tür. »Herr Prediger, hier ist er nicht.«

Der Mann, der jetzt eintrat, war niemand anderes als Valentin Korte. Der große, hagere Mann schlug die Kapuze zurück und blickte uns an aus seinen hellen, ungewöhnlich tief liegenden Augen, die die ganze Gemeinde von St. Marien fesseln konnte. Er nickte mir zu, als er mich erkannte. Anna musterte er länger, aber schließlich erkannte er auch sie. »Anna … Anna Sassen!« Er lachte. »In Männerkleidung! Mit kurzen Haaren!« Er drehte sich Beifall heischend nach den beiden Trägerknechten um. Die grinsten zurück. »Was ist das hier? Ein Schäferstündchen?«

Ich wollte etwas sagen, doch Anna blitzte nur zu Jochim hinüber, griff nach meiner Hand und blickte dann verlegen zu Boden. Ich verstand: Wenn Korte in unserem Treffen ein Schäferstündchen sehen wollte, dann sollte es so sein. Alles war besser, als uns in Erklärungen zu verstricken.

Auch Jochim hatte verstanden.

Hein und Klaus lachten leise.

»So ist die Welt denn aus den Fugen«, sagte Korte mit seiner tiefen Predigerstimme. »Das Kloster zum Heiligen Kreuz geht seinen eigenen Weg in die Reformation. Natürlich: Die Zisterzienserinnen leiden Not. Aber sie wissen sich zu helfen. Schließlich haben sie gutes Handwerk anzubieten.«

Jetzt lachten die Trägerknechte schon lauter.

Aber Anna mit einer Hure gleichgesetzt zu sehen, das wurde mir doch zu viel. Ich wurde wieder ganz kühl: »Herr Prediger, es ist noch keine zwei Monate her, dass Sie ihre Elisabeth geheiratet haben. Sie haben bei der Hochzeit bekannt, dass Ihr schon während ihrer Klosterzeit in sie verliebt wart. Also gesteht das auch Anna zu.«

Valentin Korte hielt inne.

Hein und Klaus wurden still. Sie blickten erst mich an und dann Korte.

Jochim Kock lachte mit den Augen und Anna umfasste nun auch noch meinen Arm, sodass es aussehen musste, als hätte sie Angst vor den Männern und erwartete von mir, dass ich sie schützen würde gegen Korte und die Trägerknechte. Damit war natürlich die Unterstellung verbunden, dass Valentin Korte ein Mann ohne Ehre sei, der eine solche Gelegenheit ausnutzen würde.

Das musste ihm, dem ersten Prediger der Stadt, natürlich widerstreben. Er wusste auch, dass wir noch aus unserer gemeinsamen Studienzeit ein paar Geheimnisse miteinander teilten. Und er hatte registriert, dass ich mich zurückhielt, unsere alte Bekanntschaft zu erwähnen – das war eine leise Drohung. Aber auch ein Angebot. Das er annahm. »Anna, haben Sie etwa Angst vor mir?«, fragte er leutselig. »Sie glauben doch nicht etwa, dass …« Er hob die Hände. »Gott bewahre!«

»Was soll ich denn glauben, Herr Prediger«, fragte Anna zurück. »Warum seid Ihr denn mitten in der Nacht zu dritt bewaffnet unterwegs? Was habt Ihr denn zu verbergen? Was sucht Ihr?«

Wenn Valentin Korte ein Schuft gewesen wäre, dann hätte er sich jetzt einfach umgedreht und wäre gegangen. Doch unsere Frage hatte ihn beschämt, und man sah es ihm an, dass er überlegte. »Also gut! Wir sind auf der Suche nach Jochim Nyebur. Ein Glück, dass ich heute den Turmwächter von St. Marien ausgewechselt habe. Heute wäre der alte Kaspar dran gewesen, aber er war natürlich wieder betrunken. Der neue Turmwächter ist gut, er wird den Kaspar auch in Zukunft ablösen. Er meldete mir vor zwei Stunden, dass sich zwei Männer im Dunkeln ohne Fackeln vom Doberanschen Hof in die Altstadt schlichen. Und dass sie immer versuchten, im Schatten zu bleiben.« Er blickte Jochim an. »Ihr habt versucht, da unten niemandem zu begegnen. Doch da ist einer, der über Euch wacht.« Jetzt lächelte Korte. »Es dauerte schließlich noch einige Zeit, bis wir dich in der Mauernische entdeckten. Deshalb dachten wir, hier Nyebur zu finden. Stattdessen …«, er lachte, »stattdessen landen wir in einem Liebesnest.«

Ich lachte mit. »Auf der Jagd nach Nyebur! Da kann man Euch nur Glück wünschen.«

Korte wurde ernst: »Ich weiß nicht, ob das Glück wäre, wenn wir ihn finden würden. Wir hätten sicher große Probleme, einen Mörder schützen zu müssen, vor denen, die ihn tot sehen wollen. Dionysius, du weißt es, wie schwer sich die Leute aus der Altstadt im März anno 1531 davon abbringen ließen, den Rat zu verprügeln und endlich den papistischen Tand aus der Marienkirche zu verbrennen. Nur Slüter konnte sie zügeln und verhindern, dass die prächtigen Altäre im nächsten Winter die Buden der Altstadt wärmen würden. Jetzt ist Slüter tot und sein Mörder ist vielleicht noch in der Stadt. – Weißt du vielleicht, wo Nyebur ist, Schmidt?« Er blicke mich scharf prüfend an. »Oder du, Anna Sassen?«

Korte drückte Klaus und Hein ein paar Pfennige in die Hand und ließ sie gehen, nicht ohne ihnen vorher einzuschärfen, dass sie nichts gesehen hätten. Hinter Kortes Rücken warfen mir beide noch einen Blick des Bedauerns zu. Dann zogen sie ab.

Korte wandte sich Jochim zu. »Bringst du sie zurück?«

Jochim richtete sich auf und nickte.

»Wollen Sie jetzt gehen, Anna? Seid Ihr denn zu einem *Ende* gekommen?«, fragte Korte. »Oder sollen Jochim und ich Euch beiden noch eine Stunde lassen?«

Anna ließ mich los, warf sich den Mantel über, ging wortlos an Korte vorbei zur Tür. Dort warf sie mir noch einen Blick zu, ein leises Nicken, das nur bedeutete, dass wir alles genauso machen würden, wie wir es besprochen hatten. Sie bedachte Korte mit einem spöttischen Lächeln und verschwand in der Nacht.

Jochim Kock folgte ihr.

Jetzt fiel alles von Korte ab. Er wischte sich mit dem Handrücken über die Augen, setzte sich an den Tisch, nahm sich Annas Glas und trank es leer. »Ein Glück«, sagte er, während er sich nachschenkte, »ich dachte schon, wir finden

Nyebur wirklich hier. Ich hätte gar nicht gewusst, was ich mit ihm machen soll.« Er goss auch mein Glas voll. »Setz dich, Schmidt! Trink mit mir auf die alten Zeiten! Was ist das hier für ein Keller? Wem gehört der?«

Ich überging diese Frage. Diese Spur führte direkt zu Ludwig Dietz, den musste ich raushalten. Ich konnte nur hoffen, dass Valentin Korte keine Nachforschungen über den Keller anstellen würde. Wenn doch, so würde ich leugnen, den Schlüssel von Dietz erhalten zu haben.

Aber Valentin Korte hatte wohl nur nach einer Gelegenheit gesucht, einen verbindlicheren Ton anzuschlagen und an unsere Zeit als Studenten anzuknüpfen. Es gibt nicht viel, was unser Rostock dem großen und mächtigen Lübeck voraus hat. Aber eine Universität gibt es nur hier – noch. Sie krankt an Studentenmangel und niemand weiß, ob das die Agonie ist oder ob sie davon noch einmal genesen wird. Wie Valentin Korte kommen viele Studenten aus Lübeck zum Studium herüber, die meisten gehen zurück oder in die Welt, sobald sie ihren Bakkalaureus oder ihren Magister in der Tasche haben. Als Valentin Korte sich zum Wintersemester anno 1512 einschrieb, war ich schon ein halbes Jahr Student und half ihm, sich einzurichten. Er trat ins Franziskanerkloster ein, doch den Geboten der alten Kirche folgte er von Anfang an nur mit halbem Herzen. Ihm war daran gelegen, Kost und Logis in Rostock zu erhalten und mit seinen Diensten an den Bedürftigen im St.-Lazarus-Hospital abgelten zu können. Die grauen Bettelmönche legten die sittenstrenge Lehre ihres

Ordens recht frei aus, sodass sie schon lange nicht mehr in Kutten und barfuß durch die Stadt zogen. Sie studierten schon sehr früh Luthers Schriften und setzten als Erstes dessen Ablehnung des Zölibates in die Praxis um. Sein einnehmendes Wesen, seine Belesenheit und seine Schönheit verhalfen ihm dazu, dass er bald seine Zelle im Katharinenkloster immer seltener benötigte. Ich habe miterlebt, wie er sich in Liebesabenteuer mit den Töchtern der Ratsfamilien verstrickte und regelmäßig die Lesungen des alten Professors Nicolaus Rutze verpasste, wenn er wieder eines Morgens aus diesem oder jenem Bett nicht aufstehen konnte. Natürlich wurde das auch von Professor Rutze bemerkt – schließlich war die Anzahl der Studenten recht übersichtlich. Doch ich fälschte ebenso regelmäßig Kortes Unterschrift in den Listen der Professores und gab ihnen so die Gelegenheit, seine Abwesenheit stillschweigend zu übergehen.

Mein Freund, wie ich dir schon erzählte, war es Korte, der mir lächelnd Luthers Schriften zu lesen gab. Obwohl mich die Kraft und Gelassenheit dieser Sätze beeindruckt hatten, erschienen mir diese Worte immer noch als Teufelszeug. Sie trieben mich eher noch einmal zurück in den Schoß der reinen Kirche. Valentin Korte konnte selbst über meinen Streich mit der Teerquaste lachen, er war sich damals sicherer als ich selbst, dass auch ich zum Lutheraner werden würde. Korte war klug und beherrscht genug, seine Liebschaften folgenlos zu gestalten und weil ihn sogar die Mütter anhimmelten, verziehen ihm sämtliche Ratsfamilien seine Eskapaden. Doch Kortes Liebschaften hatten ein Zentrum: Sie umkreisten Elisabeth Schwarzkopf und allein ich weiß, dass Valentin Korte dieses kluge, selbstbewusste und außergewöhnlich schöne Mädchen schon lange Zeit aus der Ferne liebte, als sie, kaum dass sie neunzehn Jahre alt geworden war, von ihrem Vater mit einem der Kerkhoff-Brüder vermählt werden sollte. Elisabeth widersetzte sich, floh in Kortes Arme und die ganze Stadt nahm schließlich Anteil an dieser so zauberhaften jungen Liebe, dass der Vater Michel Schwarzkopf schließlich nachgab und seine Tochter lieber in wilder Ehe mit einem armen Franziskanermönch leben sah, als sie rechtmäßig getraut mit einem wohlhabenden, aber langweiligen Ratsherrensohn. Valentin Korte konnte auch bald sein Mönchsgewand an den Nagel hängen und bekam anno 1528 vom ehrwürdigen Rat sogar die Predigerstelle in der Heiligen-Geist-Kirche zugeschanzt.

Vor fünfzehn Jahren noch wären Elisabeth und Valentin für diesen augenscheinlichen Sittenverfall von den Kanzeln der Stadt herab mit dem Bannfluch belegt worden. Jetzt genügte ein Hinweis auf die Angelegenheiten, die von der altgläubigen Kirche immer schlechter bemäntelt werden konnten: Schließlich machten die Gerüchte von genotzüchtigten Ministranten, versoffenen Predigern und geschwängerten Hausfrauen in den Haushalten der Bischöfe und Diakone schon länger die Runde. Der Hinweis, dass man selbst in Rom viel dreckige Wäsche waschen müsse, bevor ein altgläubiger Priester wieder einen anderen wegen Liebesverfehlungen beschimpfen dürfte, musste nicht einmal ausgesprochen werden.

Als Valentin Korte im März anno 1532 seine Elisabeth schließlich in der Marienkirche heiratete, wölbte sich der Bauch sichtlich unter dem Brautkleid. Der gesamte Rat war anwesend zu dieser Hochzeit und natürlich war es keine Frage, dass die Herren die Stadtmusikanten so gut ausbezahlt hatten. So konnten sie auch am Abend der großen Gesellschaft zum Tanz aufspielen. Als Slüter vier Jahre zuvor seine Katharina geheiratet hatte, hatte ihm der Rat noch die Musikanten verweigert – obwohl Slüter sie selbst bezahlt hätte.

Und jetzt saß mir der frisch vermählte Prediger der Marienkirche und junge Vater in diesem Keller gegenüber und sah mich erwartungsvoll an. Ich fragte schließlich zurück: »Wie geht es deinem Kind? Lässt es euch schon durchschlafen?«

Korte lachte: »Ja, es geht ihr gut. Nein, sie lässt uns noch nicht durchschlafen.« Dann wurde er still.

Ich schwieg mit ihm.

»Wir werden wohl weggehen aus Rostock.«

Ich glaubte, nicht richtig gehört zu haben. »Weggehen? Du bist Prediger an St. Marien, der Rat hört auf dich, du bist Vater geworden und hast endlich deine Elisabeth geheiratet. Du bist so lange hier in der Stadt und immer ist es für dich weitergegangen. Nach Slüters Tod bist du in Rostock der erste Mann des neuen Glaubens. Du willst weggehen?«

Valentin wand sich. »Ja, so sieht es wohl aus«, sagte er leise. »Aber ich sag dir: Alle, die in diesem Rat etwas zu sagen haben und alle vier Bürgermeister scheren sich einen Scheiß um den neuen Glauben. Ein Jahr ist vergangen, seit Slüter die Kirchenordnung für Rostock vorgelegt hat und sie beschließen mussten. Seitdem tun sie einfach nichts, um sie umzusetzen. Sie war nur Stückwerk, Slüter war krank und ihm blieb ja kaum Zeit, sie zu schreiben. Geschweige denn, sie umzusetzen.«

»Wurde er denn nicht vom Rat dazu gedrängt?«

Valentin lachte bitter auf: »Der Rat hat nur darauf gedrängt, dass die Inventur des Kirchensilbers, des Inventars und der Einnahmen aus dem Verpachtung des Kirchengrundes genau aufgelistet werden. Das war alles.«

»Dann bist du jetzt ihr Mann«, sagte ich. »Du wirst die Sache in die Hand nehmen, die Kirchenordnung fertig ausarbeiten und dann der sein, der sie in Rostock durchsetzt.«

Wieder antwortete mir ein bitteres Lachen. »Dionysius, sei froh, dass du mit diesen Leuten nichts zu tun hast! Schon das Kirchensilber wurde so gelistet, dass jeder Ratsherr seinen Teil bekam – vieles ist gar nicht in der Tresekammer gelandet. Nicht einer steht auf und sagt, dass es Unrecht ist, die Werte aus den Kirchen zu nehmen, die doch von den Bürgern für ihr Seelenheil gestiftet wurden.«

»Als Ablass? Das gibt es doch nicht mehr …«

»Und ist das ein Grund, sich das Silber in die eigene Tasche zu stecken? Das ist Diebstahl!« Korte war so laut geworden, dass er selbst erschrak. »Das ist Diebstahl!«, wiederholte er leise. »Und der Schlimmste ist Bürgermeister Murmann.«

Mir stockte der Atem.

»Die beiden Bürgersprachen im Jahr reichen einfach nicht aus, die Rostocker hören sich an, was ihnen der Rat zu sagen hat und gehen dann wieder nach Hause. Dabei müssten die Bürger diesen Herren ständig auf die Finger sehen. Alles, was an Gerüchten durch die Stadt geistert über diese Herren, ist wahr. Und noch mehr, was nicht einmal zu Gerüchten taugt. Du weißt, dass Peter Sasse mein Freund ist, der Stadtsekretär?«

»Der seine Tochter Elisabeth verloren hat? Das wusste ich nicht.«

Valentin schloss die Augen und schüttelte den Kopf. »Er hofft immer noch, sie lebend wiederzusehen. Seine Frau ist wieder schwanger. Ich möchte Peter sagen, dass er sich von diesem Gedanken verabschieden muss. Aber ich kann es nicht. Ich habe Angst um meine Tochter und um meine Frau. Was ist das für eine Stadt, in der ein junges Mädchen verschwinden kann – einfach so, mitten am Tag? Wenn man wenigstens irgendwo ihre …«

Er hielt plötzlich inne und sah mir ins Gesicht. »Kann ich dir vertrauen, Schmidt? Kann ich dir heute auch noch so vertrauen wie damals? Wir haben uns lange nicht gesehen und ich weiß nicht, wohin es dich verschlagen hat. Ich weiß nur, dass du inzwischen dem papistischen Teerquasten abgeschworen hast.« Er lachte. Dann wurde er wieder ernst. »Wo stehst du, Schmidt? Das will ich wissen, bevor ich mich mit meinen Reden vielleicht um Amt und Würden bringe.«

Mir glühten die Ohren. Ich konnte Korte unmöglich sagen, dass ich im Auftrag Murmanns unterwegs gewesen war. »Durch Slüter bin ich Lutheraner geworden,« sagte ich knapp. »Du kannst mir vertrauen. Alles, was wir sagen, bleibt in diesem Keller.«

»Nur dass Slüter kein Lutheraner war«, wandte Korte trocken ein und hob sein Glas, um mein Schweigegelübde zu besiegeln. »Slüter hat Luthers Sache geschadet, er hat alles zu schnell gewollt, er predigte auch den weltlichen Umsturz und er hatte großes Glück, dass der Herzog selbst dann noch die Hand über ihn hielt. Weiß der Teufel, warum! Er wandelte mit dem Wismarer Franziskaner Heinrich Never den Weg Zwinglis, vielleicht sogar den der Täufer. Ludwig Dietz wurde von Herzog Albrecht sogar verboten, Texte von Never zu drucken – das hatte der große Bugenhagen persönlich veranlasst.«

»So werden sich die Prediger des neuen Glaubens untereinander zerstreiten? So wird sich eine große Idee in viele kleine Ideen teilen, die einander auffressen? Und am Ende siegt der Papst?« Ich blickte Korte an. »Das kann doch nicht sein, Valentin!«

»Eben dafür braucht es wenigstens in einer Stadt jemanden, der die Regeln für den protestantischen Gottesdienst festsetzt und durchsetzt«, erwiderte Korte. »Ich bin das nicht. Der Rat würde mich gern dort sehen, aber nur, damit ich dabei helfe, die Religionssache in Rostock auf eine recht lange Bank zu schieben. Es reicht, wenn es so aussieht, als würden sich die Bürgermeister um die Angelegenheiten der Rostocker kümmern.«

Ich schüttelte den Kopf. »Musst du nicht gerade deshalb hier bleiben, Valentin? Slüter ist tot. Wer soll denn jetzt unsere Sache voranbringen, wenn du weg bist?«

»Auf jeden Fall kann das nur jemand sein, der in die Stadt geholt wird. Die Hochzeit hat mir die Augen geöffnet: Ich stecke bis zum Hals in diesem Sumpf, den ich eigentlich austrocknen müsste. Dieses Papistengesindel hat mir Glück gewünscht, sie haben Elisabeth umarmt mit ihren geifernden Blicken und mir zugeraunt, wie gut es doch sei, das ich jetzt das richtige Nest gefunden hätte in dieser Stadt.«

»Durchaus verständlich, Valentin, dass ihnen ein Stein vom Herzen fällt.«

Korte bemerkte meine Lachfalten. »Ja, ich hab mich als Student ihren Töchtern gewidmet«, gab er zu. »Aber damit bin ich in ihre Falle getappt. Ich sitze im goldenen Käfig, Dionysius. Ich kann nichts tun.«

Wieder schwiegen wir beide über dem Wein. Es war spät geworden, doch Valentin Korte schien es zu genießen, an diesem Abend nicht bei Elisabeth und dem Kind zu sein. Er stand auf und holte eine neue Flasche. Dann kramte er einen Schmalzstuten aus seinem Beutel, teilte ihn und drückte mir lächelnd eine Hälfte in die Hand. »Weißt du noch, der alte Nikolaus Rutze?«, fing er wieder an, nachdem er die Flasche entkorkt und uns eingeschenkt hatte.

»Solche Männer sind ausgestorben, dabei hätten wir sie doch heute so bitter nötig.«

Ich nickte. »Der alte hussitische Haudegen mit seinem Warzengesicht … Der hat schon gegen den Papst, den Ablass und die verkommene Kirche gewettert, als Luther noch in der Schule saß und Latein lernte. Die anderen Professores haben gebetet, dass er stirbt, bevor jemand in Schwerin oder Lübeck davon Wind bekommt, dass er sich mit den Waldensern in der Kösterbeker Au zur Andacht getroffen hat.«

»Jetzt kannst du es mir doch sagen: Warst dabei in jener Nacht? Du warst ihm doch sehr nahe in dieser Zeit«, wollte Valentin Korte wissen.

Ich schüttelte den Kopf: »Nein, ich kenne auch nur die Gerüchte.« Aber natürlich war in meinem Kopf die Erinnerung an das geheime nächtliche Treffen sofort wieder aufgestiegen. Die kleine Gruppe von Waldensern war nur eine Woche hier gewesen, sie waren auf dem Weg nach Polen und wanderten abseits der großen Straßen. Korte hatte recht, ich war als junger Student für ein paar Wochen ein Vertrauter Rutzes gewesen, und er hatte mich mitgenommen, damit ich ihm aufs Pferd helfen konnte. Diese Waldenser lebten schon lange, was Luther forderte, sie waren ebenso arm wie bibelfest, sie wetterten kompromisslos gegen den Papst, Ablass, Fegefeuer, Heilige und lehnten selbst die weltlichen Gerichte ab. Als Vogelfreie lebten sie immer auf der Flucht, immer gewärtig verraten, gedemütigt und wieder vertrieben zu werden. Ihr Haus war ihr Glauben. Obwohl ich Rutze danach noch mehr achtete als vorher, war diese Nacht der Anlass, mich vor ihm zurückzuziehen. Rutze verstand mich. Er ließ mich gehen. Von unserem nächtlichen Ausritt hatte ich weder Korte noch jemand anders je erzählt. Jetzt, nachdem er mir von seiner heiklen Nähe zum Rostocker Rat berichtet hatte, gab es noch weniger Grund, ihn mit diesem Wissen zu belasten. Dieses Geheimnis habe ich nur mit dem alten Rutze geteilt – und er nahm seine Hälfte schon anno 1514 mit ins Grab. Kurz vor seinem Tod hab ich seine Schriften beiseite geschafft, zu einem kleinen Kaufmann, der in der Altstadt wohnte. Wenn die Professores das gefunden hätten, dann hätten sie Nicolaus Rutzes Leichnam verbrannt und niemals in geweihte Erde betten lassen.

Es war nicht gut, über den toten Rutze zu reden. Dieser Mann war der Stadt ein Geheimnis geblieben. Wer ihn nicht kannte, der hielt ihn für einen Schwarzkünstler. Wer ihn kannte, der wusste, dass es für ihn immer noch besser war, für einen Schwarzkünstler gehalten zu werden, als für den Wiedertäufer, der er war. Ich versuchte, unser Gespräch aus der Vergangenheit zurückzuholen und Auswege zu finden. »Oldendorp könnte dir helfen«, sagte ich. »Berate dich mit ihm, vielleicht findet sich ein Weg! Über ihn könntest du Herzog Heinrich …« Ich hielt inne, denn ein böser Blick hatte mich getroffen. »Valentin, was ist?«

»Schmidt! Du rätst mir gerade, mich zu diesem miesen, kleinen, schwulen Winkeladvokaten zu begeben und ihn um etwas zu bitten?«, fuhr er mich an.

Ich erstarrte. Bisher hatte ich beide nicht als Gegner gesehen, sondern als Streiter für die Sache Luthers. Natürlich – sie waren beide noch nie gemeinsam aufgetreten, aber darüber hatte ich mir keine Gedanken gemacht: Der eine war in wissenschaftlichen und weltlichen Kreisen der Stadt, der andere in den geistlichen. Aber grundsätzlich gehörten die beiden doch zusammen! Ich versuchte, zu retten, was zu retten war. »Valentin, ich weiß nicht … Was hast du gegen Oldendorp?«

Korte wurde ruhiger. Er trank einen Schluck, dachte nach und seufzte schließlich. »Also gut. Es ist vielleicht gar nicht so schlecht, wenn ich weiß, dass die Gerüchte anscheinend doch noch nicht in der ganzen Stadt herumgegangen sind. Oldendorps Frau … Oldendorps Furie von einer Frau hat allen erzählt, dass auch ich in ihrem Bett gewesen sein soll.« Korte registrierte mein Lächeln mit einem entnervten Seufzer.

»Und, Korte, hast du …«

»Natürlich nicht! Ich bin doch nicht verrückt! Aber du kannst dir sicher vorstellen, was ich mir von Elisabeth anhören durfte. Sie glaubt mir nicht, dass Sophie Oldendorp sich das alles nur ausgedacht hat. Diese Hure hat sich Details ausgemalt, sodass alles so klingt, als wäre ich tatsächlich bei ihr gewesen. Wie soll ich mich gegen solche Gerüchte wehren? Ich bin erledigt. Ich habe Oldendorp einen Brief geschrieben, ich habe ihn halb öffentlich aufgefordert, seiner Frau solche lästerlichen Reden zu verbieten. Er hat mir nicht einmal geantwortet.« Er trank einen Schluck. »Red mir nicht von Oldendorp! Was für ein Feigling! Ich hab ihm angeboten, mich auf dem Markt mit ihm zu schlagen. Als wäre ich ein Kütergeselle.«

Jetzt musste ich lächeln: »… ein Advokat und ein Priester im Kampf um die Mannesehre! – Nimm es mir nicht übel, Valentin, aber da hätte ich doch mit größter Vorliebe sekundiert!«

Jetzt musste auch Korte kurz lächeln. »Aber du siehst, in dieser Stadt ist kein Platz für Oldendorp und mich. Ich muss weg hier. Ich weiß nur noch nicht, wohin.«

Korte trank sein Glas aus und erhob sich. »Es wird Zeit für mich. Die Kerzen flackern schon, wir sitzen gleich im Dunkeln. Ich werde mich zurückbegeben in den Schoß der Familie.« Er reichte mir die Hand.

Ich ergriff sie. Aber ich ließ sie nicht los. In mir war ein Entschluss gewachsen. »Setz dich noch einmal, Valentin! Jetzt hast du mir deine Geheimnisse erzählt. Dann werde ich dir auch eins erzählen.«

Korte setzte sich. Schweigend, mit einem erwartungsvollen, überraschten Blick.

Ich suchte nach Worten für meinen Anfang. »Valentin, ich kann dir nicht alles erzählen. Aber ich weiß, wo Nyebur ist.«

»Und, wo ist diese Ratte?«

»Auch das werde ich dir nicht sagen. Aber ich weiß auch, dass Nyebur nicht Slüters Mörder ist.«

Korte war überrascht. »Nicht Slüters Mörder? Aber es war doch Gift, Dionysius? Und Nyebur hat doch öffentlich Slüters Tod gefordert?«

Ich wand mich. Ich musste achtgeben, mich nicht zu verraten. Denn schließlich war auch mir das Herz so voll, dass mir das Maul überlaufen wollte. »Valentin, man wird Nyebur den Mord nicht beweisen können und er kann seine Unschuld nicht belegen. Was würdest du mit ihm tun, wenn du ihn bekommst?«

Korte schwieg lange. »Ich würde ihn dem Rat ausliefern müssen. Und ich würde erklären müssen, wieso ich ihn bekommen habe.«

Ich nickte. »Die Ratsherren würden Nyebur dem Büttel übergeben müssen und der braucht eine Stunde, um ein Mordgeständnis zu bekommen.«

»Dann würden sie ihn vor die Stadt bringen und Nyebur würde hängen.«

Ich nickte. »Noch ein Mord. Aber der Rat kann Nyebur nicht einfach ziehen lassen. Obwohl er es vielleicht möchte. Die Leute aus der Altstadt würden nicht nur das Rathaus anzünden. Sondern das Lectorium, St. Johannis und St. Jacobi gleich dazu.«

Korte nickte. »Und das Zisterzienserkloster auch.«

Ich konnte nur hoffen, dass er meinen Schrecken nicht bemerkt hatte. Ich blickte Nyebur an. Die Kerze erlosch mit einem Zischen, sodass ich meine Frage in die Dunkelheit sprechen musste: »Valentin, willst du Nyebur haben? Du könntest ihn retten, ihn aus der Stadt bringen. Dann müsste ich ihn nicht dem Rat ausliefern.«

»Der Rat hat dich losgeschickt?«

»Das muss dich nicht kümmern, Korte! Ich hab dir geschworen, dass alles, was wir gesprochen haben, in diesem Keller bleibt. Aber du musst dich jetzt entscheiden!«

Nur Kortes schweres Atmen war zu hören. Dann sagte er: »So oder so – es bleibt Unrecht.« Er schwieg wieder. »Woher weißt du, dass Nyebur es nicht war?«

Ich schwieg.

»Ich verstehe, du kannst es nicht sagen.« Korte seufzte wieder. »Er ist bei den Zisterzienserinnen, stimmt's? Deshalb hast du dich mit Anna getroffen. Das war kein Schäferstündchen.«

Ich schwieg.

»Ja, sag nichts, Dionysius! Es ist sicher besser so. Aber nein, ich will Nyebur nicht haben. Ich konnte ihn noch nie leiden und er hat sich selbst um Kopf und Kragen gepredigt. Ich sehe auch nicht ein, dass ich dieser Stadt, diesem Rat, diesem Mann, einen Dienst erweisen soll. Und ich weiß jetzt noch weniger als vor zwei Stunden, ob ich dir vertrauen kann.«

»Das kannst du, Korte. Es bleibt alles in diesem Keller.«

Jetzt hörte ich ihn schluchzen. »Es ist nicht recht, es ist nicht recht …« Sein Stuhl rückte, ich hörte, wie er nach dem Tisch tastete und den Weg zur Tür suchte.

»Ich kann dir nicht helfen, Dionysius. Du wirst das Richtige tun.« Die Tür knarrte. Ich wurde vom Mondlicht geblendet.

Von Korte sah ich nur den Schatten im Viereck der Tür. Er hob die Hand.

Ich grüßte schweigend zurück. Ich sah im nach, bis er in der Pümperstraße verschwunden war. Da saß ich nun allein in diesem Keller und Valentin Korte hatte auch mir die

Entscheidung abgenommen: Ich würde Nyebur an Murmann ausliefern müssen und hoffen, dass der ihn nicht an den Büttel ausliefern würde.

Ich hatte die Tür kaum verschlossen, da huschte ein Schatten um mich herum, winkte mir, ihm ins Dunkel zu folgen und flüsterte: »Gib mir den Schlüssel!« Ich musste erst genauer hinsehen, bevor ich den Laufburschen von Ludwig Dietz erkannte. »Gib mir den Schlüssel!«, wiederholte er. »Ich soll ihn zurückbringen zu Dietz.«

Ich lächelte. Wenn Dietz gewollt hätte, dann hätte er sich in der Stadt eine eigene Macht aufbauen können. Auch er konnte seine Leute jederzeit überall haben. Doch Dietz hielt sich zurück. Ich drückte dem Jungen den Schlüssel in die Hand und er verschwand geräuschlos in der Dunkelheit.

Lieber Freund, jetzt gab es keinen Ausweg mehr für mich. Vielleicht hätte ich noch dafür sorgen können, dass Nyebur aus der Stadt verschwinden konnte. Doch das hätte ich Murmann und dem Rat später kaum erklären können. Wenn selbst Korte für sich keinen anderen Ausweg sah, als aus dieser Stadt zu verschwinden – was sollte ich dann anderes tun, als mich mit denen gut zu stellen, die in der Stadt herrschten?

Ich besann mich auf das Gespräch mit meiner Anna. Wem war Slüter wichtig? Am nächsten Morgen machte ich mich auf den Weg, den Anna mir vorgezeichnet hatte.

Aber davon, mein Freund, erzähle ich dir, wenn ich dich morgen wiedersehe.

Der siebte Doppelschilling,

zeigt dir, wer Meister Jochim vergiftete und wie es dem Nyebur erging.

Mein Freund, du bist wieder hier! Dann willst du wirklich alles wissen? Ich weiß nicht, was der Gryse über Nyeburs Tod geschrieben hat. Aber er hat ihn oft einen Judas genannt und er hat mich nie gefragt, ob ich wüsste, was aus ihm geworden ist. Das hat mich verwundert, denn es wäre doch wichtig für seine Geschichte gewesen, zu erfahren, wie der Mörder für seine schreckliche Tat zu büßen hatte – der Mann, von dem er und die ganze Stadt bis heute glaubt, dass er der Mörder seines hochverehrten Joachim Slüters gewesen ist. Du ahnst vielleicht schon, wer es wirklich war. Dann höre auch, wie es mit Nyebur zu Ende ging.

Die Uhr schlug elf, als ich zu Murmann ging. Am Morgen hatte ich die alte Siberin besucht und erfahren, was Murmann wissen wollte. Ich wusste nun, wie Slüter gestorben war und wer ihn vergiftet hatte. Noch am Mittag wusste ich nicht, ob ich Murmann davon erzählen wollte. Je mehr ich nachdachte, desto klüger schien es mir, mich zu verstellen, ihm den Nyebur vorzuenthalten und mich nur noch um mein eigenes Heil zu kümmern.

Am Nachmittag schickte ich ihm schließlich einen Laufburschen und er antwortete mir, dass ich ihn in der Stunde vor Mitternacht im Fangelturm auf dem Rammelsberg treffen solle.

Doch schon auf dem Weg dorthin überkam mich ein Gefühl wie vor einem Gewitter. – Nein, es war nicht schwül. Aber in den Ecken und den Buden standen Leute beieinander und flüsterten. Die Huren lachten noch um diese Zeit und bei den Scharren am Bliesath sah ich noch ein paar der Küterknechte stehen, die ich aus Slüters Frühgottesdiensten kannte. So stellte ich mich dazu.

Sie waren betrunken und ließen sich auch vom Büttel nicht nach Hause schicken. Stattdessen entgegneten sie ihm frech, dass noch heute Abend etwas geschehen würde und es sei besser, wenn er dann bei seiner Frau in seinem Haus wäre, denn bis in den Kibbenibber würde sich der Tumult wohl nicht ausbreiten. Wenn er dennoch hier am Rammelsberg bleiben wolle, dann müsse er damit rechnen, sich gegen seinen Dienstherren stellen zu müssen. Denn das, was hier passieren würde, geschähe mit der Billigung des Rates und sei rechtens im Sinne des alten und des neuen Glaubens.

Als der Büttel das bezweifelte, lächelten sie nur und gaben zu, dass der Rat in dieser Angelegenheit tatsächlich noch gespalten sei. Doch morgen früh sei der Streit aus der Welt, da könne er sicher sein. Er hätte es in der Hand, zu entscheiden, ob er morgen früh auch aus der Welt sein wolle.

Ich erschauerte, denn eine solch geschliffene Rede, die so sicher die Waage zwischen einer Warnung und einer Drohung zu halten vermochte, konnte ich von einem Küterknecht nicht erwarten. Er musste sie von einem klugen Mann gehört und sich angeeignet haben. Das machte mir Angst.

Der Büttel wollte dennoch nicht gehen.

Da trat ein Mann – dem Akzente nach zu urteilen, musste er aus Thüringen stammen – auf ihn zu. Ob er nicht wüsste, wie gefährlich es sein konnte, für einen Juden zu sprechen.

Der Büttel lachte. Nyebur sei keinesfalls ein Jude. Er sei ein Eiferer und ein jähzorniger Mensch. Aber kein Jude!

Ein weiterer Knecht, den ich nicht kannte, trat herzu und berichtete, dass Nyebur es gestanden hätte. Sogar einer von Nyeburs engsten Freunden hätte geschworen, dass er einer der Juden war, die nach der Schändung der Hostien in Sternberg anno 1492 des Landes verwiesen worden waren. Nyebur habe es jedoch durch List und Zauber vermocht, sich in Rostock einzuschleichen. Wie es allen Juden gemein sei, habe er mit seinen Reden in der Stadt Unfrieden geschaffen – und deshalb sei es nur billig, wenn man ihn heute Nacht so verbrennen würde, wie man seinerzeit die siebenundzwanzig frevlerischen Juden vor Sternberg verbrannt hatte.

Dann schaute der Thüringer den Büttel wieder an, schob mit einer Hand seinen Rock beiseite und ließ ihn einen Blick auf das kurze Schwert werfen.

Mir stockte der Atem.

Ihm auch. »Nyebur – ein Jude?«, fragte er nur.

Stummes Nicken antwortete ihm.

Der Büttel wollte noch etwas entgegnen, besann sich aber und verschwand still in der Nacht.

Ich tat es ihm gleich. Seine Knie mussten ebenso weich gewesen sein wie meine. Aber ich musste Murmann davon berichten, was sich hier zusammenbraute. Bei allem, was ich inzwischen über Bernd Murmann erfahren hatte, hätte ich ihn meiden müssen. Doch er war der Einzige, der an diesem Abend noch etwas tun konnte, um einen Mord an Jochim Nyebur zu verhindern. Ich musste zum Fangelturm. – Heute weiß ich, dass es der falsche Weg war.

Das Kuhtor war noch geöffnet und selbst in dieser Dunkelheit kamen die Leute aus den Ackerbuden der Stadtfeldmark in die Stadt. Sie hatten Fackeln dabei und bald hielten sie in der anderen Hand einen Becher mit Doppelbier. Ich hörte auch die Thüringer noch laut aus der Dunkelheit reden: Sie wollten es auch dem Büttel, den Kaufleuten, den Pfaffen und auch dem Rat zeigen – wie seinerzeit in Allstedt.

So hielt ich mich vor Angst nah bei der Mauer und flüsterte, bis Murmann mir öffnete. »Was ist das für eine Gewitterstimmung in der Stadt?«, fragte ich ihn.

Murmann antwortete nicht. Er setzte sich ruhig an einem Tisch und schrieb etwas. Als er zu Ende war, rollte er das Papier zusammen. Dann wandte er sich zu mir und fragte: »Ist das Kuhtor noch offen?«

Ich nickte und wartete auf eine Erklärung.

Doch die kam nicht. Er schien allein zu sein, zeigte auf den Stuhl, goss mir ein und sah mich erwartungsvoll an.

»Da draußen steht die Meute bereit, Nyebur zu verbrennen!«, brach es aus mir heraus.

Murmann nickte und schob mir den Becher zu. »Sag mir, wer es war!«

Ich verstand nicht. »Die Thüringer! Die Küterknechte! Sie sagen, Nyebur wäre ein Jude. Sie wollen ihn verbrennen.«

Murmann schüttelte den Kopf. »Schmidt«, sagte er eindringlich, »ich will wissen: Wer hat den Slüter vergiftet?«

Da erst wachte ich auf. Ich trank einen Schluck. Holte tief Luft. »Es war die Siberin«, sagte ich leise. »Die Mutter.«

Murmann nickte stumm. Es drängte mich zu erzählen. Doch ich vergaß, dass ich immer noch Murmanns Werkzeug war. »Sie ist tot. Als ich zu ihr kam, ahnte sie schon nach wenigen Worten, warum. Sie nahm Eisenhut, erzählte mir ganz ruhig alles und starb nach einer Stunde.«

Murmann nickte wieder. Dann fragte er ungerührt: »Aber warum?«

Ich goss mir nach und so wurde es doch der Murmann, dem ich zum ersten und einzigen Male die Geschichte der alten Giftmischerin erzählte. Mein Freund, bis heute hab ich sie für mich behalten und auch der Gryse hat sie von mir nicht erfahren.

Die junge Siberin hatte wieder und wieder Slüters Predigten besucht. Dabei hatte sie kaum auf seine Worte gehört. Was er predigte von der Freiheit, von Luthers Donnerworten wider den Papst und für den wahren Glauben, das konnte sie kaum erfassen mit ihren fünfzehn Jahren. Dabei war sie keineswegs die einzige Frau, die in Slüter mehr sah als einen Messias. Die Bürger der Mittelstadt machten sich schon lustig über den Weiberhaufen, der sich immer schon früh bei der Linde versammelte, um Slüter besonders nah sein zu können. Es war dem Prediger peinlich, wenn wieder eine aus dem Weibsvolk in Ohnmacht fiel oder wenn einer der ehrbaren und älteren Bürger seine Frau oder seine Tochter nach Hause treiben musste – nicht selten unter Schlägen und immer unter dem Gelächter der Gemeinde. Nur hatte entweder Slüter mit der erblühenden Geertje Siber immer längere Blicke getauscht. Oder das Mädchen hatte sich ihm wirklich so lange an den Hals geworfen, bis selbst er, der doch mit vierzig Jahren einige Erfahrung mit den Weibern gesammelt hatte, ihren Reizen erliegen musste. Oder es waren – wie so oft – die Gegensätze, die zueinander strebten. In diesem Falle durchaus verhängnisvoll.

Slüter hatte Geertje bereits zurückgewiesen, als ihre Schwangerschaft offenbar wurde. Dem Vater der jungen Siberin war das alles äußerst peinlich, hatte er doch auch seine Frau, Geertjes Mutter, wegen ihrer Schwärmerei für Slüter vor die Tür gesetzt: Er als Altgläubiger konnte niemanden unter seinem Dach dulden, der dieser Lehre des Ketzers Martinus anhinge. Dennoch stellte er Slüter zur Rede und mahnte ihn gar mit Luthers Worten daran, seine Lebenstaten mit seinen Worten übereinstimmen zu lassen. Daher verlangte er einerseits, dass er seine Tochter ehelichte und andererseits, dass diese Hochzeit auch den Segen des Rates bekam. Der alte Siber wollte aus der peinlichen Geschichte einen Vorteil für seine Tochter ziehen, denn mit der Hochzeit würde das Kind ehelich anerkannt werden und irgendwann hätte er auch seine Frau in das gemeinsame Haus in der Pelzergrube zurückholen können. Slüter konnte kaum anders, als über diese Brücke zu gehen. Im Mai anno 1528 stellte er den Antrag an den Rat, Geertje Siber ehelichen zu dürfen. Die Herren hatten seinen Antrag kaum abgelehnt, da war die Ursache des Streites auch schon verschwunden: Geertje Siber war vor der Zeit niedergekommen, sie hatte ihr Kind verloren und war selbst dabei verblutet, in der Bude bei St. Nikolai, die die alte Siberin mit ihrer Tochter bewohnen musste nach ihrem Rauswurf aus dem Siberschen Haus. Während der alte Siber vor Schmerz verging, war die himmelhohe Schwärmerei seiner Frau für den Meister Jochim in einen abgrundtiefen Hass umgeschlagen. »Erst diese Liebe und dann dieser Hass«, sagte ich kopfschüttelnd. »Solche heftigen Regungen sind für niemanden gesund – weder in der einen noch in der anderen Form. Es scheint fast, als würden Liebe und Hass aus derselben inneren Quelle stammen.«

Murmann grinste böse. »Hör auf zu schwafeln, Schmidt! Es ist die einfachste Regung der Menschen. Sie heißt Rache. Kennst du das nicht? Die Rache hat ihr geholfen, sich so lange vor aller Welt zu verstellen. Nur: Wenn das Ziel erreicht ist, hat man nichts mehr. Und nichts mehr zu verlieren.«

Murmann stand auf und schloss das Fenster, durch das inzwischen Geräusche von Getümmel hereindrang. Er schloss auch das Fensterchen in der Kerkertür und bedeutete mir, leiser zu sprechen.

Wenn auch für Slüter dieser Weg schmerzlich war, so öffnete ihm Geertjes Tod doch die Möglichkeit, Luthers Wort wieder mit seinem Leben in Einklang zu bringen. Eine verstoßene Tochter heiraten zu müssen, die er in einem schwachen Moment geschwängert hatte – das hätte nicht zu dem Mann gepasst, der in dieser Stadt redlich und stark das reine Wort Gottes predigte und gegen die Heuchelei der Papisten wetterte. Wie anders sah dagegen die Ehe Luthers aus: Er hatte seine Frau Katharina von Bora aus dem Zisterzienserinnenkloster Nimbschen befreit und ihre Verbindung war nicht die Folge eines Fehltrittes, sondern ein unbelastetes Versprechen, in Zukunft füreinander einstehen zu wollen. Slüter dagegen war widerfahren, was auch den Priestern der alten Lehre allzu oft widerfuhr: Hatten sie ihrer Wäschegeherin ein Kind gemacht, dann blieb den Pfaffen nichts weiter übrig, als sie aus dem Haus zu jagen und Reue zu zeigen wegen ihrer Schwäche. Sie waren einmal – natürlich nur einmal! – den Verführungskünsten des Weibes erlegen gewesen, von denen man ja wusste, dass sie eine Ausgeburt des Teufels waren. Wie man es auch drehte und wendete: Für Joachim Slüter wäre die Beziehung zur jungen Siberin mit einem Verlust an Ansehen verbunden gewesen: Wie sollte man aus dem Munde eines Mannes Gottes Wort empfangen, der unterhalb seines Gürtels genauso unreformiert war wie seine Widersacher?

»Die alte Siberin …«, flüsterte Murmann kopfschüttelnd, »an die hat keiner mehr einen Gedanken verloren.«

Ich nickte.

In unser Schweigen drangen das Gelächter und die Rufe von Menschen durch das Fenster. Ich hätte früher darauf achten sollen.

Doch Murmann schenkte mir den Rest aus dem Krug ein. »Spätestens als Joachim Slüter die angesehene Katharina heiratete, musste die alte Siberin die Rache überkommen haben«, schlussfolgerte er.

Die Hochzeit hatte schon zu Michaelis anno 1528 stattgefunden, nur wenige Wochen nach dem Tod der jungen Siberin. Die fröhliche, strohblonde Katharina an der Stelle zu sehen, an der eigentlich ihre Tochter Geertje stehen sollte, das hatte die alte Siberin bis auf den Tod mit Gott entzweit. Ob sie schon damals den Entschluss gefasst hatte, war zwar nicht sicher, aber wahrscheinlich: Slüter war schuld, dass sie von ihrem Mann verstoßen worden war. Slüter war schuld, dass sie jetzt ganz allein leben musste und dass sie niemals mehr sicher sein konnte, im nächsten Monat nicht verhungern zu müssen. Die Verbindung zwischen ihrer Tochter Geertje und dem angesehenen Prediger Slüter hätte ihre Alterssicherung sein können, sie hätte den Haushalt geführt und die Trennung von ihrem Mann hätte sich zu etwas Gutem gefügt. Selbst wenn Geertje und ihr Kind nach der Verlobung gestorben wären, hätte Slüter für seine anerkannte Schwiegermutter sorgen müssen. Doch selbst der Brief, mit dem Slüter bekannt hatte, Geertje Siber heiraten zu wollen, war sicher schon längst im Feuer gelandet. So sei die alte Siberin letztlich nur durch den Wunsch nach Rache am Leben gehalten worden. Sie hatte sich mit bemerkenswertem Bedacht und Geduld an seine Ausführung gemacht – so wie man schon beim langsamen Kochen den Genuss des Essens empfinden kann.

Langsam hatte sie sich an Slüters größer werdende Bekanntschaft herangeschlichen und Wege gesucht, ihre Kräuter unauffällig in der Küche des Haushaltes des Predigers unterzubringen. Sie hatte herausgefunden, welche Speisen von Slüter besonders gern und oft genossen wurden: Der Hopfen, die Sülze, der Senf, der Kümmel in Slüters Küche – alles war von der Siberin mit dem Arsenik versetzt worden, so maßvoll, dass sich die geringe, aber tägliche Dosis Gift auf dem Teller des Predigers versammelte. Sie führte erst zu seinem langsamen Siechtum und später zu seinem Tod.

Die Siberin hatte zu mir auch von einem Zauber gesprochen, der die unschuldige Katharina und ihr Kind vor dem Gift schützen sollte. Doch das konnte ich nicht glauben. Die Siberin hatte da schon die Krämpfe des Eisenhutes zu leiden und ihren Tod vor Augen. Sie hinderte mich bis zum Schluss, den Priester zu holen für den Segen. So starb sie böse und verbittert ohne die Sakramente in dem Bewusstsein, heute für alle Ewigkeit ins Fegefeuer zu fahren und dort den Slüter zu treffen, der ihre Tochter geschändet und getötet, ihr den Enkel versagt, das Auskommen zerstört und sie mit seinen Verführungskünsten auch aus der sicheren Ehe getrieben hatte. Er durfte genauso wenig auf Erlösung hoffen wie sie selbst. Jetzt, da er tot sei, gebe es für sie keinen Grund zum Leben mehr, und auch die Tatsache, dass sie selbst mit Gift für ihr Hinscheiden gesorgt hatte, konnte sie nicht schrecken. Schlimmer als die Hölle könne es für sie auf Erden kaum werden. Sie würde keine Gelegenheit haben, vor ihren Schöpfer zu treten, sondern ohne Umweg in die Hölle kommen. Wenn der Teufel ihre ehrliche Verderbtheit sehen könne, würde er sie höchstpersönlich aus dem Feuer nehmen und als seine Gespielin an seiner Seite Platz nehmen lassen. Jedes Mal, wenn die Siberin Slüter gesehen und seinen Verfall wahrgenommen hatte, habe ihr Herz »halleluja!« gejubelt. Je welker seine Haut, je unsicherer sein Schritt, je gelber seine Augen geworden waren, desto öfter habe sie ein Vaterunser an den Teufel gerichtet und sich bedankt, dass er sie gewähren lasse.

Murmann unterbrach mich: So genau wolle er es nicht wissen. »Jetzt wo die Hexe tot ist, können wir nichts mehr tun – ob nun für oder gegen die Siberin«, sagte er. »Aber höre ich da Bewunderung heraus für die Siberin? Vielleicht für die Furchtlosigkeit, mit der sie ihren letzten Schritt gegangen ist?« Murmann grinste wieder.

Er hatte recht. Das Erlebnis, von dieser Hexe bis zum letzten schweren Atemzug unter Schmerzen und Krämpfen kein Wort der Reue gehört zu haben, das hatte mich wirklich beeindruckt. Doch ich antwortete Murmann nicht.

Er lächelte, zog dann seinen Beutel hervor und zählte die vier Dänischen Mark ab, die er mir vor fünf Tagen im Hafen versprochen hatte. Murmann sah mir in die Augen, als er noch zwei drauf legte. »Du hältst dein Maul«, sagte er, »über das, was du weißt, und über das, was du heute noch sehen wirst! Morgen ist der Streit aus der Welt und wenn du dich jetzt falsch entscheidest, dann bist auch du morgen aus der Welt!«

Diese Worte hatte ich gerade schon einmal gehört. Murmann steckte selbst dahinter? Er hatte den Aufruhr in die Welt gesetzt und das Gerücht, dass Nyebur einer der Juden von Sternberg war? Ich blickte ihn erschrocken an. Er sah mir kalt in die Augen. Ich werde seinen Blick niemals vergessen. Schlagartig wurde mir klar, dass ich die falsche Entscheidung getroffen hatte. Murmann war mein Feind. Er hatte mich in der Hand. Ich hatte mich aus freien Stücken in seine Hand begeben und auch den letzten Ausweg nicht gesehen: Ich hätte heute morgen noch den Kaplan Antonius Becker an das Bett rufen können, in dem sich die alte Siberin in ihren Todeskrämpfen gewunden hatte. Stattdessen hatte ich sie sterben lassen. Jetzt würde mir niemand mehr glauben.

Doch Bürgermeister Murmann hatte noch einen anderen Plan. Er sah mich an. »Schmidt, wenn du mir weiter hilfst, dann wird es dir gut gehen in der Stadt. Wenn du mich verrätst, auch gegenüber dem Boldewan und seinen Leuten, dann wird es dir so gehen, wie es gleich dem Nyebur ergehen wird.«

Wie – dem Nyebur? Wusste Murmann, wo Nyebur war?

»Nyebur ist da drin«, beantwortete er meinen fragenden Blick. »Er schläft. Er hat sich nur mir gestellt und mir gesagt, dass er vor einem Gericht beweisen will, dass er es nicht war. Und dass er kein Jude sei. Aber ich hab ihm gesagt, dass ich ihm nicht helfen kann. Dann habe ich ihm Wein gegeben.«

Murmann erhob sich und wollte zum Fenster gehen, als es zersprang und ein Stein, so groß wie zwei Männerfäuste, an ihm vorbeiflog. Danach flogen zwei Flaschen mit Öl ins Zimmer. Kaum waren sie zersprungen, folgten zwei Fackeln, die das Öl in Brand setzten und die Menge vor dem Fenster begrüßte die Stichflamme mit einem Schrei und lautem Beifall. Murmann blieb merkwürdig ruhig.

Ich trat die Fackeln aus und wollte auch das brennende Öl mit dem Sand löschen, der dafür im Fangelturm bereit stand.

Doch Murmann bedeutete mir, das Feuer weiterbrennen zu lassen und mich neben dem Fenster in Deckung zu begeben. So konnten wir hinaussehen und waren vor weiteren Steinwürfen geschützt. «Siehst du den Pöbel da draußen?«

Ich nickte. Das wenige, das ich erkennen konnte, machte mir Angst. Ich sah ganz vorn die Thüringer Bauern, die das alles nichts anging, die offenbar nur erleben wollten, dass man endlich vor ihnen zitterte, wie sie selbst gezittert hatten vor Frankenhausen. Sie mussten die Fackeln und das Öl geworfen haben, denn ihre Fäuste waren leer. Die

Trägergesellen Klaus und Hein ragten aus der Menge auf. Ich sah Dominikaner und Franziskaner nebeneinander stehen und mit den Fäusten in unsere Richtung drohen. Bei ihnen sah ich den Hans Prange, der als erklärter Wiedertäufer bis gestern selbst zum Ziel einer aufgebrachten, um schnelle Gerechtigkeit bemühten Menge hätte werden können. Da standen die Studenten, lutherisch oder katholisch, nebeneinander vereint in einem gemeinsamen Wollen. Vorn standen auch die Bettler und die Huren, weiter hinten die Kaufleute, die Handwerker und die Prediger der anderen Kirchen nebeneinander, betrachteten das Geschehen wie ein Gauklerspiel auf einem Jahrmarkt und klatschten in die Hände. Auch Valentin Korte entdeckte ich dort, entsetzt und still. Doch auch er klatschte Beifall, als habe ihn eine Krankheit angesteckt, gegen die er sich lange gewehrt hatte. Vielleicht meinte er, unbeteiligt dabeistehen zu können. Von meinem Fenster aus konnte ich den Platz auf dem Rammelsberg überblicken bis hinunter zur Grube und ich sage dir: Sie alle waren wie im Fieber. Aber woher wussten sie, dass Murmann im Fangelturm war und Nyebur bei sich hatte? Sie schrien: »Gib uns den Juden! Gib uns Nyebur!« Ich konnte nicht verstehen, dass die Papisten und die Lutheraner dort nebeneinander standen. Sie hatten jahrelang gegeneinander um den rechten Glauben gestritten und jetzt wollten sie gemeinsam Nyebur verbrennen?

Wieder flogen Steine in die Stube.

Natürlich! – Mit Nyebur als eifernden Prediger konnten sie alle gut leben. Die Papisten hatten den Mord an Slüter immer wieder herbeigeredet – aber dass es ein Jude war, der diese Tat begangen haben sollte, das ging doch zu weit. So einer durfte nicht entkommen. Und auch nicht vor dem Gericht stehen. Um so einen würde sich die Stadt selbst kümmern.

Ich sah, dass sich Murmann weidete an der Angst, die sich in meinem Gesicht spiegelte. Er lachte leise. »Alle zusammen – so ist es doch viel besser für die Stadt«, flüsterte er. »Sie wollen Nyebur? Gut! Slüter wird mir helfen. Auch wenn er tot ist. Ich gebe ihnen Nyebur, seinen Mörder. Den Juden.«

»Aber er war es nicht!«, sagte ich leise.

Murmann lachte nur. »Willst du es ihnen sagen? Glaubst du, sie warten so lange, bis du ihnen bewiesen hast, dass ihr Slüter von der Mutter einer Frau vergiftet wurde, die er geschwängert hat? Und selbst wenn du das schaffst, glaubst du, die gehen dann nach Hause? – Schmidt, das da draußen, das ist der Pöbel. Die wollen losschlagen. Die wollen den Juden. Die wollen Nyebur. Und dich erschlagen sie gleich mit, wenn du Nyebur helfen willst.«

Mein Freund, jetzt siehst du meine Sünde, für die mich Gott mit dem Verlust meines Augenlichtes strafte. Ich war zu feige. Ich sagte mir, dass ich Nyebur an diesem Abend nicht retten könne, hielt es für eine Erkenntnis und versteckte mich dahinter. – Nein, sag nichts! Ich hätte es versuchen müssen, selbst jetzt noch, nach all meinen Irrtümern.

Murmann hielt zuerst seine Hand aus dem Fenster. Die Steinwürfe stoppten. Er trat ans Fenster und hob die Hand.

Die große schwarze Masse beruhigte sich und stand nun schweigend unter den Mauern. Sie war still, doch kaum weniger bedrohlich.

Murmann rief: »Bürger von Rostock, ich kann euch verstehen! Ihr wollt den Juden Nyebur und ihr habt recht: Er ist hier im Fangelturm. Aber auch ein Jude untersteht der Gerichtsbarkeit. Er hat sich gestellt und es soll ihm der Prozess gemacht werden! Er wird im Turm bleiben, bis er morgen in den Finkenbauer im Rathaus gebracht wird. Dort soll er noch einmal verhört werden.«

»Hängen soll er!«, »Brennen soll er!«, »Schlagt ihn tot!« – das riefen die Thüringer. Andere stimmten ein. Aus dem Haufen vor dem Turm wurden die Fackeln geschwenkt, geschrien und mit Fäusten gedroht. Tagelang hatte sich dieser Ausbruch angekündigt, Dietz und Oldendorp hatte ihn vorausgesehen und jetzt war es soweit.

Murmann ließ die Meute schreien und wandte sich vom Fenster ab. Was hatte er vor?

Er öffnete die Tür zum Kerker, griff einen Eimer mit Wasser und schüttete ihn Nyebur ins Gesicht.

Der schnappte nach Luft, sprang auf und sah erst mich, dann Murmann erschrocken an. Nie werde ich diesen Augenblick vergessen, in dem er mehrmals zwischen Furcht und Hoffnung schwankte, ohne ein Wort sagen zu können. Erst sah er Murmann und lächelte, dann verstand er, dass die Meute draußen vor dem Tor nach ihm rief, um ihn totschlagen zu können. Schließlich wandte er sich an mich und an Murmann. Er hatte Tränen in den Augen, sein

Mund versuchte, Worte zu formen, und er trat ein paar Schritte auf Murmann zu. Hatte er ihn verraten?

Aber Murmann beantwortete seinen Blick mit einem Lächeln, nahm ihn bei den Schultern und blickte ihm fest in die Augen. »Nyebur, du musst fliehen!«

Nyebur nickte und schüttelte sich das Wasser aus dem Haar.

Murmann reichte ihm das Schriftstück, an dem er geschrieben hatte. Dazu eine Feder. »Das ist deine Urfehde. Du schwörst, dass du dich nicht rächen wirst an allen, die dich verfolgt haben. Sonst werden sie dich jagen bis sie dich haben.«

Nyebur verstand es nicht. Doch weil er Murmann in diesem Augenblick so blind vertraute, riss er ihm das Papier aus den Händen und setzte hastig seine Unterschrift darunter.

Murmann steckte die Urfehde in seinen Ärmelaufschlag. »Ich werde dafür sorgen, dass es Zeugen gab, die gesehen haben, wie du unterschrieben hast.« Dann öffnete er das Fenster, das auf der anderen Seite des Turmes nach Süden zeigte, nahm mit einem Griff das offenbar schon durchgesägte Gitter heraus und warf ein Seil herunter. Das alles hatte er vorbereitet. Selbst der Wassereimer hatte gefüllt für Nyebur bereitgestanden. Sollte Nyebur wirklich fliehen? Was spielte Murmann für ein Spiel?

Jetzt wandte er sich noch einmal an Nyebur, der offensichtlich seinen starken Rausch noch nicht ausgeschlafen hatte und kaum imstande war, einen klaren Gedanken zu fassen. »Du bist verraten worden. Sie wollen dich totschlagen«, sagte Murmann zu ihm. »In St. Georg steht ein Pferd für dich. Dort hinaus!« Er zeigte auf das Fenster und das Seil.

Nyebur sagte nichts. Aber er verstand endlich, zwängte sich durch das Fenster und begann, sich abzuseilen.

Darauf hatte Murmann gewartet. Er schaute dem Nyebur nach, wie er ungelenk mehr am Seil herunterrutschte, als kletterte, etwa zwei Meter über dem Boden absprang und ins feuchte Gras fiel. Nun ging Murmann zum anderen Fenster, wandte sich an die Menge und schrie: »Er flieht! Nyebur ist geflohen!«

Die Menge johlte und sah sich um, als könne sie Nyebur irgendwo entdecken.

Murmann deutete nach Süden: »Der Nyebur flieht aus der Stadt!«

Langsam kam Bewegung in die Menge. Sie bewegte sich in Richtung Kuhtor, das in dieser Nacht noch immer nicht abgeschlossen war. Auch das hatte zu Murmanns Plan gehört. Die Meute holte Nyebur rasch ein und prügelte ihn zum Kuhtor. Es schien, als wolle in dieser Nacht jeder seinen Schlag anbringen und Slüter rächen – egal ob er zum alten oder zum neuen Glauben stand.

Ich war mit Murmann aus dem Fangelturm getreten und wir beide sahen, wie Nyebur vor der Stadtmauer kniete mit zerrissenem Hemd und um sein Leben flehte gegen dieses vielköpfige, schreiende, feuerspeiende Tier, das ihm dort gegenüberstand. Nur aus Feigheit belauerten sich die

Teile der Meute gegenseitig, niemand wollte den Anfang machen.

Nyebur fiel in diesem Augenblick nur seine Bibel ein. Er nahm seine Kraft zusammen, erhob sich und stammelte mehr, als er rief: »Wer von euch ohne Sünde ist, der werfe …« Da traf ihn der erste Stein am Kopf.

Klaus hatte ihn geworfen.

»Halt's Maul, Jude! Du missbrauchst nicht länger den Namen des Herrn!« Das war Hein.

Beide glaubten wieder, das Richtige zu tun.

Die Menge schrie auf, Steine prasselten auf den Körper Nyeburs nieder.

Der krümmte sich, schützte seinen blutenden Kopf mit den Armen, schrie, dass er doch kein Jude sei, sondern ein Prediger im Dienste des Heiligen Vaters! Dann floh er nach vorn. Auf die Meute zu.

Die öffnete ihm tatsächlich eine Gasse hinunter zu den vier Mühlrädern. Aber nicht um ihn entkommen zu lassen. Sondern um dem Juden einen langen, schmerzensreichen letzten Gang zu bereiten. Nyebur wurde hin und her gestoßen, mit Stöcken und mit brennenden Fackeln, jeder wollte einen Streich anbringen und immer, wenn er zu schnell wurde, stellte ihm jemand ein Bein, sodass er sich mühsam und unter weiteren Schlägen wieder erheben musste.

Vom Rammelsberg aus konnten Murmann und ich diesem bösen Spiel zusehen. Ich blickte ihn von der Seite an. Er schien den Anblick dieser wütenden Menge zu genießen. Das Spiel seiner Wangenmuskeln verriet seine Erregung.

Nach einer Ewigkeit voller Hohngelächter, voller Grausamkeiten und Quälerei fiel Nyebur zum letzten Mal – vor der Grube. Ein Streich mit einem Knüppel hatte ihn im Genick getroffen, er konnte nicht mehr aufstehen, nicht einmal mehr schreien konnte er. Doch er starb langsam. Weil niemand aus der Meute derjenige sein wollte, der dem Juden schließlich den Todesstoß gegeben hatte, ließen sie ihn liegen und sahen zu, wie sich das Blut, das ihm aus Mund und Ohren floss, langsam den Weg bis zur Grube bahnte.

Plötzlich begann es zu regnen, so heftig, dass die Fackeln zu qualmen begannen. Der Rauch legte sich über die Grube, die Menge hustete, wurde schließlich still und ging leise lachend auseinander, um in den umliegenden Schüttings den schändlichen Sieg über einen vermeintlichen Juden zu feiern.

Ich wollte zu Nyebur. Doch Murmann musste mich nur ansehen. So ging ich meines Weges.

Am frühen Morgen war Nyebur weg. Nur wenige Stunden später, als ich sicher war, dass niemand mich beobachtete, ging ich an der Grube entlang. Aber ich fand ihn nicht mehr. Hatte sich jemand erbarmt und ihn weggebracht? Hatte er sich in einem letzten Kampf selbst bis zur Kante geschleppt? Oder hatte ihn jemand ins Wasser gestoßen?

Mein Freund, was glaubst du, was danach passiert ist? – Nichts ist passiert! Ein paar Tage lang wurde geflüstert, ein paar Tage lang waren die Gespräche an den Scharren leiser und von Kopfschütteln begleitet. So wie man irgendwann über eine Peinlichkeit hinwegsieht, so ging die Stadt über diesen Mord hinweg. Bald wollten sich selbst diejenigen nicht mehr daran erinnern, die Nyebur geschlagen hatten.

Ein paar Tage später saß ich auch mit Klaus und Hein wieder in der Schütting der Trägergesellen. Anfangs wollten sie noch wissen, ob Nyebur bei seinem Verhör wirklich zugegeben hatte, dass er ein Jude sei. Dann hörte auch das auf. Niemand hatte etwas getan, was man nicht mit einer Beichte oder einem Ablass aus der Welt schaffen konnte. Auch die Herzöge erfuhren nie, was aus Nyebur geworden war. Er war verschwunden. Irgendwie.

Etwas anderes hat auch der Gryse nie erfahren. Natürlich hatte er mit Leuten gesprochen, die wissen mussten, was damals geschehen war. Aber selbst wenn es ihm jemand gesagt hätte: Niemals könnte er das aufschreiben, ohne auch seinen Namen in den Schmutz zu ziehen. So glaube ich, dass er bei seiner Judas-Geschichte blieb, weil sie am besten zu den Ereignissen und zu Luthers Reformen passte. Slüter musste der gute Prediger Rostocks sein, das blieb er nur, wenn der Mörder Nyebur in Gryses Geschichte ein Ende findet, das zu seiner abscheulichen Tat passt.

Ich sorgte dafür, dass auch die Siberin am Morgen nach dieser Nacht gefunden wurde. Die Stadt bezahlte ein Armenbegräbnis in geweihter Erde auf dem kleinen Kirchenacker von St. Nikolai und keiner stellte jemals Fragen zu ihrem Tod.

So ging es in diesen Tagen vor sich. – Ich kann das nicht vergessen. Jede Nacht sehe ich Nyebur an der Grube liegen und obwohl ich ihm nichts getan habe und bis heute glaube, dass ich ihm an diesem Abend wirklich nicht mehr helfen konnte, so liegt mir doch dieser Tod auf dem Gewissen. Denn ich hätte auf Ludwig Dietz hören und früher beginnen können, meinen eigenen Ausweg für mich und Nyebur zu finden. Hätte ich mich früher und entschiedener auf die Seite der Lutheraner gestellt, dann wäre Murmann nie auf die Idee gekommen, mich zu benutzen.

Ich muss dir das erzählen, mein Freund! Denn ich glaube, dass du die Kraft hast, dieses Geheimnis mit in dein Grab zu nehmen. Die Stadt hat diese Nacht ihres gemeinsamen Mordes am Jochim Nyebur einfach verschluckt. – Und als am Mittwoch nach Martini die Tilsche Fischer und der Hans Schönebeck auf dem Galgenberg bei St. Georg verbrannt wurden, da wunderten sich viele. Denn der Tilsche Fischer war kein Säckchen mit Pulver um den Hals gebunden worden. Sie musste die Flammen leiden bis zum bitteren Ende und ein gnadenloser Wind sorgte dafür, dass sie sich nicht vor der Zeit am Rauch vergiften konnte. Sie hatte mit Rattengift ihren Mann Klaus umgebracht – und jeder, der den Klaus kannte, wusste, dass sie aus purer Verzweiflung gehandelt hatte.

Doch warum durfte der Henker dem Schwarzzauberer Hans Schönebeck die Qualen verkürzen? Er war zum Flammentod verurteilt worden, weil er Totenerde vor den Schwellen etlicher lutherischer Priester geschüttet hatte, um sie einen siechen Tod sterben zu lassen. Nicht nur bei Slüter hatte er das getan, sondern auch bei den Predigern von St. Nikolai, St. Marien und St. Jacobi. Das Verhör von Schönebeck hatte seinerzeit Bernd Murmann geführt und noch bevor der Büttel begonnen hatte, seine Werkzeuge zu benutzen, hatte der Zauberer vor Zeugen ausgesagt, dass der papistische Jochim Nyebur ihn zu der Tat angestiftet und ihm gar die Absolution erteilt hatte. So war schließlich nicht nur dem Schönebeck daran gelegen, die eigenen Todesqualen zu verkürzen. Auch Bernd Murmann konnte verhindern, dass der Sterbende im Angesicht seines Todes noch herausschreien konnte, wer ihn zu diesem merkwürdigen Geständnis verleitet hatte. Denn warum hatte Hans Schönebeck nicht ausgesagt, dass er von einem Juden verführt worden war? Oder hatte er es ausgesagt, und es wurde nicht niedergeschrieben?

Es gibt vieles, was ich mir nicht erklären kann, mein Freund. Ich war dabei, ich habe mitgemacht und ja, ich muss mir vorwerfen, dass ich Nyebur hätte retten können. Die Geschichte ist vorbei. Natürlich hätte ich noch viel zu erzählen. Aber ich würde es dir nicht verübeln, falls du morgen nicht erscheinst.

Der achte Doppelschilling,

und du erfährst, auf welchem Wege auch die weltliche Ordnung Rostocks ins Wanken geriet.

Guten Morgen, fremder Freund! Du hast wieder einen Doppelschilling für mich? Dir lässt es keine Ruhe? Aber sieh doch: Slüter ist tot, sein vermeintlicher Mörder erschlagen, seine wahre Mörderin hat sich selbst aus ihrem elenden Leben verabschiedet. – Du fragst dich, ob irgendwer je zur Rechenschaft gezogen worden ist für diesen zweiten Mord?

Ich habe nie zu jemandem darüber gesprochen, und je länger über Murmann geschwiegen wurde, desto kleiner wurde seine Lüge. Schließlich kam das Gerücht auf, jemand habe in dieser Nacht dem erst halbtoten Nyebur die Hosen heruntergezogen und er sei tatsächlich beschnitten gewesen. Niemand erfuhr, wer das gewesen sein sollte. Trotzdem schien auch niemand daran zu zweifeln. Nicht einmal Oldendorp stellte die Frage, ob es nicht grundsätzlich ein Gottesfrevel sei, jemanden auf der Straße zu erschlagen – sei er nun Jude oder nicht. Jochim Nyebur wurde zum Juden erklärt und es nützte ihm auch nach seinem Tode nichts, dass er jahrelang als Prediger in Rostock geachtet und gehört worden war. Um einen Juden einfach erschlagen zu können, brauchte man keine Begründung, keine Entschuldigung. Klaus hatte den ersten Stein auf Nyebur geworfen, Hein hatte ihm recht gegeben. Und niemals haben beide daran gezweifelt, in dieser Nacht nicht das Richtige getan zu haben. Sie haben auf Luther gehört – und rings um sie herum stand eine Meute, die ihnen Beifall spendete. Was also konnte daran falsch gewesen sein, Nyebur zu erschlagen?

Bald sprach niemand mehr über diese schreckliche Nacht, nicht auf dem Markt, nicht in den Schüttings, nicht im Rat und schon gar nicht bei den Bürgersprachen. Wenn die Bürgermeister im Februar und im September eines Jahres an das Fenster des Rathauses traten, sollten eigentlich die Rostocker Bürger auf dem Markt versammelt sein und die Verkündigung neuer Stadtgesetze, den neuen Akzisensatz und die Bekanntgabe über neue Ratsmitglieder entgegennehmen. Aber auf dem Markt hatten die Leute bei den Bürgersprachen nur deshalb ausgeharrt, weil der Rat den Bürgern nach jahrhundertealtem Brauch ein Fass Wein zu stiften hatte. Mit den Jahren waren ihre Reden immer länger und immer weniger wichtig geworden. Wenn der Rat große Entscheidungen getroffen hatte, dann war die Nachricht ohnehin in wenigen Tagen durch die Stadt gewandert und hatte alle erreicht, die sie erreichen sollte. Bei ihren Gelagen im Ratskeller mussten die Herren irgendwann beschlossen haben, einen weniger guten Wein verteilen zu lassen. Danach waren erst die alteingesessenen Rostocker von der Bürgersprache ferngeblieben. Nachdem der Rat das gesehen hatte, konnte er auch zulassen, dass der schlechte Wein außerdem gepanscht und gestreckt wurde, von einer Bürgersprache bis zur nächsten immer dreister. Bis schließlich nur noch der Pöbel den Reden zuhörte und die Redner lautstark unterbrach, wenn es zu lange dauerte. Den Bürgermeistern und dem Rat kam das nicht ungelegen: Sie hatten dem Brauch Genüge getan und versucht, den Rostockern die Entscheidungen des Rates kundzutun. Doch im Hintergrund konnten sie ihre Intrigen weiterspinnen, ihre Ratstreffen vor allem zum eigenen Wohle nutzen. Die Ratsstube wurde in den Wintern kaum noch geheizt, die Sitzungen waren inzwischen so kurz geworden, dass die Herren sich ihrer Mäntel nicht zu entledigen brauchten. Sie trafen ihre Entscheidungen bereits im Keller des Rathauses, zusammen mit den Kaufleuten, den Öllermeistern der Schiffergesellschaften und den Zunftmeistern. Die bezahlten ihnen den Wein, den Braten und das Brot. Sie bekamen dafür Grundstücke, Aufträge und Steuererlässe. So war es durchaus von Vorteil für die Bürgermeister, wenn sie vor dem Rathausfenster einen immer kleineren Haufen vorfanden, der keinen Anteil mehr an den Dingen der Stadt nahm und sein Interesse stattdessen auf den Inhalt eines Weinfasses richtete.

Niemand fragte nach, was der »Ausschuss in Religionssachen« inzwischen getan oder beschlossen hatte. Er war vom Rat schon im März des Jahres 1531 gebildet worden und sollte die neue Ordnung in den Rostocker Kirchen durchsetzen – einerseits mit Nachdruck, andererseits ohne den städtischen Frieden zu stören. Slüter und Oldendorp hatten gemeinsam die sieben Artikel ausgearbeitet, die schon am 30. Dezember anno 1530 in der Stadtschreiberei bei der Münze verlesen worden waren. Doch spätestens nach dem Tod Slüters wurde deutlich, dass sich die Waage dem städtischen Frieden zuneigte und der Nachdruck auf der Strecke geblieben war. Schon Slüter war an der Trägheit der Mitglieder dieses Ratsausschusses verzweifelt.

Der Einzige, der sich noch einige Zeit auf weltlicher Seite redlich mit Oldendorp um den neuen Glauben mühte, war der martinistische Ratsherr und Kaufmann Joachim Voß. Er war 1533 gar zum Propst des Nonnenklosters zum Heiligen Kreuz berufen worden – ein Posten, auf dem jeder nur verlieren konnte. Denn gegen diese Trutzmauern des alten Glaubens kam bis heute niemand in Rostock an. Bis auf Voß bestand der Rat ausschließlich aus Kaufleuten, die ihren Glauben erst dann ändern würden, wenn ihnen die neue Religion auch bessere Geschäfte verheißen würde.

Inzwischen hatten sich auch die Lutheraner in der Stadt aneinander gerieben – Eitelkeiten und Eifersüchteleien hatten sich in den Streit um religiöse Fragen gemischt. Immerhin hatte der »Ausschuss in Religionssachen« schon im Frühjahr anno 1533 beschlossen, nach einem Oberprediger für die Stadt zu suchen, nach einem Mann, der die Kirchenordnung Rostocks grundsätzlich ausarbeiten und sie in den Gotteshäusern gleichermaßen durchsetzen sollte. Dieser Mann sollte natürlich Valentin Korte sein. Doch der war damit beschäftigt, den Einfluss Johann Oldendorps auf die lutherische Predigerversammlung zurückzudrängen. War es anfangs noch darum gegangen, ihn zwar als befähigten Juristen zu achten, aber als dilettierenden Priester auf sein eigenes Arbeitsfeld zu verweisen, so war die Auseinandersetzung bald von Hass, Missgunst und persönlichen Anfeindungen geprägt. Bis schließlich beide erklärten, nur dann in dieser Stadt bleiben zu können, wenn der andere sie verließe.

Zu seinen Lebzeiten hatte Slüter die beiden Männer versöhnlich behandeln können, er hatte vermittelt und geschlichtet. Er hatte auch den Streit um die Auslegung der neuen Kirchenordnung am Kochen gehalten: Slüter hatte immer wieder darauf gedrängt, dass die gesamte Messe in der Sprache des einfachen Stadtvolkes gehalten und so zum Gottesdienst werden müsse. Damit waren die Auseinandersetzungen bei der Sache geblieben. Nach seinem Tod hatten sich jedoch die Prediger von Rostock in die Anhänger Oldendorps und die Anhänger Kortes gespalten, die schließlich so verfeindet waren wie früher die Franziskaner und die Dominikaner.

Schnell wurde klar, dass der Mann, der als oberster Prediger Slüters Werk in Rostock vollenden sollte, nicht aus dieser Stadt kommen konnte. So nötig es war, die großen Ziele des neuen Glaubens mit einer klaren Ansprache zu verbinden, so deutlich wurde auch: Niemand in dieser Stadt mochte große Ziele, niemand mochte eine klare Ansprache. Am wenigsten der Rat.

Die Nonnen des Zisterzienserklosters schienen die reformatorischen Anwandlungen der städtischen Priesterschaft endgültig abgewettert zu haben – aber im Gegensatz zu den Predigern der städtischen Pfarrkirchen hatten sie sich offen und wortgewaltig gegen die Lehre Luthers gestellt. Dankquardt war schon im Januar anno 1533 in der Jacobikirche vollständig zu der alten Form der Messe zurückgekehrt, er konnte seinen Küster wieder vom Beichtpfennig bezahlen und nutzte sogar den Altarkelch, der nach der vollständigen städtischen Inventur des Kirchensilbers eigentlich in der Tresekammer des Rathauses liegen sollte. Selbst Herzog Heinrich war dieser aus Bequemlichkeit geborene »Religionsfrieden« innerhalb der Stadtmauern Rostocks recht: Er konnte seine Steuern aus der Stadt ziehen, ohne in den verschiedenen Streitereien vermitteln zu müssen.

Luthers Universität in Wittenberg hatte von Slüters Tod und dem Stillstand der Religionssache in Rostock keine Notiz genommen, wahrscheinlich glaubte man dort noch immer, dass mit einem Beschluss des Rates und einigen wohlwollenden Briefen mit dem Schweriner Landesfürsten Heinrich der neue Glauben in der Stadt durchgesetzt sei.

Natürlich, mein Freund, du fragst nach Murmann. – Der ließ die Angst für sich arbeiten. Im Rat war bekannt, dass er die Lüge um den Juden Nyebur in die Welt gesetzt und ihn dem Pöbel ausgeliefert hatte. Doch die Herren duldeten es, schließlich hatte diese Tat dafür gesorgt, dass sie nicht über Nyebur zu Gericht sitzen mussten, von dem sie immer noch glaubten, dass er Slüters Mörder gewesen sei.

Murmanns Glatze war nur noch von einem blonden Haarkranz umgeben und seine frühere Körperkraft benötigte er jetzt, um seine wachsende Leibesfülle bewegen zu können. Er geriet schnell in Atemnot und seine Haut war gelb geworden. Aber er war aufgestiegen. Seine Zeiten als amtierender Bürgermeister wurden immer länger, er riss dieses Amt an sich und gab es ungern wieder ab. Einer der drei anderen Bürgermeister hätte mit Murmann zusammenarbeiten müssen, doch das gemeinsame Führen der städtischen Geschäfte erwies sich als anstrengend und entnervend. So überließen sie Murmann das Amt gern und kümmerten sich um ihre Geschäfte.

Die Kaufleute umschmeichelten ihn, im Ratskeller fand sich immer jemand, der ihn einlud und seine Ziele mit Murmanns Zielen in Übereinstimmung brachte – mit Bier, Weinbrand, einem gebratenem Schwan und gelegentlich mit einem Besuch in den zweifelhaften Häusern der Badstüberstraße. Am Anfang hatten die Ratsherren noch mit lächelndem Befremden auf die cholerischen Ausfälle Murmanns reagiert. Doch nachdem zwei von Murmanns Gegnern nachts von einer Meute nur mäßig betrunkener Männer einen Sack über den Kopf bekommen und Prügel bezogen hatten, lachte niemand mehr. Anfangs waren Bernd Murmann diese Schreianfälle tatsächlich geschehen: Man erzählte sich, dass er zuerst rote Ohren bekam und dann eine Ader auf der Stirn zu pochen begann. Wenn sich dann mit Knurren und Husten der Ausbruch ankündigte, sei es bereits zu spät gewesen: Murmann sprang dann auf, fuchtelte mit seinem Zeigefinger und weit aufgerissenen Augen in die Richtung desjenigen, den er am liebsten über den Ratstisch gezogen hätte, und begann zu schreien. Da war nichts zu verstehen, schon gar keine Argumente.

Nur Beleidigungen. Die sich zuerst an die eine Person, danach an den ganzen Rat richteten. Wenn er sich dann ans Herz griff und zusammensank, schien er aus einem bösen Traum zu erwachen. Ja, er hatte sich sogar anfangs entschuldigt dafür, dass die unflätigen Worte, mit denen er die Ratsmitglieder beschimpft hatte, durch die Flure des Rathauses zu hören gewesen waren. Doch dann sah er, dass ihm solche Schreianfälle durchaus halfen, sich durchzusetzen und dass die Abstimmungen – für ihn anfangs überraschend – immer öfter seinen Zielen entsprachen. Also platzierte er seine Schreianfälle bald bewusst in den Sitzungen des Rates. Er konnte sich darauf verlassen, dass sich all jene Ratsherren zurückzogen, die sein Auftreten unerträglich fanden. Murmann vergab Häuser und Grundstücke freihändig und ohne Rücksprache. Den Zunftmeistern, die mit ihm aßen, verschaffte er die Privilegien, die er jenen Zunftmeistern wegnahm, die nicht mit ihm an einem Tisch sitzen mochten. Irgendwann hielten es diese Männer auch für vernünftig, ihre Abneigung zu überwinden und eben doch wieder in Murmanns Tafelrunde Platz zu nehmen – weil die Frauen der Gesellen ihnen zugesetzt hatten: Ihre Kinder sollten leben und sie sollten zur Schule gehen. Da konnte man sich solche persönlichen Abneigungen mit dem mächtigen Murmann nicht lange leisten.

Stadtsekretär Peter Sasse achtete bei seinen Niederschriften immer auf Murmanns Wink, sodass sich von dessen unredlichem Wirken nichts in den Stadtbüchern nachlesen lässt. Allerdings wurde Sasses Ausharren auf dieser

Stelle von allen Seiten Verständnis entgegengebracht: Er war immer noch auf der Suche nach seiner kleinen Elisabeth, die als Dreizehnjährige ohne jede Spur in Rostock verschwunden war. Und seine Frau Kunigunde, Tochter des Münzmeisters Johann Hund, hatte ihm eine kleine Anna geboren, die gerade zwei Jahre alt geworden war. Peter Sasse hatte diese Stelle beim Rat bitter nötig und jeder konnte es verstehen, dass er an ihr festhielt, obwohl Murmann ihm jede Möglichkeit genommen hatte, seine Arbeit redlich zu tun.

Wenn Murmann Gerichtstage abhielt, fällte er aberwitzige Urteile. So hatte er einen achtjährigen Jungen wegen eines Mundraubes zu zehn Stunden Pranger verurteilt, dessen Vater durfte in dieser Zeit seinem Jungen nichts zu trinken geben. Eine Hure, die ihren Freier angeklagt hatte, die Zeche geprellt zu haben, ließ er auspeitschen, weil sie angeblich gelogen hatte. Johann Oldendorp hatte diese Rechtsprechung anfangs abfällig kommentiert und dem Bürgermeister offen vorgeworfen, dass ihm jegliches juristisches Verständnis abginge. Doch Murmann hatte nicht darauf reagiert und stattdessen Gerüchte über Oldendorps Lebenswandel gestreut, die sich verselbstständigt hatten und dem Juristen zusätzlich das Leben schwer machten – ohne dass dieser je die Quelle dieser üblen Nachrede dingfest machen konnte. Natürlich verhinderte Murmann auch weitere Aufträge des Rates an den Syndikus.

So stand selbst der unermüdliche, kluge, offene und im Streit immer vermittelnde Johann Oldendorp nach acht

Jahren in Rostock allein und war verfehdet mit allen, die ihn einst unterstützt hatten. Der Rat, die Universität und die lutherischen Prediger hatten sich von ihm abgewandt. Offensichtlich konnte man in der Stadt einen guten Ruf schnell verlieren, wenn man nicht aus Rostock kam. Wer aber hier aufgewachsen war, der konnte hier auch mit einem schlechten Ruf gut leben.

Mein Freund, und was soll ich dir sagen: So ist es heute immer noch!

Nach Slüters Tod und nach dem Mord an Nyebur blieb die Stadt gelähmt. So wenig über diese Nacht gesprochen wurde, so gegenwärtig blieb sie doch in den Gassen und Straßen hängen, wie ein giftiger Nebel breitete sich diese Erinnerung über die Märkte aus und wenn bestimmte Worte fielen, beendeten selbst die schwatzhaften Bleichermädchen ihr Getuschel und begnügten sich mit vielsagenden Blicken. Selbst die Händler aus Bergen und Antwerpen, aus Nowgorod und Kopenhagen fragten sich, was mit der Stadt geschehen sei – der Pfingstmarkt anno 1533 war kleinlich, zerstritten und letztlich mit nur wenigen Geschäftsabschlüssen gesegnet. Der Heringssommer auf Schonen verlief unerfreulich, der Herbst kam so früh, dass selbst große Häuser in Rostock noch nicht genügend Torf im Keller hatten, als schon im Oktober der Born der Altstadt einfror. Es folgte ein langer, kalter Winter fast ohne Schnee, aber mit dem dichten, stinkenden Rauch des feuchten Torfes aus den Kaminen, der tagelang in den Gassen hing. Selbst der Wind, der doch sonst von der See her stetig blies, schien die Stadt zu meiden. Wenn früher nur die ganz armen Rostocker in den Rinnsteinen erfroren waren, so starben jetzt auch diejenigen den Kältetod, die sich eine Bude mieten konnten. Am 22. Februar anno 1534 war die Stadt nicht nur gelähmt, sie war auch in Kälte erstarrt und zur Bürgersprache an diesem Tage der Stuhlfeier Petri fanden sich kaum fünfzig Rostocker vor dem Rathaus ein.

Ich war dabei, mein Freund. Ich blies mir die Finger warm, um Murmanns kurze Rede zu hören. Die Menschen dort interessierten sich nicht für den Fortgang der Reformation in der Stadt. Sie wollten wissen, wann der Rat endlich die Kornspeicher öffnen würde, um den Hunger abzuwenden. Murmann verkündete zu Beginn seiner Rede, dass die Hospitäler noch heute mit Grütze versorgt würden und dass sich jeder Bedürftige drei Spint Weizen am Kornhaus abholen könne. Deshalb hörte kaum noch jemand zu, als er darüber sprach, wie erfolgreich und leicht doch in dieser Stadt mit ihren guten Bürgern der neue Glauben Fuß fassen konnte. Es sei gut, in dieser Sache so viel Unterstützung zu erfahren.

Das war das Gegenteil von dem, was die Rostocker Bürger zu diesem Thema sagten: Murmann und die verbliebenen Ratsherren verschleppten die neue Kirchenordnung und suchten auch nicht ernsthaft nach einem Oberhaupt für die Rostocker Priesterschaft. Stattdessen war in der Tresekammer ein kleiner und stetiger Schwund festzustellen, obwohl die Inventarliste korrekt war. Aber wenn der Besitz, die Verwaltung und die Kontrolle dieser Stücke in einer Hand liegen, dann konnte man den Bestand und die Liste immer wieder neu in Übereinstimmung bringen. Das Weinfass wurde nach dieser Bürgersprache nicht angerührt.

Die Veränderungen kamen sanft. Erst heute, mit dem Abstand der Jahrzehnte, kann ich dir sagen, was das erste Anzeichen war. – Schon am Tag nach der Bürgersprache in Rostock, an diesem eisig kalten 23. Februar 1534, wurde im fernen Münster ein neuer Rat gewählt. Der Name dieser Stadt war in den letzten Wochen in den Schüttings immer wieder genannt worden, wenn sich das Gespräch um Luther und den neuen Glauben zu drehen begann. Viele Lübecker Ratsherren stammten aus Münster und hatten ihre Söhne zum Studium nach Rostock geschickt. Die beiden Täufer Bernd Rothmann und Jan Mathys seien Männer, die die halbherzig geführten Kämpfe eines Martin Luther wirklich zu einem Ziel führen könnten, hieß es. Der hatte zwar die Bibel so übersetzt, dass jeder sie lesen konnte. Doch er hatte auch begonnen, seine Auslegungen so zu gestalten, dass Gottes Wort in die heutige Welt passte – mit den Herren und den Dienern, mit den Reichen und den Armen, mit den Kriegen und den Nöten, die über das Land kamen und immer nur die kleinen Leute trafen. Luther hatte den Menschen zwar die Augen geöffnet, ihnen aber gleich darauf den Spiegel der Erbsünde vorgehalten, dass sie sich nur ihren eigenen Sünden und ihrem Gott zugewendet hatten. Sie sollten sich selbst ändern und vielleicht ihre Kirche. Die weltliche Ordnung sollte so bleiben wie sie ist.

Mein Freund, du ahnst es schon: Auch mich hatte damals das Täuferfieber erfasst. Diese Jünger hatten in den Jahren immer wieder in der Langen Straße gestanden und schweigend, aber mit leuchtenden Augen ihre Flugschriften verteilt. Auch sie verbreiteten nichts als das reine Wort Gottes, doch sie verstanden die deutsche Bibel anders als Martin Luther. Sie sahen in den Evangelien einen Plan für die Veränderung der Welt. Vor allem die jungen Leute, nicht selten auch die aus den großen Steinhäusern mit den prächtigen Fassaden, saßen abends in den Schüttings zusammen. Die Schriften der Täufer klangen reizvoll und gefährlich, aber auch sehr logisch: Natürlich müsse man sich als Erwachsener noch einmal taufen lassen und sich damit ehrlich und aus eigenem Antrieb bekennen zum großen und einzig wahren Gott. Es fiel den Armen in der Stadt leicht, sich ein Leben in einer Gemeinschaft vorzustellen, die ihr Brot miteinander bricht und ihren geringen Besitz miteinander teilt. In diesem Land sah es damals tatsächlich so aus, als ob man bald dem Weltenrichter gegenüberstehen würde. Alles fiel in sich zusammen. Wenn der Stellvertreter Gottes auf Erden der Leibhaftige selbst war, dann war Jesus Christus der Einzige, der jetzt die Menschen noch retten konnte. Wer ihm gegenübertreten konnte mit einem reinen Leben nach der Bibel und ohne Gewalt aufrecht stand im Kampf für eine Welt ohne Kirche und Papst, der würde das Seelenheil erfahren.

Auch ich dachte damals daran, mich den Rostockern anzuschließen, die tatsächlich nach Münster gingen, um sich unter die Herrschaft des Täuferkönigs zu stellen. Die meisten von ihnen waren junge Frauen, die als Mädchen dem Slüter verfallen gewesen waren und jetzt ebenso schwärmerisch von Jan Mathys redeten. Sie waren überzeugt davon, dass Jesus Christus zu Ostern 1534 auf die Erde niederfahren würde und von dem neuen Jerusalem aus Gericht über die Welt halten würde. So hatte es Jan Mathys prophezeit.

Mein Freund, es war der Drucker Ludwig Dietz, der mich mit seinem Lächeln nachdrücklich bat, dieses Osterfest abzuwarten: Wenn der Gottessohn tatsächlich in Münster herabsteigen würde, dann könne ich auch in Rostock bleiben und mich dann auf den Weg machen. Wahrscheinlich würde Jesus Christus mir dann auf meinem Weg schon ein Stück entgegenkommen. – Obwohl ich sah, dass er mich freundlich verspottete, folgte ich seinem Rat.

Du weißt es, mein Freund: Der Gottessohn kam nicht hernieder. Er ließ seinen Jünger Jan Mathys einen Märtyrertod sterben, die Stadt wurde belagert. Alle, die nicht geblendet waren von der großen Idee des bevorstehenden Weltgerichtes, konnten es sehen: Der Traum vom neuen Jerusalem war schon im Mai 1534 ausgeträumt.

Aber diese Ereignisse in Münster war nur eine kleine Erschütterung, die Rostock erfasst hatte. Die folgenden waren größer. In Wismar lehrte der Täuferprediger Heinrich Never nicht nur die Kirchen, sondern auch dem städtischen Rat das Fürchten. In Stralsund gab es damals schon seit fast zehn Jahren 48 gewählte Bürger, die den Ratsherren auf die Finger schauten und natürlich hatten die Rostocker Kirchenherren Angst, dass auch hier das Stadtgesindel die Kirchen plündern würde – so wie es 1525 am Sund geschehen war.

Aber in Rostock gilt seit jeher Lübisches Recht und in Lübeck hatten die Bürger ihrem Rat schon lange einen Ausschuss aus 64 Männern vor die Nase gesetzt, mit einem Wortführer, der Wullenwever hieß, und im März anno

1534 sogar erster Bürgermeister geworden war. Von Lübeck aus hatten immer wieder angesehene Bürger die Veränderungen in Rostock angemahnt, dort gab es mit Hermann Bonnus auch den Mann, der in Rostock fehlte: ein Prediger, der an allen städtischen Kirchen die gleichen Regeln für Abendmahl und Gottesdienst festlegte und durchsetzte. Johann Oldendorp hatte ihn um Hilfe gebeten, als in Rostock noch an einer eigenen Kirchenordnung geschrieben wurde. Die Ratsherren, die Kreise der Kaufleute und die Zunftmeister in Rostock hatten jedoch so weitergemacht wie in den Jahrhunderten zuvor.

Doch als im Frühsommer anno 1534 die Jugend der Stadt in den Heringssommer fuhr, da wurden ihnen die Rücken zugewandt. Dort auf der Vitte wurde am Feuer begeistert über Münster als das neue Jerusalem, als die Wiege eines großen deutschen Täuferreiches gesprochen. Der Luther gehöre verbrannt, dessen halbherzige Schriften und sein Schimpfen gegen die Zwinglianer und die Täufer seien Ketzerei. Das waren die Gespräche, an denen die Rostocker nicht teilhaben sollten. Sie wurden in den anderen Städten schon längst nicht mehr nur von den jungen Gesellen und Studenten geführt, auch gesetzte Handwerksmeister, Kaufleute und Priester blickten mit großen Erwartungen nach Münster. Doch sobald sich die Rostocker mit ans Feuer setzen wollten, erstarben diese Gespräche.

Nach drei Abenden schickten die Rostocker eine Abordnung aus fünf jungen Männern an das große Feuer, die verlangten, dass man ihnen sage, warum sie nicht mehr zur Vittengemeinschaft gehören sollten.

Da sei dem Sprecher der Lübecker Schonenfahrer schließlich der Kragen geplatzt. So wie er sich losgesagt habe von seinem unheilbar altgläubigen Vater Joachim Gercken, so solle sich endlich auch in Rostock die Jugend erheben gegen die Alten, die nicht nur ihre eigene Stadt zugrunde richteten, sondern auch allen anderen Lutheranern und Täufern in Norddeutschland in den Rücken fielen!

Da brach es auch aus den Bewohnern der anderen Vitten auf Falsterbo heraus: In anderen Städten sei die Reformation viel weiter gediehen, dort rumorte man inzwischen nicht mehr nur gegen die Prediger des alten Glaubens, sondern auch gegen die alten Ratsherren. Der Rostocker Rat habe sich zwar für die neue Predigtordnung entschieden, aber was sei danach geschehen? Nichts. So gut wie nichts. Niemand setze in der Stadt das Werk von Bugenhagen und Slüter fort und wenn dort nichts geschehe, dann würden sich auch im Land Mecklenburg noch lange die verkommenen alten Priester halten. Das müsse man sich einmal vorstellen: eine Stadt, in der lutherische Prediger vergiftet werden können! Eine Stadt, die nicht in der Lage sei, diesen Mörder vor Gericht zu stellen, obwohl sein Name doch stadtbekannt sei! Wohin sei denn dieser Jochim Nyebur verschwunden nach seiner Tat? Angeblich hatte er doch im Turm gesessen. War er geflohen? Wer hatte ihm zur Flucht verholfen? Nein, es liege auf der Hand: Rostock sei eine Gefahr für die Verbreitung des neuen Glaubens, dort könnten die Altgläubigen nicht nur in Ruhe die Messe nach altem Brauch halten, dort sei auch die Beichte und der unsägliche Ablass wieder zurück – und besonders dieser eine Bürgermeister, dieser Bernd Murmann, sei ein Feind Luthers und seines großen Vollenders Jan Mathys. Murmann beherrsche die Stadt mit Angst und Geld, so wie es die alten Räte auch in den Hansestädten jahrhundertelang getan hätten. Er gehöre endlich aus der Stadt gejagt. Die Zeit der alten Räte sei vorüber, alle, die in den Städten lebten, ob sie nun Bürgerrecht besaßen oder nicht, müssten in den Angelegenheiten der Stadt mitbestimmen dürfen. Wenn selbst so ein gemäßigter Lutheraner wie Johann Oldendorp aus Rostock fliehen müsse, dann sei doch klar, dass der Martinismus in Rostock nicht nur gescheitert sei, sondern sich auch in sein Gegenteil verkehrt hatte. Sollten die Rostocker doch ihr eigenes Feuer entzünden. An diesem großen gemeinsamen Feuer auf Falsterbo sei kein Platz mehr für sie. Die Rostocker könnten froh sein, wenn man ihre Vitte in Ruhe ließ.

Anfangs hatten die jungen Rostocker noch etwas erwidern wollen. Dann hatten sie nur noch still zugehört. Sie waren sichtbar überrascht und getroffen von diesen Vorwürfen, und als die anderen sahen, dass die fünf Männer am liebsten im Boden versunken wären vor Scham, da reichten sie ihnen doch einen Krug mit Bier herüber und das Gespräch dauerte noch lange bis in die Nacht.

Am nächsten Morgen waren zwei von ihnen, Claas Pentzin und Bernd Wulff, an Bord des Schonenfahrer-Kraweels gestiegen. Sie segelten zurück nach Rostock, während auf der Vitte die ersten Fässer gebaut und die Netze ausgeworfen wurden. Ich habe gesehen, wie sie im Hafen schweigend von Bord gingen und den überraschten Blicken ausweichen mussten, denn die Kaufleute, die ihre Heringslasten im Voraus verkauft hatten, wollten natürlich wissen, ob etwa die Lieferungen in Gefahr seien.

Ich bin ihnen gefolgt und am Abend war ich schließlich dabei, als Claas und Bernd in der Schütting der Schonenfahrer empört in die Runde der versammelten Kaufleute und Ratsherren fragten, ob es wahr sei, dass Oldendorp aus der Stadt verschwinden müsse, weil der Rat daran arbeite, den alten Glauben neu in der Stadt zu verfestigen.

Zu anderen Zeiten hätte man diese jungen Männer einfach vor die Tür gesetzt. Doch jetzt übertrug sich die Unruhe und Unsicherheit der beiden auf ihre Zuhörer: Die alten Ratsherren wollten wissen, was in den anderen Städten über Rostock erzählt wurde, denn schließlich hatten auch sie bemerkt, dass es seit Kurzem Vorbehalte gab: Einige der Geschäftsabschlüsse mit Lübeck, Stralsund und Wismar, auf die man sich in jedem Jahr verlassen konnte, waren nicht mehr zustande gekommen. Das Ratsmitglied Joachim Voß verschaffte Claas und Bernd schließlich mit gut gezielten Fragen den nötigen Respekt. Die Antworten der beiden beunruhigten die Runde. Eine Zeit lang versuchten die älteren Kaufleute, die Jungen zu beruhigen: Es sei zwar richtig, dass Oldendorp aus Rostock weggehen wolle. Doch sei das keineswegs eine Flucht vor dem Rat oder vor Murmann, sondern eine Flucht vor seiner Frau Sophie und seinem früheren Freund und heutigen Widersacher Valentin Korte.

Dennoch wurde das Gespräch immer hitziger. Bis sich schließlich bei den versammelten Bürgern das gleiche ungute Gefühl breitmachte wie bei Claas Pentzin und Bernd Wulff: Ob die Vorwürfe nun im Einzelnen gerechtfertigt waren oder nicht – die Stadt lief Gefahr, ihr Ansehen zu verlieren. Diese Anklage hatte sie getroffen wie eine eitle Hausfrau, der viel daran gelegen war, einen sauberen Ruf zu bewahren. Doch in ihrer eigenen Stube stank es nach altem Fisch. Anstatt die Ursache für den Gestank zu beseitigen, sorgte sie sich eher darum, dass die Fenster sauber glänzten – und geschlossen blieben.

So wurden Claas Pentzin und Bernd Wulff fast hochnotpeinlich befragt, ob sie an diesem Feuer in Falsterbo etwas über eine gewisse nächtliche Zusammenkunft erzählt hätten, bei der die Rostocker sich eines verkappten Juden entledigt hätten. Glücklicherweise konnten sie das ehrlichen Herzens verneinen. Die Versammlung in der Schütting stellte fest, dass man handeln und das Ansehen der Stadt noch retten konnte. Denn das sei es schließlich, was zählte!

Am Abend vorher war in der Ratssitzung über eine Anfrage aus Lübeck gesprochen worden: Der Bürgerausschuss dieser Stadt unter dem rebellischen Bürgermeister Wullenwever hatte eine Kriegsflotte zusammengestellt und war unterwegs gegen Dänemark, nach Seeland, Fünen und Schonen. Weitere Truppen waren nach Holstein unterwegs. Lübeck wollte so den Sundzoll der Dänen brechen. Dieses Ziel würden sie erreichen, doch die Frage war, wie lange sie diese Besetzung dänischen Territoriums würden halten können. Wullenwever hatte die Macht Lübecks in diesen Jahren so vergrößern können, dass der Graf von Oldenburg die reichsfreie Stadt um Truppen gebeten hatte, um den Streit um die dänische Thronfolge zu seinen Gunsten entscheiden zu können. Wullenwever hatte natürlich seine Bedingungen gestellt und war schließlich so mächtig, dass er nicht nur den Grafen von Oldenburg, sondern auch den Grafen von Hoya für seine Ziele gewinnen konnte. Er hatte ihnen sogar die Königswürde von Dänemark und Schweden schmackhaft gemacht für den Fall, dass man siegreich bleiben würde. Doch dazu brauchte Lübeck Verbündete und hatte Rostock angetragen, die Allianz in dieser Fehde zu vervollständigen.

Der Rostocker Rat hatte schon entschieden, sich solange wie möglich aus diesem Streit heraushalten zu wollen. Lieber wollte man mit dieser Neutralität den Heringssommer auf Schonen retten in diesem schwierigen Jahr 1534. Doch der altgläubige Herzog Albrecht in Güstrow schien sich gern an der Rivalität zwischen den Protestanten beteiligen zu wollen und sah sich selbst schon auf einem der beiden vakanten Thronsessel in Kopenhagen oder Stockholm sitzen. Es sah alles nach einem sehr teuren Abenteuer aus. Und Rostock würde es bezahlen müssen. Deshalb hatte der Rat beschlossen, die Anfrage über eine Unterstützung Lübecks bis auf Weiteres nicht zu behandeln und den Verlauf dieses Krieges abzuwarten. Es sei schließlich nicht das erste Mal, dass schwierige Entscheidungen sich auf der langen Bank von selbst erledigten.

Doch das war jetzt nicht mehr möglich: Claas Pentzin und Bernd Wulff hatten berichtet, was die Männer auf der Vitte von Falsterbo von den Rostockern hielten. Man musste diese Gelegenheit nutzen, um Lübeck und den anderen Städten zu zeigen, dass der Rat von Rostock durchaus fähig war, schnelle und klare Entscheidungen zu treffen. Bernd Murmann ließ schon am nächsten Tag ein Schreiben aufsetzen, in dem er den Lübeckern seine Unterstützung in diesem Kampf um den Sund zusicherte.

In den Rostocker Schüttings sprach man davon, den Heringssommer in diesem Jahr ausfallen zu lassen. Zu schnell könne es geschehen, dass die Vittenbewohner von dieser oder jener Partei als Geiseln missbraucht oder zum Kriegsdienst gezwungen wurden. Die Mütter standen bis in die Nacht vor dem Gelag der Schonenfahrer, um ihnen zu sagen, dass sie mit den nächsten Fahrten die Rostocker Vitte auf Falsterbo räumen sollten – der Hering käme im nächsten Jahr wieder. Ihre Kinder nicht.

Der Streit gärte weiter in der Stadt.

Den ganzen Juni hindurch tat sich nichts. Die Vitte lieferte Heringsfässer, die lübischen Truppen rückten auf Kopenhagen vor und die dänischen Herren von Jütland beantworteten diesen Schlag, indem sie ihre Truppen vor die Tore der Stadt Lübeck schickten.

In den Gassen Rostocks grummelte es – und keineswegs nur in der Altstadt. Murmann war zu lange untätig geblieben. Er hatte im Rat alle unter Druck gesetzt, die sich für eine Räumung der Vitte ausgesprochen hatten: Man habe Verträge über die Heringslasten abgeschlossen und die Kaufleute könnten es sich nicht leisten, diese Verträge nicht zu erfüllen. Das brachte neuen Zunder in einen alten Streit der Kaufmannschaft: Den Umfang von Lieferungen und Preise könne man erst verhandeln, wenn man sich der Ware sicher sei. So sei es seit jeher das Gesetz der Kaufleute gewesen, so handelten die alten Kaufleute auch heute noch. Doch seit diese Fugger mit Schuldscheinen reich geworden waren, hatte sich die Unsitte eingebürgert, über die Ware und die Preise schon dann zu feilschen, wenn man sie noch gar nicht besaß. Die jungen Kaufleute handelten jetzt das ganze Jahr hindurch mit Zetteln, mit denen die zukünftige Existenz einer Anzahl Heringsfässer durch eine Unterschrift zugesichert wurde.

Das sei gegen die göttliche Ordnung, fluchten die alten Kaufleute – ob nun unter dem neuen oder unter dem alten Glauben. Jetzt riskiere Murmann und der Rat das Leben der Rostocker Kinder, nur weil die Erträge des Heringssommers anno 1534 auf dem Papier schon verkauft seien.

Du siehst es, mein Freund: So war die kleine Welt Rostocks und Mecklenburgs offen zerstritten. Oldendorp gegen Korte, die Jungen gegen die Alten, die Altgläubigen gegen die Protestanten, die Protestanten gegen die Täufer, die Armen gegen die Reichen, die Männer gegen die Frauen, die Gesellen gegen die Meister, die Bürger gegen den Rat, der Rat gegen die Bürgermeister. Doch so schlimm und lähmend der Streit innerhalb der Rostocker Mauern auch war – schlimmer war, dass die anderen Städte sich jetzt von Rostock abwenden wollten.

Mein Freund, es hat lange gedauert. Aber letztlich stand am Abend des 13. Juli 1534 – dem Tag, als Kopenhagen in die Hände der Lübecker Truppen fiel – ein Haufen empörter Rostocker vor dem Rathaus. Dabei war es bis zum Mittag ruhig geblieben.

Ich lag im warmen Daunenbett neben einer Frau. Über ihren Namen will ich auch heute schweigen, denn ihr Mann war einer von denen, die mit den Heringsfässern aus Rostock ihr Geld verdienten. Er musste in diesem Jahr um seine Einnahmen bangen und war deshalb für ein paar Wochen in Lübeck, sodass sie mich nachts in ihr Haus lassen konnte. Wir hatten den frühen Morgen verschlafen und als wir erwachten, war es zu spät: Ich konnte nicht mehr unerkannt das Haus dieser Bürgersfrau verlassen. Selbst nach ihrem Tod vor vielen Jahren blieb sie bis heute von untadeligem Ruf – weil sie einst entschied, dass unsere Nächte keine Sünde waren und deshalb auch der Beichtpriester von St. Jacobi nichts davon wissen musste. Zwei ihrer vier Kinder sind von mir, in mir trage ich ihr Bild und ich bitte dich, mich nicht weiter nach ihr zu fragen, ich habe schon zu viel erzählt.

Jedenfalls wäre ich bis zum Abend in ihrem Bett geblieben – mein Freund, ein richtiges Bett! – und hätte erst in der Nacht durch die Gassen in meine Bude in der Altstadt schleichen können. Doch in der Stadt hatte es zu brodeln begonnen. Valentin Korte hatte seine letzte Sonntagspredigt in der Marienkirche gehalten. Sein Ruf an die Petrikirche zu Lübeck war – zumindest mündlich – bestätigt worden und jetzt wollte er Rostock so schnell wie möglich verlassen. Korte hatte angekündigt, seine letzte Predigt für eine Abrechnung mit Oldendorp, mit dem Rat und der ganzen Stadt nutzen zu wollen. Die Kirche war voll an diesem Tag und wirklich: Korte wetterte auf den verkommenen Rat, der sich von einem Geisteskranken führen ließ und sich lieber auf seinen Pfründen ausruhte, als an der Verbreitung des neuen Glaubens zu arbeiten. Er hatte über die Schreianfälle Murmanns gesprochen und alle angeprangert, die sich jetzt in ihrer Vornehmheit von dem pöbelndem Murmann zurückgezogen und ihm damit den Weg frei gemacht hatten für seine Angstherrschaft in der Stadt.

Natürlich stockte den Rostockern der Atem, als der Name »Slüter« fiel. Der Rat habe es weder vermocht, seinen Mörder vor Gericht zu stellen, noch dessen Andenken zu ehren, indem man sich Slüters Ziele zu eigen gemacht hätte. In solch einer Stadt könne und wolle er nicht mehr leben.

Rostock sei verloren für die Idee des neuen Glaubens, so lange ein Rat herrschen dürfe, der eher nach den Heringsfässern schiele, als sich um das Leben seiner Kinder zu sorgen.

Korte machte selbst vor den Herzögen nicht Halt. So zögerlich Herzog Heinrich in der Religionssache sei, so übertrieben rauflustig wäre sein Bruder: Der Geck Albrecht hätte sich nur deshalb auf den Krieg einlassen können, weil er wusste, dass nicht er, sondern die Rostocker diese Zeche zu zahlen hatten. Diese Fehde würde Albrecht und

der Stadt Rostock im besten Fall nur Schulden einbringen. Wenn das Abenteuer außer Kontrolle geriete, dann sei es durchaus möglich, das die Dänen nicht nur ihren Sundzoll behaupten könnten, sondern sich auch den Zoll von Warnemünde zurückholten.

Seinen persönlichen Widersacher Johann Oldendorp ließ Korte dagegen in Ruhe. Der Syndikus stand unter den Zuhörern und Korte hatte erst wenige Tage zuvor erfahren, dass auch Oldendorp aus Rostock abberufen worden war. Sie würden sich in Lübeck wiedersehen: Oldendorp sollte dort den rebellischen Bürgermeister Wullenwever beraten und das war tatsächlich ein Wagnis in dieser kriegerischen Zeit. Aber vielleicht war die Stadt Lübeck groß genug, damit sich die beiden dort aus dem Weg gehen konnten.

Mein Freund, ich sage dir: Rostock hätte beide Männer gut brauchen können! – Jetzt gingen sie beide weg und ließen die Rostocker mit Murmann allein.

Kortes sehr weltliche Predigt hatte wohl in den Schüttings weitergekocht. Die Rostocker waren nicht in ih-

rer Seele getroffen worden, sondern – und das war weit schlimmer – in ihrer Eitelkeit: Was würde geschehen, wenn Oldendorp und Korte über die Rostocker Missstände in Lübeck berichten würden und davon, was sich die Bürger hier von ihren Ratsherren alles bieten ließen? Wenn die Jugend, die ihre Rostocker Kinder nicht am gemeinsamen Feuer der Vitten von Falsterbo sitzen ließ, im Nachhinein recht bekäme? Nein, eine Revolte musste her, eine Revolte nach dem Lübecker Vorbild – und zwar schnell! Dieser Gedanke war schon öfter in den Nächten durch die
Schüttings von Rostock gegeistert. Doch die Morgenbrise hatte ihn immer aus den Gassen geweht.

So würde es auch diesmal sein, dachte ich bei mir, als ich am Abend die Schütting der Schonenfahrer verließ. Kein Grund, auf eine Nacht mit dieser Frau zu verzichten. Jetzt stand ich an ihrem Dachfenster und sah, wie die Menge sich auf dem Großen Markt langsam sammelte – die Handwerker und Fischer waren aus der Altstadt gekommen und die Trägergesellen schienen sogar ein paar Knüppel unter den Gewändern zu verstecken. Die übernächtigten Studenten aus der Regentie *Zum halben Mond* waren angetrunken hinzugekommen, sie hatten sich zwar nicht an den Gesprächen der Rostocker beteiligt, aber bei den Auseinandersetzungen waren sie gern dabei. Ein Grüppchen der martinistischen Prediger aus der Altstadt hatte sich eingefunden und bald war auch ein Bäckerjunge zur Stelle, der den Preis seiner Brezeln den verschiedenen Gruppen anpasste. Bei den Universitätsprofessoren und den altgläubigen Priestern verlangte er frech das Doppelte – und bekam es auch. Korte war nicht zu sehen. Von Oldendorp konnte man erwarten, dass er vom Fenster seines Hauses aus dem Treiben zusah und vielleicht im Hintergrund an ein paar Strippen zog, indem er Laufburschen mit Zettelchen durch die Stadt schickte.

Merkwürdig war, dass sich die Menschen an einem Montag versammelten. An diesem Wochentag war es im Rathaus eher still, die regulären Sitzungen des Rates fanden am Mittwoch statt. Es war unwahrscheinlich, heute an dieser Stelle einen Ratsherren zu Gesicht zu bekommen, dem die Menge ihren Protest entgegenschreien konnte.

Ich ließ mich noch einmal zu einem süßen Schlummer verführen. So verging eine Stunde. Als die Stundenuhr fünf schlug, war der Markt voll mit schweigenden und flüsternden Menschen. Unmerklich näherte sich die Menge dem Rathaus. Ein Regenschauer trieb sie endgültig unter die Bögen der Gerichtslaube und als es dort eng wurde, waren plötzlich die Türen offen und die Menschen strömten ins Remter.

Mein Freund, ich frage mich heute oft, ob an diesem Tag überhaupt etwas geschehen wäre, wenn es diesen Regenschauer nicht gegeben hätte. Vielleicht wäre die Menge dann nach ein paar beruhigenden Worten aus dem Rathausfenster wieder nach Hause gegangen? Doch jetzt standen die Rostocker im Rathaus. Unter ihnen, im Ratskeller ahnten die Herren, dass sie diesen Streit nicht mehr aussitzen konnten.

Murmann war nicht dabei. Ihm sollte ich erst noch begegnen.

Aber jetzt lass mich gehen, mein Freund! Morgen erzähle ich dir weiter.

Der neunte Doppelschilling,

lässt dich erfahren, welcher Verbrechen Bürgermeister Murmann schuldig war.

Mein Freund, du bist wieder hier, du hast einen Doppelschilling für mich und du hast recht: Die Geschichte ist noch nicht vorbei.

An diesem Abend des 13. Juli 1534 schien es, als würden sich die Rostocker und ihr Rat zum ersten Mal wirklich begegnen.

Um das Ansehen meiner gottesfürchtigen und ehrsamen Bürgersfrau nicht aufs Spiel zu setzen, wartete ich bis die Uhr sieben schlug. Dann durchquerte ich ihren Stall und den vom warmen Regen dampfenden Misthaufen, kletterte über die kleine Mauer in den anderen Hof und zwängte mich durch etliche Winkel und Tüschen. Erst am Vogelsang war ich mir sicher, dass mich niemand gesehen hatte. Ich blickte mich vorsichtig um, die Gassen lagen menschenleer. – So dachte ich.

Doch schon nach wenigen Schritten stieß ich mit dem einzigen Menschen zusammen, der um diese Stunde in dieser Gegend unterwegs zu sein schien: Murmann. Er war unter einer Traufe aus dem Schatten hervorgetreten. War es Zufall? Hatte er mich verfolgt? Oder wusste er gar von meiner Buhlschaft mit der Bürgersfrau?

Er blickte mich lächelnd an: »Sieh an, der Schmidt! Willst du zum Rathaus?«

Ich war so überrascht, dass ich nickte. Als er näher kam, sah ich in seinen Augen die Angst. Sie war so groß, dass sein Lächeln nicht ausreichte, um sie zu verbergen.

Unruhig blickte er mir über die Schulter, musterte die Fenster in der Gasse, drehte sich um, ob sich vielleicht von hinten jemand näherte. Er war noch dicker geworden. Er trug feinstes flandrisches Tuch und Stiefel aus holsteinischem Pferdeleder. Er protzte mit einer Gürtelschnalle, die mit Steinen besetzt war.

Doch seine Angst beruhigte mich, und so konnte ich ihm kaltblütig antworten, als er mich fragte, ob ich ihm in den letzten zwei Jahren ausgewichen sei.

Natürlich hätte ich kein Bedürfnis verspürt, ihm über den Weg zu laufen. Es sei für uns beide das Beste, wenn niemand wüsste, dass ich dabei gewesen war, als er den Nyebur dem wütenden Pöbel ausgeliefert habe.

Murmann nickte: »Das mag sein. Aber ich bin jetzt Bürgermeister. Ich kann allen etwas geben. Alle kommen zu mir. Irgendwann kommst du auch.«

»Die einen nutzen dich aus und lachen über dich, Murmann«, gelang es mir, kühl zu entgegnen, »die anderen haben Angst vor dir und hassen dich. Was glaubst du wohl, welche der beiden Parteien jetzt im Rathaus steht?«

Bernd Murmann erstarrte. Weniger über das, was ich ihm gesagt hatte, sondern über den Ton, mit dem ich ihm geantwortet hatte. Es war wieder diese Kälte, die mich im richtigen Augenblick überfallen hatte, sie hatte mir den ersten Schrecken ausgetrieben, Mut gemacht und mir die

Sicherheit gegeben, jetzt wieder diesen einen Schritt zu weit gehen zu können. Auf Murmann zu.

Der trat einen Schritt zurück und blickte mich lange an. Dann antwortete er mit sicheren Worten aber mit unsicherer Stimme: »Treib es nicht zu weit, Dionysius Schmidt! Du weißt, dass ich ihn nicht retten konnte. Wenn ich ihnen Nyebur nicht gegeben hätte, hätten sie ihn sich genommen.«

Ich lächelte ihn an. »Die Rostocker haben ihn totgeschlagen, weil sie dachten, er wäre ein Jude. So hast du es ihnen gesagt. Du hast sie belogen. Das ist so, als hättest du Nyebur selbst totgeschlagen. Du bist über den Toten hinweggestiegen und Bürgermeister geworden. Aber der Nyebur, der hängt an deinem Hals wie ein Mühlstein.« Ich schwieg. Ich sah, wie Murmanns Stirnader zu pochen begann. Würde ich einem Wutanfall von ihm standhalten können? Ich hatte kaum meine Muskeln angespannt, da traf mich sein Faustschlag im Gesicht. Ich taumelte zurück, stützte mich an einer Hauswand ab. Trotz des Schmerzes war ich immer noch ganz klar.

»Du Schwein!« Murmann hatte das geschrien und sich wieder auf mich gestürzt.

Diesmal gelang es mir, auszuweichen und ihn mit einem Stoß aus dem Gleichgewicht zu bringen.

Er taumelte, nahm wieder Anlauf und warf sich mit einem Schrei auf mich.

Diesmal war ich besser vorbereitet, bekam ihn zu packen und stellte ihm ein Bein, sodass er auf den Rücken fiel und ich mich auf ihn setzen konnte. Ich wollte gerade zum Schlag ausholen, da wurde ich emporgerissen. Zwei eisenharte Männerfäuste drückten mich gegen eine Mauer.

»Ganz ruhig!« Es waren Klaus und Hein, die beiden Trägergesellen, die mir hin und wieder zu billigem Kornbrand verhalfen. Als Klaus mich erkannte, lockerte er sofort seinen Griff, schlug mir freundschaftlich auf die Schulter: »Schmidt, hast du Ärger? Was prügelst du dich? Mitten am Tage! Ohne einen Rausch! Hier auf der Straße!«

Doch ich musste nicht antworten, denn Hein hatte meinen Widersacher schon erkannt. Er stellte sich neben den Liegenden und stemmte nur die Hände in die Hüften. »Sieh an, der Murmann!«, sagte er nur.

Klaus drehte sich überrascht um. »Der Murmann? Hier im Dreck?«, fragte er überrascht. »Das glaub ich nicht!« Er lächelte mich an und ging hinüber.

Hein und Klaus standen links und rechts neben Murmann, sahen auf ihn hinunter und berieten, was sie mit dem Bürgermeister anstellen sollten, der da zwischen ihnen auf dem Boden lag. Ihr Freund hatte sich mit Murmann geprügelt? »Tatsächlich, der Murmann! Du, Hein, hoffentlich macht sich der Bürgermeister nicht das feine Tuch schmutzig, wenn er hier in der Gasse liegt.«

»Ach weißt', Klaus: Der kauft sich was Neues«, antwortete Hein. »Hat ja nun genug Kirchensilber abgezwackt. Und die Kaufleute lassen ja auch immer wieder was springen im Ratskeller. Vielleicht hat einer von denen auch noch ein paar Meter flämisches Tuch im Speicher.«

Klaus schüttelte scheinbar nachdenklich den Kopf, während Murmann immer noch keine Anstalten machte, aufzustehen. »Du Hein, der Bürgermeister sollte aber wirklich nicht hier im Dreck liegen.«

»Nicht? Wo sollte er denn sonst sein?«

»Wo er hingehört.«

»In die Schütting? Zu einer Hure ins Bett? In den Fangelturm?«

Klaus schüttelte den Kopf. »Aber Hein! Ein Bürgermeister, der gehört doch ins Rathaus!«

»Ach so! Du meinst das Rathaus! Mensch Klaus, dann sag das doch gleich!«

In mir breitete sich ein Lachen aus, ich musste kichern.

Klaus und Hein drehten sich nach mir um und blickten mich fröhlich an. Dann wandten sie sich wieder Murmann zu. »Meinst du denn, der Herr Bürgermeister weiß, wo das langgeht?«, fragte Klaus.

»Nee, das kann ja nun wirklich sein, dass er vergessen hat, wo die Ratsstube ist«, antwortete Hein. »Der war so lange nicht da. Der schafft es doch glatt nur bis in den Keller. Obwohl im Rathaus alle schon auf ihn warten.«

Klaus zog die Augenbrauen hoch. »Na, wenn das so ist, Hein, dann werden wir ihn wohl hinbringen müssen.«

Damit hielten sie beide Murmann eine Hand hin, die dieser zögernd ergriff. Klaus und Hein mussten schon sehr lange miteinander gearbeitet haben. Ein Blinzeln reichte – und beide ließen ihn los, bevor er in die Senkrechte kommen konnte.

Murmann landete mit dem Hintern in einem Haufen Schweinedreck. Er fluchte leise.

»Klaus, jetzt hast du aber nicht aufgepasst! Der Bürgermeister ist in der Scheiße gelandet!«

»Das tut mir leid! Wenn das jemand sieht, könnte er glauben, dass wir keinen Respekt vor der Obrigkeit haben! Was wollen wir denn jetzt machen, Hein?«

»Ich glaube, wir bringen den Herren Bürgermeister trotzdem in die Ratsstube. Was dort passiert, stinkt uns doch schon so lange, da fällt die Schweinescheiße gar nicht weiter auf.«

Inzwischen hatte ich laut losgelacht. Murmann sah mich an, ich wusste, dass ich es bereuen würde. Vielleicht auch Hein und Klaus. Doch ich konnte mich nicht halten.

Murmann brabbelte etwas, ich sah, wie seine Empörung wuchs, wie seine Ader zu pochen begann.

Doch Klaus und Hein nahmen ihn in die Mitte, jeder von ihnen legte ihm seine schwere Hand auf die Schulter und dann ging es mit ruhigen Schritten in Richtung Rathaus. So viel Witz und Selbstsicherheit war mir bisher nicht begegnet – weder bei den Kaufleuten noch bei den Zünften. Murmann hatte zwar mit seinen Tobsuchtsanfällen und den Intrigen seine Ratsherren im Griff, doch seine Angstherrschaft war offenbar nicht durch die ganze Stadt gedrungen. Natürlich waren die Trägergesellen mit der Zunge genauso schnell wie alle anderen, die in den Schüttings beim Bier über den Rat herzogen. Doch die hatten immer den Schwanz eingezogen, wenn es ernst geworden war. Murmann hatte seine Herrschaft weiter ausbauen können.

Als wir in der Koßfelder Straße die Marienkirche hinter uns gelassen hatten, verlangsamte sich der Schritt von Murmann. Gleich würden wir Vier den Großen Markt betreten und dann gab es kein Zurück mehr – weder für den übel stinkenden Murmann, noch für Klaus und Hein. Die beiden schoben ihren Gefangenen unnachgiebig weiter, Murmann begann zu schimpfen und zu drohen. Dann änderte er seinen Sinn: Erst bot er den beiden Trägergesellen Straffreiheit an, dann Geld, dann begann er zu betteln. Klaus und Hein begleiteten jede seiner Äußerungen mit Hohn.

Sie mussten Murmann fast über den ganzen Markt schieben, die Menge war dem Rathausfenster zugewandt und von dort sprach kein Bürgermeister, sondern der Ratsherr Claus Prange zu den Rostockern – einer von denen, die den Ratsrunden ferngeblieben waren, wenn Murmann dort das Wort führte. Als sein Blick auf unsere kleine Gruppe fiel, verstummte er überrascht und da erst drehten sich die Rostocker zu uns um. Den Murmann so zu sehen, das löste zuerst Erschrecken und dann Belustigung aus. Sie wuchs noch, als den Bürgern klar wurde, dass die hinten stehenden Frauen uns nicht aus Respekt ausgewichen waren, sondern wegen des Gestankes, den Murmann verströmte. Es war dieses Bild, das es allen bewies: Zwei Trägergesellen, die sich an einem Bürgermeister vergriffen hatten und ihn zum Rathaus führten – das hatte es in Rostock noch nie gegeben. An diesem 13. Juli anno 1534 hatte sich Rostock tatsächlich verändert.

Nicht nur das Rathaus, auch die Ratsstube war voller Menschen. Die Ratsherren hatten am großen Tisch Platz genommen, Heinrich Gerdes saß auf einem der beiden Bürgermeisterstühle. Seine Lage war aussichtslos, aber immerhin war er vorbereitet: Weil er ahnte, dass die Rostocker einen Bürgerausschuss wie in Lübeck fordern würden, hatte er seine Ratsherren schon vorher darauf eingeschworen, auf diese Forderung unverzüglich und mit Wohlwollen einzugehen. Er hatte sogar vorgeschlagen, die Zahl der Ausschussmitglieder zu erhöhen. Zuerst sollten es 24 Bürger sein. Daraus waren bald 48 geworden und dann hatte Bürgermeister Gerdes selbst vorgeschlagen, dass in Zukunft 64 Bürger mit dem Rat zusammenarbeiten sollten – wie in Lübeck.

Diese unerwartete Zustimmung gefiel den Rostockern.

Doch Gerdes war lange genug Bürgermeister, um zu wissen, dass sich 64 Rostocker schneller zerstreiten würden als nur 24: Je größer der Ausschuss war, desto weniger radikal würde er sich gebärden können, denn nach der ersten Wut würden die gemäßigten Kräfte in der Mehrheit sein. Diese Bürger würden er und der Rat als vernünftig bezeichnen, die Zusammenarbeit mit ihnen würde Früchte bringen, während diejenigen, die zu viel forderten, bald in einem dauerhaften Streit liegen würden – nicht nur mit dem Rat, sondern auch untereinander. Der Ausschuss würde es bei wichtigen Entscheidungen schwer haben, sich zu einigen, und je mehr der gewählten Bürger schließlich aus Enttäuschung fernblieben, desto schneller würde sich der Rat seine Macht in der Stadt zurückholen können – Stück für Stück.

Doch davon war an diesem Abend noch nichts zu spüren. Die Rostocker hatten keine Armlänge Platz gelassen zwischen sich und dem Ratstisch. Das Gedränge steigerte sich noch, als Klaus und Hein schließlich den Raum betraten und alle vor dem stinkenden Murmann zurückwichen.

Bis hierher war ich ihnen gefolgt, jetzt suchte ich mir lieber einen Platz in der Menge und sah dem Geschehen zu. Klaus und Hein mussten sich nicht rechtfertigen. Über Murmanns Zukunft war bereits in seiner Abwesenheit befunden worden. Die Rostocker machten ihn und den Ratsherren Thomas Kaske dafür verantwortlich, dass von dem Kirchensilber, das bei der Inventur vor drei Jahren in der Tresekammer des Rathauses eingelagert worden war, einiges verschwunden war. Schließlich hatten sie – wenn auch damals noch im alten Glauben – diese Summen aufgebracht, um ihr Seelenheil willen. Und nicht, damit es sich Murmann im Hurenwinkel am Rammelsberg gut gehen ließ. Einer wie Murmann gehörte erst in den Finkenbauer und dann mindestens vor ein Gericht. Doch als Gerdes – scheinbar überrascht und leutselig – nachfragte, wer diese Vorwürfe beweisen könne, wurde es still. So einigte sich der Rat mit den Rostockern darauf, dass Murmann und Kaske aus dem Rat entfernt und unter Hausarrest gestellt würden, bis diese Vorwürfe bewiesen werden könnten. Gerdes hatte Zeit gewonnen und jetzt kam Murmann und dem Rat sogar der Schweinedreck zugute: In Anbetracht des Gestanks wurde sowohl die Anklage als auch die Verteidigung auf unbestimmte Zeit verschoben. Die einzelnen Anklagepunkte wurden nicht ausgebreitet und auch dem Rat blieb die Verteidigungsrede des ehemaligen Bürgermeisters erspart – Murmann hätte durchaus beweisen können, dass einige andere Ratsmitglieder ebenfalls aus ihrem Amt hätten entfernt werden müssen.

So aber genügten ein paar knappe Worte von Heinrich Gerdes und die Menge öffnete schweigend die Gasse, durch die der Büttel den stinkenden Murmann vor sich herschob und ihn nach Hause begleitete. Als man nach Thomas Kaske zu suchen begann, stellte man fest, dass der schon aus der Ratsstube verschwunden war.

Murmann hatte sich das alles schweigend angehört. Nur einmal hob er den Blick. Als er an mir vorüberging.

Ich konnte ihm sehr kühl in die Augen blicken.

Mein Freund, damals dachte ich, dass ich ihn nie wiedersehen würde.

Als er durch die Tür gegangen war, wandte sich die Menge wieder den wichtigen Dingen zu. Es zeigte sich, dass die Rostocker Bürger nicht ohne Vorbereitung ins Rathaus gestürmt waren. Sie hatten ein Schriftstück mit sieben Forderungen dabei, die der Schreiber verlesen durfte. Aus dem Anliegen hörte ich Oldendorps alte Pläne heraus: man sollte gute Lehrer für die Kinder finden; der neue Bürgerausschuss sollte an der Kontrolle des Kirchensilbers beteiligt werden; man wollte neue Prediger für die Stadt suchen, angemessen besolden und den Besitz ihrer altgläubigen Vorgänger einziehen – nach deren Tod; jedes der vier Kirchspiele in der Stadt sollte einen Kistenherrn bekommen, um die Einnahmen für die Prediger zu überwachen. Mit diesem Geld würde denjenigen Bürgern geholfen werden, die ohne eigene Schuld verarmt waren. Das war in den letzten Jahren häufig vorgekommen. Die anderen drei Punkte betrafen die Einführung des neuen Glaubens. Den Rostockern war es peinlich, dass in ihrer Stadt immer noch so viele papistische Prediger offen ihre Messen nach dem alten Ritual hielten. Und dass diese keine Steuern zahlten und keine Schanzdienste leisteten – so wie es jeder ehrsame Bürger der Stadt tun musste. Auch für sie sollte gelten, dass sie der Stadt verwiesen werden konnten, wenn sie diesen Bürgerpflichten nicht nachkamen. Die Priester sollten auch ohne Erlaubnis des Rates heiraten dürfen und endlich Gottes Wort auf Deutsch verbreiten.

Doch zuallererst sollte der Mann gefunden werden, der als Oberhaupt der Rostocker Priesterschaft dafür sorgen würde, dass es in der Stadt keinen Streit mehr darüber geben würde, welche Lieder in welcher Sprache gesungen werden sollten. Slüters Gesangbuch hatte seine besten Zeiten hinter sich und selbst zu St. Petri hörte man seine Lieder nicht mehr.

Dem Rat war an diesem Abend nichts weiter übrig geblieben, als den neuen Ausschuss der 64er und alle seine Forderungen anzuerkennen. Ich sah, wie Heinrich Gerdes lächelnd zu Claus Prange hinüberging und ihm die Hand reichte. Man wolle in Zukunft gemeinsam am Gedeihen der Stadt arbeiten und einander aufrichtig in gegenseitiger Hilfe und Liebe begegnen.

Auf diese Abschlussrede waren die Rostocker Rebellen nicht vorbereitet.

Der hoch gewachsene Claus Prange hatte bereits als Mitglied des »Ausschusses in Religionssachen« erlebt, wie anhaltend die »lange Bank« im Rathaus notwendige Antworten auf wichtige Fragen einfach vergessen konnte. Der besonnene Mann war an diesem Abend von den Rostockern in die Rolle des Wortführers gedrängt worden und er war sichtlich froh, dass Gerdes und der Rat den Bürgern so wenig Widerspruch entgegengesetzt hatte. In anderen Städten waren diese Umstürze mit Tagen blutiger Prügeleien und Plünderungen einhergegangen. Die Rostocker erwiesen sich auch bei der Rebellion als brave Bürger. Dass Bürgermeister Murmann nichts mehr zu sagen hatte – daran hatte niemand mehr Interesse als die Ratsherren selber.

Die Menge versöhnte sich an diesem Abend beim Bier mit ihren Ratsherren. Am nächsten Tag wurden die Entscheidungen schriftlich niedergelegt und dann vergingen die Wochen, die Monate, der Sommer. Erst im Oktober anno 1534 bequemten sich die Ratsherren, den 64ern schriftlich zu antworten.

Da war der Name eines Mannes schon durch die Stadt gegangen wie ein Lauffeuer: Heinrich Techen. Er sei der wiedergeborene Slüter. Wortgewaltig und klug habe er den Dom und die neu errichtete Pfarrkirche St. Marien in Güstrow unter Luthers Wort vereint, dabei aufrecht allen Anfeindungen widerstanden und unnachgiebig gegen die Papisten gewirkt, die sich im Schutze des immer noch altgläubigen Herzogs Albrecht ihrer Predigerposten sicher wähnten. Etliche Papisten hatten sich dem neuen Glauben verpflichtet, die anderen hatten die Stadt verlassen. Herzog Heinrich war froh, einen solchen Vertrauten unter den Augen seines unfähigen Bruders wirken zu sehen. Doch als

der Rostocker Rat die Anfrage an ihn richtete, ob Heinrich Techen in Rostock einmal predigen dürfe, da zierte sich Herzog Heinrich. Ich glaube, er tat es nur zum Schein, denn er wusste, dass er seinen besten Mann dort hinstellen konnte, wo er ihn haben wollte: in Rostock.

Mein Freund, ich bin Heinrich Techen mit fünf anderen 64ern Anfang November anno 1534 entgegengeritten. Als wir ihm in Schwaan begegneten, waren wir enttäuscht.

Er begrüßte uns zurückhaltend, sagte uns als Erstes, dass sein Werk in Güstrow noch nicht getan sei. Auch äußerlich hatte Techen mit dem schwarzhaarigen Slüter nichts gemein. Er war ein mittelgroßer, kräftiger Glatzkopf mit einer Hakennase und schnellen, klugen Augen. Seine Haarlosigkeit war vollkommen. Selbst die Augenbrauen fehlten. Von seiner Beredsamkeit war anfangs nichts zu spüren. Er stellte nur ein paar sehr genau formulierte Fragen, die darauf schließen ließen, dass er mit Valentin Korte schon länger bekannt war. Doch dann forderte er uns zu einem scharfen Ritt heraus.

Obwohl wir ihn darauf hinwiesen, dass einige Ratsherren ihn am Steintor erwarteten, überquerten wir in Schwaan den Fluss und bald hatte er vier seiner Begleiter weit hinter sich gelassen. Nur wir beide standen schließlich vor dem Petritor.

Er drückte mir mit einem Lächeln seine Zügel in die Hand und stieg mit schnellen Schritten zu Slüters Grab hinauf. Dann stand er lange dort oben. Er blickte über die Stadt und die Bleichwiese und den Fluss und hinunter zu den Schiffbauern und hinüber zum alten Hafen, dessen Reste aus dem Torf ragten und in wenigen Jahren in der Sumpfwiese verschwunden sein würden. Als er herunterkam, sagte er zu mir: »Wenn Gott es will und die Rostocker, dann werde ich mir diese Last aufbürden und der Stadt helfen. Der neue Glaube gehört in diese Mauern!« Dann lächelte er und flüsterte mir zu: »Mit dem Herzog bin ich schon einig. Aber sag den Ratsherren nichts davon, bis ich mein Gehalt verhandelt habe!« Dann fragte er verschwörerisch, wo er mich finden könne. Ich sei doch der Schmidt, Dionysius Schmidt?

Als ich überrascht nickte, lächelte er.

»Korte und Oldendorp sind leider zerstritten, aber ich kann mit beiden reden. Sie haben dich empfohlen, als ich sie nach einem Mann fragte, dem man trauen kann in dieser Stadt. Sie sagten, dass du alle kennst, aber immer neben dem Streit stehst. Einen wie dich kann ich brauchen! Zumindest am Anfang. Bis ich selbst weiß, wen ich meiden muss.«

Ich nickte vorsichtig. Heinrich Techen reichte mir die Hand. Ich ergriff sie.

»Wie finde ich dich?«, fragte Techen.

»Schicken Sie einen von Oldendorps Laufburschen! Die werden mich finden. Und zahlen sie nicht mehr als einen Pfennig!«

Techen lachte. Dann ließ er meine Hand los und wandte sich ab, als er sah, dass die anderen vier Reiter auf der Petribrücke waren. Es war besser, wenn sie uns beide nicht im vertrauten Gespräch sehen würden.

Am nächsten Tag erfuhren die Rostocker und ich, warum Heinrich Techen der »zweite Slüter« genannt wurde. Selbst im letzten Winkel der vollen Marienkirche waren seine klaren Worte zu hören, er sprach unversöhnlich gegen die Papisten, die sich versteckten wie eine teuflische Schlange unterm Paradiesbaum. Wenn man sie nicht endgültig vertrieb, dann würde diese Brut überdauern und immer wieder ihr Haupt erheben. Niemals könne man sicher sein, dass der rechte Glaube sich durchgesetzt habe. Der rechte Glaube sei jedoch niedergelegt in der Schrift und die könne jeder in sich aufnehmen, denn der Luther habe dafür gesorgt, dass sich der gnädige Gott seinen Menschenkindern verständlich machen könne. So könnten die einfachen Menschen Gott eher erkennen, als diejenigen, die an den Worten der Bibel immer wieder herumdoktern würden. Wenn sich die Stadt entschlossen hätte, sich Luthers Bibel zuzuwenden, dann sei es endlich an der Zeit, die Kraft dieser Worte zu empfinden, zu verbreiten und in ihrem Sinne zu handeln.

Mein Freund, in dieser Predigt verband sich gleichermaßen Feuer mit Liebe, Sinn mit Verstand. Doch mehr noch schien seine tiefe, laute, sonore Stimme die Menschen zu erreichen. Viele aus der Menge fühlten sich mit Heinrich Techen wirklich an den Magister Joachim Slüter erinnert, wenn der in seinen besten Jahren die Petrikirche oder den Platz unter der Linde gefüllt hatte. Die Menge war beseelt von diesem Mann und bekundete bereits vor den Portalen der Kirche, den Prediger nicht wieder nach Güstrow gehen zu lassen.

Heinrich Techen zwinkerte mir verschwörerisch zu, als er die vielen Gespräche abwehrte und immer wieder betonte, dass Herzog Heinrich ihn nur für eine Woche nach Rostock beurlaubt hätte, sein Werk in Güstrow sei noch nicht getan.

Zwei Tage später forderten die 64er den Rat auf, Heinrich Techen zum Oberhaupt der Rostocker Prädikanten zu machen und eine entsprechende Anfrage an Herzog Heinrich zu richten. Drei Tage darauf war Heinrich Techen mit dem Rostocker Rat einig über einen Vertrag auf Lebenszeit und ein Jahresgehalt von hundert Gulden. Das war fast so viel, wie Oldendorp als Syndikus vom Rat erhalten hatte.

Der Rat wartete nicht einmal die Antwort des Herzogs ab und bestellte Techen am 12. Dezember 1534 in sein Amt, was der Landesfürst am Anfang des nächsten Jahres noch einmal vollzog.

Somit war es zweimal besiegelt: Heinrich Techen würde Martin Luthers Wort in Rostock verbreiten. Mir schien es, als sei noch nie ein Mann hier so willkommen geheißen worden.

Heinrich Techen nutzte das aus. Den ganzen Januar wurde er nicht aus den Augen gelassen, er wurde hierhin und dorthin eingeladen. Techen war nicht verheiratet, und so wurde ihm auch manche gute Tochter ganz unverbindlich vorgestellt. Techen war den Weibern zugetan, doch nicht in dem Maße, dass er sich tatsächlich den Kopf verdrehen ließ. Er blieb immer zurückhaltend, achtete darauf, dass sich die gemeinsamen Abendessen nicht über Gebühr ausdehnten und schlief in jeder Nacht in dem Gasthaus neben dem Rathaus, wo ihn der Rat einquartiert hatte, bis Kortes Haus bei der Marienkirche endgültig geräumt sei.

So drückte mir erst Anfang Februar ein Laufbursche einen Zettel von Techen in die Hand. Ich sollte ihm mitteilen, wo und wann wir uns treffen könnten, inzwischen hätte er Abende, die ihm allein zur Verfügung standen.

Ich besorgte von Dietz den Schlüssel zu der Kellerstube hinter dem Stall der *Brüder zum gemeinsamen Leben*, traf Techen eines Abends wie zufällig am Altstädter Born, setzte mich mit ihm unter vier Augen im Keller zu Tisch und öffnete eine Flasche Wein. Dann erzählte ich von Slüters Tod, von der Ehe, die Slüter der jungen Siberin versprochen hatte und die er nach deren Tod mit Katharina eingegangen war. Ich erzählte von Dankquardt und Murmann und Dietz und Oldendorp und Gerdes und den Schonenfahrern und ich weiß noch, wie überrascht ich war, wenn ich an den Nachfragen Techens spürte, dass er vieles von dem schon wusste. Sogar von Nyeburs Tod hatte er erfahren. Er wusste nicht, wie und wann es geschehen war, doch auch ihm erschien es nur billig, dass man den Juden erschlagen hatte.

Da genügte ein Blick von mir, um ihn verstummen zu lassen. Er sah mich fragend an und ich versicherte mich noch einmal seiner Verschwiegenheit, bevor ich ihm sagte, wo ich in dieser Nacht war. Welche Intrige Murmann gesponnen hatte. Wie er den Mann an den Pöbel ausgeliefert hatte, ohne sich die Hände zu beschmutzen. Wie er gelogen hatte, dass Nyebur einer der Sternberger Juden und ein Schwarzkünstler sei. Warum die Altgläubigen und die Martinisten in dieser Stadt durch dieses Geheimnis immer miteinander verbunden sein würden.

Heinrich Techen schaute mich plötzlich wie vom Blitz getroffen entgeistert an, er wollte es nicht glauben, was er da soeben erfahren hatte. Er habe die Urfehde gelesen. Am 17. Oktober anno 1532, einen Tag nach dem Todestag des Heiligen Gallus, hatte Jochim Nyebur, Priester im Stift Schwerin zu St. Jacobi, geschworen, dem Rat und seinen Häschern seine Verfolgung und Bestrafung nicht nachzutragen. »Die Urkunde hat mir der Rat vorgelegt, ich hab sie mit eigenen Augen gelesen. Nyeburs Schwur ist auch im Urteilsbuch der Stadt verzeichnet«, sagte Techen und dabei zitterte seine Stimme vor unterdrückter Empörung. »Wenn das eine Fälschung ist, dann müssen mindestens drei Ratsmänner mit Murmann unter einer Decke stecken. Und der Stadtsekretär dazu.«

Ich erzählte ihm von Peter Sasses schwerem Schicksal und dass Murmann den Nyebur ein Schriftstück hatte unterschreiben lassen, bevor er ihn durch das Fenster des Fangelturms in den Tod schickte.

Den anschließenden Wutausbruch von Heinrich Techen musste ich dämpfen. In dieser Nacht hätte man ihn bis hinauf zum Beginenberg hören können.

Doch ich wies ihn darauf hin, dass er dieses Wissen kaum verwenden konnte: Er bräuchte schließlich den Rat, wenn

er die neue Kirchenordnung der Stadt durchsetzen wolle und auch der 64er-Ausschuss wolle die Mordnacht nicht zur Sprache bringen – weder offiziell noch vertraulich. Das Kapitel sei abgeschlossen. Schließlich habe Nyebur selbst einen großen Anteil an seinem Tod. Wenn er nicht derart auf den Slüter gehetzt hätte, dann wäre niemand auf die Idee gekommen, dass er sein Mörder gewesen sei.

Verzweifelt nahm Heinrich Techen einen tiefen Atemzug. Dann schüttelte er den Kopf: »Murmann hätte auch jeden anderen dieses Verbrechens bezichtigen können. Wenn solche Menschen die Macht haben, selbst arme, todgeweihte Männer wie Hans Schönebeck zur Lüge zu überreden und wenn diese Lüge so oft schriftlich festgehalten und unterzeichnet wird, bis sie zur Wahrheit geworden ist, dann hat auch Gottes Wort keinen Platz in dieser Stadt.«

Heinrich Techen erhob sich ächzend vom Stuhl, er schien in diesen Stunden um Jahre gealtert. Dann reichte er mir die Hand. »Oldendorp ist gegangen, Korte ist weg«, sagte er. »Jetzt weiß ich, warum. Diejenigen, denen ich hätte vertrauen können, haben in dieser Stadt nichts zu sagen. Schmidt, selbst du könntest mir nur helfen, wenn du im Rat sitzen würdest. Doch wenn du im Rat sitzen würdest, könnte ich dir nicht vertrauen. Murmann gehört erst in den Turm und danach auf den Block! Nicht in sein Haus! Ich weiß, dass seine Laufburschen überall in der Stadt unterwegs sind. Und er selbst sitzt keineswegs nur in seinem Haus.«

Als er zur Tür ging, löschte ich das Licht. Draußen leuchtete wieder ein riesiger Vollmond durch die winterliche Kälte.

Ein paar Wochen später sprach Heinrich Techen auf der Bürgersprache vom Fenster des Rathauses. Ein Häufchen Rostocker hörte ihm geduldig zu, die 64er standen dabei und schon damals schien es mir, als würde es selbst Bürgermeister Gerdes peinlich sein, wie schnell der 64er-Ausschuss seine Macht abgab – ohne Streit. Es hatte einen Aufschrei gegeben und ein Schriftstück mit ein paar Absichten. Doch dann war bald alles so weitergegangen wie vorher: Man wolle doch keine Höhere Schule im alten Johanniskloster einrichten, sondern es lieber bei den vier einfachen Kirchenspielschulen belassen. Die Kinder hätten sonst zu weite Wege zu gehen. Die Zisterzienserinnen wurden nicht mehr behelligt und Heinrich Techen wurde immer wieder aus der Stadt befördert, um Rostock dort zu vertreten, wo die Hansestädte darüber berieten, wie mit den Täufern umzugehen sei, die bis zum Sommer massenhaft ihr Täuferreich Münster verließen.

Wenn Heinrich Techen in der Stadt war, dann versuchte er tatsächlich, im Predigerseminar einen grundlegenden neuen Ablauf des evangelischen Gottesdienstes auszuhandeln. Doch da es vier Pfarrkirchen gab, hätte es auch vier Heinrich Techen gebraucht, um diese neue Kirchenordnung durchzusetzen. Selbst Joachim Schröder von St. Petri und Antonius Becker von St. Nikolai wollten sich von Techen nur ungern in ihre Liturgien hineinreden lassen: Wenn jeder Christ sein eigener Priester sein könne, dann habe auch jeder das Recht, seinen Gottesdienst nach Gutdünken selbst zu gestalten. In St. Jacobi war man zwar endlich zur evangelischen Liturgie übergegangen. Wer aber wollte, der konnte abends immer noch beichten und das Abendmahl nach altem Brauch empfangen. Die Beichtzeiten wurden zu den offiziellen Gottesdiensten im Flüsterton durch die Reihen weitergereicht. Egal ob vorn Detlev Dankquardt oder Heinrich Techen höchst selbst predigte.

Es tat mir leid, Heinrich Techen sich so abmühen zu sehen: Dass er die altgläubigen Prediger gegen sich hatte, wusste er. Die Universität lud zum Disput und gab Heinrich Techen recht. Gleichzeitig behielten die altgläubigen Professores ihre Saläre und passten auch die Themen ihrer Seminare nur widerwillig der neuen Kirchenordnung an. Überall dort, wo Heinrich Techen sich hinwandte, stieß er auf scheinbares Wohlwollen und freundliche Gesichter. Wandte er sich ab und einer neuen Aufgabe zu, dann verfielen alle sofort in den alten Trott – in der Hoffnung, dass Heinrich Techen sich möglichst lange anderweitig beschäftigen müsse. Der ehrwürdige Rat lobte seine Arbeit – und begann, seine Fehler zu notieren. Natürlich sorgte man dafür, dass Heinrich Techen davon erfuhr – und die Ratsherren erreichten, was sie erreichen wollten: Der oberste Prädikant wurde vorsichtig, er wählte seine Worte jetzt mit Bedacht, es wurde still um ihn und schließlich reichten ein paar Gerüchte um die Auseinandersetzungen innerhalb der lutherischen Predigerrunde, um die Schar seiner Unterstützer Stück für Stück zu zerbrechen.

Hinter Techens Rücken und ohne den Bürgerausschuss zu informieren, fragte der Rat schon im Januar 1536 inoffiziell beim obersten Prädikanten Johannes Aepinus in Hamburg an, ob der nicht in der gleichen Funktion nach Rostock kommen wolle. Als Aepinus erstaunt nachfragte, warum er angefragt wurde, obwohl doch Heinrich Techen in Rostock einen Vertrag auf Lebenszeit hatte, antwortete ihm der Rat, er sei falsch informiert: Techen sei nur kommissarisch im Amt. Er sei vom Bürgerausschuss in Rostock eingesetzt worden, als der Rat sich in einem Moment der Schwäche befunden hätte, der Vertrag auf Lebenszeit stehe auf wackligen Füßen. Die 64 Bürger des Ausschusses hätten sich bald aus den städtischen Geschäften zurückgezogen, es sei nur eine Frage von Wochen, bis der Ausschuss offiziell seine Verantwortung wieder an den ehrwürdigen Rat übergeben würde.

So kam es auch. Als sich am 22. Februar 1536 die Rathausfenster zur Bürgersprache öffneten, stand Heinrich Techen wieder auf dem Großen Markt inmitten eines

Häufchens von Rostockern und wollte hören, was der ehrwürdige Rat zu verkündigen hatte. Ich stand mit Klaus und Hein bei ihm und wunderte mich, dass so viele Rostocker Bürger aus gutem Hause und aus den Ratsfamilien hier versammelt waren. Der Grund dafür wurde bald offenbar.

Ich traute meinen Augen kaum. Oben am Fenster stand auch Murmann. An diesem Tag war es noch Bürgermeister Heinrich Gerdes, der redete und den aufmerksamen Zuhörern unversehens eine Frage stellte: Ob die Rostocker Bürger damit einverstanden seien, dass der Ausschuss der Bürger nach seiner segensreichen Zusammenarbeit mit dem Rostocker Rat jetzt seine Verantwortung wieder an die Ratsherren zurückgeben könne.

Darauf hatten die Zuhörer nur gewartet: Sie brachen in lauten Jubel aus und applaudierten Gerdes so lange, bis der Bürgermeister beschwichtigend die Hand hob und erklärte, dass der Rat sich schweren Herzens diesem Wunsch anschließen müsse.

Ich hatte das Gefühl, dass Bernd Murmann mich vom Balkon aus in der Menschenmenge suchte. Er fand mich an diesem Tag nicht, ich versteckte mich hinter den breiten Rücken von Klaus und Hein. Dennoch stieg Übelkeit in mir auf. Konnte ich meines Lebens noch sicher sein, wenn Murmann zurückkehren konnte auf seinen Platz im Rathaus?

In der Stadt blieb es ruhig. In den Schüttings wurde abends zwar über diese merkwürdige Bürgersprache disputiert und darüber, dass die Rostocker der Altstadt damit übers Ohr gehauen wurden. Aber gleichzeitig hatte man nichts zu erwidern. Der Bürgerausschuss hatte nichts erreicht. Er hatte es nicht einmal vermocht, die Rostocker vor den Zahlungen zu bewahren, die Herzog Albrecht mit seiner unsinnigen Beteiligung an der Lübecker Fehde gegen Dänemark zu verantworten hatte: Die Rostocker hatten schon im April 1535 noch einmal 2000 Pfund Silber aufzubringen, um die Kosten dieses Kriegszuges zu bezahlen. Dabei waren schon volle 1000 Joachimstaler aus der Tresekammer an Herzog Albrecht gegangen: Man hatte einen großen Teil des verwahrten Kirchensilbers einfach zu 3000 Gulden gemünzt – Silber, das von den Rostockern noch in der alten Zeit gestiftet worden war, um die eigene Seele vor einer Ewigkeit im Fegefeuer zu bewahren. Dazu wurde eine Akzise von jedem hundertsten Pfennig erhoben. Im September anno 1535 wurden noch einmal 2000 Pfund Silber nach Dänemark gebracht – und selbst die reichten nicht aus, um den Rostocker Anteil an den Kriegskosten auszugleichen – einem Kriegszug, der den Hansestädten an der Ostsee nichts, aber auch gar nichts eingebracht hatte. Auch Herzog Albrecht hatte den erhofften Thron in Dänemark oder Norwegen natürlich in den Wind schreiben können. Er war unverrichteter Dinge nach Güstrow zurückgekehrt, nachdem ihn sein Bruder Heinrich aus der Gefangenschaft der Dänen freigekauft hatte.

Wozu hatte man einen Bürgerausschuss eingesetzt, wenn er sich weder gegen die altgläubigen Ratsherren noch gegen den altgläubigen Landesherren durchsetzen konnte?

Im Dezember anno 1535 hatte der Ausschuss sogar freiwillig die Schlüssel über die Tresekammer zurückgegeben. Schon wenige Wochen später unterschrieb Wortführer Claus Prange, dass der Bürgerausschuss seine Arbeit beendet hätte. Murmann rückte wieder in die erste Reihe auf, Heinrich Gerdes wurde krank und überließ seinem Widersacher die Herrschaft über den Rat. Stadtsekretär Peter Sasse blieb auch jetzt auf seinem Posten.

Die Rebellion war vorüber. Was als Sturmflut begonnen hatte, war nach nicht einmal zwei Jahren als Rinnsal im Sand der Rostocker Wege versickert. Es schien, als habe der Aufruhr nur eins bewirkt: Der Wein in dem vom Rat gestifteten Fass schien in diesem Jahr nicht gepanscht worden zu sein.

In den Frühlingstagen des Jahres 1536 saß ich wieder mit Klaus und Hein in der Schütting. Sie waren schweigsam und taten geheimnisvoll. Ich wusste, dass sie beide am Haus von Heinrich Gerdes in der Badstüberstraße geholfen hatten, dessen Dach ausgebessert werden musste. Erst nach dem dritten Becher Doppelbier begann Hein stockend zu erzählen. Sie hätten unbeabsichtigt eines Abends einen Besuch von Bernd Murmann miterlebt – durch eine Lücke im Dachstuhl. Zuerst hätte Heinrich Gerdes ihn angeschrien: Er wolle den Herzog Heinrich endlich darüber informieren, wie dreist sich Murmann und sein einziger Helfer, der Ratsherr Thomas Kaske, am Silber aus der Tresekammer bedienten. Doch Murmann habe nur gelacht und aus dem Fenster gepfiffen. Darauf hätten vier Männer das Haus betreten. Der Älteste von ihnen, ein Glatzkopf, dem ein Auge fehlte, hatte Gerdes Frau und seine Tochter an den Haaren in die Stube gezerrt, ihnen die Kleider vom Leib gerissen und den Dolch an die Kehle gehalten. Gerdes sollte niederknien. Nur damit könne er verhindern, dass seine Tochter auf der Stelle vergewaltigt und aufgeschlitzt würde. »Dann hat Murmann selbst dem Gerdes mit dem Knie ins Gesicht getreten und mit dem Messer den Hals geritzt«, sagte Hein stockend. »Ich kann es immer noch nicht glauben.«

Klaus nickte. »Ich hab es auch gesehen. Murmann ist alles zuzutrauen. Dass so ein Mann über die Stadt herrscht, ist unfassbar. Wer weiß, wen er noch alles auf diese Weise eingeschüchtert hat.«

Am nächsten Tag hatten Klaus und Hein einen Zettel von Gerdes bekommen. Sie bräuchten die Arbeit nicht zu beenden. Dazu für jeden zwei Schilling.

Mir fielen die Worte von Valentin Korte ein. Auch er schien Angst zu haben vor etwas, das ihn und seine Familie jeden Tag neu bedrohte. Allerdings war ich ratlos: Was sollte man einer solchen Gewalt entgegensetzen können? Mir wurde klar, dass nicht nur Klaus und Hein, sondern auch ich auf dem Zettel von Murmann stand. Wenn es soweit war, würde er sich auch derer entledigen, die ihn ausgelacht hatten. Natürlich erinnerte sich Murmann an seinen demütigenden Gang zum Rathaus, an den Gestank nach Schweinedreck und an den Hausarrest. Er hatte diese Zeit offenbar genutzt, um still, leise und nacheinander die Ratsherren zu erpressen. Sicher hing auch der Weggang von Oldendorp damit zusammen und die plötzliche Friedfertigkeit von Heinrich Techen war jetzt auch leicht zu erklären.

Ich saß mit Klaus und Hein am Tisch und war sprachlos vor Entsetzen. War es so weit, dass ich mir einen korrupten und intriganten Rat in die Stadt zurückwünschte, der so vieles auf die lange Bank schob? Immerhin hatte der andauernde Kleinkrieg in der Ratsstube dafür gesorgt, dass hin und wieder doch Entscheidungen getroffen wurden, die gut für die Stadt waren. Es hatte so etwas wie einen Ausgleich gegeben. Doch jetzt schien es, als habe Murmann sich den Rat untertan gemacht. Er hatte sich außerhalb der Regeln gestellt, seiner blanken Gewalt und den Lügen hätten die braven Bürger nichts entgegenzusetzen. Ich war mir sicher, dass Bernd Murmann Klaus, Hein oder mich beiseiteschaffen wollte. Dafür musste er nicht mit Erpressungen arbeiten. Wir waren kleine Gestalten. Wir würden in angemessenen zeitlichen Abständen einfach in einer dunklen Ecke ein Messer zwischen die Rippen bekommen und am Morgen tot gefunden werden – natürlich ohne Geldbörse.

So etwas kam immer wieder vor und seit sich die vertriebenen Täufer aus Münster in der Stadt umhertrieben, schien es noch häufiger zu passieren. Obwohl noch nie jemand diese Täufer gesehen hatte, hielten sich die Gerüchte hartnäckig und brachten das Misstrauen in die Mauern der

Stadt. Dabei war es erst zwei Jahre her, dass viele Rostocker den Täufern überallhin gefolgt wären.

Du weißt, mein Freund, auch mir erschienen diese Ideen eines irdischen Gottesreiches lange wie die Offenbarung.

Nach der Niederschlagung des Täuferreichs von Münster im Juli 1535 überwog in den Schüttings noch eine wütende Enttäuschung. Doch die Geschichten über zerschmetterte Kinder, über die grauenhaften Scheiterhaufen und die Vielweiberei hatten schnell dafür gesorgt, dass alle verfolgt wurden, die auch nur in den Ruf kamen, immer noch Täufer zu sein. Ihr König Jan van Leiden war selbst der größte Mörder von allen gewesen. Oft genug hatte er dem Knipperdolling, dem von ihm ernannten Scharfrichter, das Schwert aus der Hand genommen, auch eine seiner sechzig Frauen soll er selbst enthauptet haben. Flugschriften machten die Runde, in denen die Gräueltaten der Täufer aufgezeichnet waren. Was dort stand, war die Wahrheit. Denn keine Druckerei wagte es mehr, eine Schrift zu drucken, die die Täufer verteidigte. Nicht nur in Rostock wuchs die Angst, dass die geflohenen Täufer sich an einem anderen Ort wiederfinden konnten. So wie die Rostocker früher Angst vor dem Einfall der Türken gehabt hatten, so hatten sie heute Angst vor den Täufern, die sich angeblich in der Stadt herumtrieben. Sogar der berüchtigte Hauptprediger der Münsteraner Täufer, Bernd Rothmann, sollte in der Stadt gesehen worden sein. Zuerst hieß es, er habe mit Heinrich Techen gesprochen. Dann kamen Gerdes und Boldewan hinzu. Dann Claus Prange und Joachim Voß. Allesamt Gegner Murmanns.

Wir hatten nicht viel Zeit. Wir hatten keine Verbündeten. Jeden, den wir um Hilfe bitten wollten, könnte auch schon zu Murmanns Männern gehören. So begannen Klaus, Hein und ich, jedem dieser Gerüchte nachzugehen. Vier Tage gaben wir uns dafür Zeit, dann wollten wir uns wieder in der Schütting treffen und beraten.

Klaus bewachte Murmanns Haus am Hopfenmarkt, jeder wusste, dass es mit dem Hausarrest nicht mehr weit her war. Murmann hatte sich schon wenige Monate nach der Gründung des 64er-Ausschusses wieder in der Stadt gezeigt. Der Büttel hatte es nicht gewagt, Murmann in die Schranken zu weisen. Er spazierte durch die Stadt und wer ihm nicht rechtzeitig ausweichen konnte, der wurde von ihm angesprochen und mit einem Gespräch kompromittiert. Murmann gab den Bettlern, er ging zu Dankquardt in die Jacobikirche und nicht selten spendierte er einer ganzen Schütting eine Runde Doppelbier.

Hein wollte sich die Laufburschen zur Brust nehmen. Er kannte die meisten von ihnen noch von früher, als sie für einen Pfennig allen ihre Dienste angeboten hatten und fröhlich durch die Stadt gelaufen waren. Doch diejenigen, die ausschließlich für Murmann arbeiteten, waren verbissen geworden, sie arbeiteten auch nachts und huschten wie Ratten durch die Gassen.

Ich versuchte, an die Kaufleute, Ratsherren und Priester heranzukommen, von denen ich wusste, dass sie Murmann weiter im Arrest sehen wollten. Überall das gleiche Bild: Sie wurden seit einigen Tagen geschnitten, alte

Freunde sagten sich von ihnen los. Heinrich Gerdes war entsetzt, als ich ihm sagte, dass ich von dem Besuch Murmanns und seinen Männern wusste. Er hatte Angst, dass ich Teil einer Falle sein könnte, die Murmann ihm gestellt hatte, um ihn und seine Familie endgültig zu erledigen. Er sagte mir nichts.

Genauso wenig erfuhr ich von Boldewan. Er beteuerte nur immer wieder, niemals mit Täufern gesprochen zu haben noch sonst irgendwie Umgang mit ihnen zu pflegen. Ich solle verschwinden und weder mit Murmann noch mit sonst irgendwem über ihn reden.

Joachim Voß machte sich bereit, die Stadt zu verlassen, und er sagte niemandem, wohin er gehen wollte, noch sprach er über die Gründe seiner Abreise.

Nur Claus Prange besuchte mich in der Nacht im Keller der Michaelisbrüder. Er setzte sich mir gegenüber, verweigerte den Wein, den ich ihm anbot und fragte mich rundheraus, auf welcher Seite ich stehen würde.

Ich verstand nicht.

Er zog eine langen Dolch hervor und sagte mir, lieber würde er mich mit ins Grab nehmen, als dass er die Stadt den Täufern oder dem Murmann überlasse.

Ich blieb vor Schreck sitzen – und genau das war es, was Prange nach vielem Zureden endlich davon überzeugte, dass ich weder mit den Täufern noch mit Murmann unter einer Decke steckte. Claus Prange sackte auf seinem Stuhl zusammen und weinte. Der Dolch blieb auf dem Tisch liegen. Er hatte erwartet, an diesem Abend zu sterben.

Den Zettel, den ich ihm durch einen Laufburschen hatte zukommen lassen, hatte er als Drohung aufgefasst und sich deshalb entschlossen, seine Haut so teuer wie möglich zu verkaufen und auf offener Straße laut die Namen seiner Mörder zu rufen, damit die Stadt gewarnt werde. »Ich weiß nicht, wer mich bedroht«, sagte er schluchzend. »Mal glaube ich, es sind die Täufer und nur Murmann könnte mir jetzt noch helfen. Dann wieder habe ich Angst vor Murmann und sehe hinter jeder Ecke seine Männer.«

Ich blickte ihn lange schweigend an. »Warum glaubt alle Welt, dass die Täufer sich in der Stadt breitmachen?«, fragte ich ihn schließlich. »Hast du schon mal einen dieser Täufer gesehen?«

Claus Prange lachte bitter. »Hast du denn keine Augen im Kopf? Siehst du nicht, dass seit vier Tagen jeden Morgen diese Johannesstäbe an die Häuser gezeichnet sind? Das ist das Zeichen der Täufer. Sie sind an den Häusern derjenigen, die sie verbrennen werden, wenn sie in der Stadt ihr zweites Jerusalem gründen.«

Sollte er recht haben? Waren die Täufer, die vor einem Jahr aus dem belagerten Münster geflohen waren, jetzt dabei, unsere Stadt zu übernehmen? Immer wieder trieben sich Fremde in Rostocks Straßen herum, weder an den Toren noch an den Landungsbrücken konnte man die Stadt davor schützen, dass Bettler und Gesindel sich hier festsetzten. Aber das war schon immer so gewesen, die Stadt lebte damit. Sie lebte auch mit den Dieben, den Falschspielern und Zechprellern – wer in Rostock aufgewachsen war, der wusste, welche Ecken man zu welchen Zeiten meiden musste. Sollten ein paar Zeichen innerhalb von Tagen daran etwas geändert haben?

»Prange«, sagte ich, »hast du schon einmal einen von denen gesehen, die die Johannesstäbe an die Hauswände zeichnen?«

Prange schüttelte den Kopf. »Sie sind morgens einfach da. Wie Zauberei. Mal hier, mal an der Hauswand gegenüber oder beim Nachbarn. Du musst sie doch gesehen haben, Schmidt!«

Ich schüttelte den Kopf. Nichts hatte ich gesehen, nichts.

Claus Prange wusste nicht, ob er mir das glauben konnte. Er blickte lange durch den Türspalt, bevor er in der Nacht verschwand.

Als ich morgens aus meiner Bude kam, durchfuhr mich ein Schrecken: Auch neben meiner Tür prangte der lange Kreuzstab von Johannes dem Täufer, schief und schnell gezeichnet mit Rötelstein, aber eindeutig. Die Täufer waren in der Stadt! Mit einem einfachen Zeichen verbreiteten sie Angst und Schrecken.

Ich lief den ganzen Tag durch die Straßen. Jetzt, wo ich wusste, wonach ich zu suchen hatte, sah ich die Zeichen überall. An den Hauswänden, an den Bornen, an den Kirchportalen und sogar an den Häusern der Stadtbüttel.

Mein Freund, als ich am Abend in der Schütting saß und auf Klaus und Hein wartete, zitterte ich vor Angst. War Murmann der Einzige, der die Verschwörung der Täufer aufgedeckt hatte? Oder steckte er mit ihnen unter einer Decke? Fast hätte ich Klaus übersehen, der zur Tür der Schütting hereingekommen war und mir bedeutete, mich mit meinem Bier in eine dunkle Ecke beim Hintereingang zu setzen. Dann ging er wieder.

Kaum saß ich auf der Bank, da ließen sich Klaus und Hein mit ernsten Gesichtern neben mir nieder. Sie waren nicht allein. Zwischen ihnen eingekeilt saß ein schmaler Junge von vielleicht vierzehn Jahren. Hein hatte ihm die

dünnen Arme auf den Rücken gedreht und sah ihn drohend an. »Ich lass dich jetzt los und du machst keinen Mucks!«

Der Junge schlug die Augen nieder. Er zitterte vor Angst, aber er schielte auch mit einem hungrigen Blick nach den Schüsseln, die auf den anderen Tischen standen. Sie verbreiteten den Duft von Grütze und Braten. Das Schankmädchen brachte erst das Bier für Klaus und Hein. Dann kam es noch einmal zurück und stellte wortlos eine Schüssel vor den Jungen. Er blickte scheu und fragend zu Hein. Der nickte: »Na hau schon rein, Nikolaus! Schließlich haben wir dich heute um deinen Verdienst gebracht.«

Hein lächelte mich an. Während Nikolaus die Grütze in sich hineinstopfte, griff er in die Tasche des Jungen und legte etwas auf den Tisch. Es war ein Rötelstein.

Nikolaus erschrak. Doch dann entschied er sich, so lange weiter zu essen wie man ihn lassen würde.

Hein erzählte: »Eigentlich wollte Nikolaus bei den Trägergesellen sein Handwerk lernen. Doch seit einigen Tagen ist er nicht mehr in den Hafen gekommen. Nun ratet mal, wo ich ihn heute getroffen habe?«

Mir ging ein Licht auf: »Bei Murmann! Nikolaus ist einer seiner Laufburschen.«

Klaus und Hein nickten überrascht zurück.

»Nachts schickt er sie los, damit sie Johannesstäbe an die Hauswände malen.«

Wieder nickten Klaus und Hein.

»Und er verteilt verschlossene Briefe an sehr ehrenwerte Bürger der Stadt. Sagst du uns, wem du einen Brief von Murmann gebracht hast?«

Nikolaus schluckte den Rest Grütze herunter. Dann blickte er mich scheu an und schwieg.

Klaus gab ihm eine harte Kopfnuss und zischte. »Red schon, Nikolaus! Sonst prügle ich dir die Grütze wieder aus dem Leib. Oder willst du heute etwa zu Murmann zurück?«

Nikolaus zuckte zusammen und weinte. Dann nahm er seine Finger zu Hilfe und zählte auf: »Voß, Kron, Kerkhoff, Wulff, Thurkow, Rosin, Boldewan, Gerdes, Kröpelin, Kerwedder.«

»Wie viel hast du von Murmann bekommen?«

Nikolaus duckte sich und hob den Arm, um eine weitere Kopfnuss von Klaus abzuwehren.

Doch die kam diesmal von Hein. Nikolaus konnte den Schlägen nicht entkommen. »Red schon!«

Dem Jungen schossen die Tränen in die Augen. »Zwei Pfennige für jeden Brief.« Er schniefte. »Und einen Pfennig für jeden Johannesstab.«

Ich pfiff durch die Zähne. »Nicht schlecht! Dann hättest du dir was Richtiges zu essen kaufen können. Und Bier.«

Nikolaus schüttelte den Kopf. »Murmann will uns erst am Sonntag auszahlen.«

Ich stutzte. »Uns? Wie viele seid ihr?«

Statt seiner antwortete Hein: »Es sind drei. Die anderen beiden kenne ich nicht. Aber auch sie werden von Murmann nichts bekommen.«

Nikolaus blickte ihn fragend an.

Hein strich ihm über den Kopf, griff ihm herzlich in den verlausten Haarschopf und zwang den Jungen, ihm ins Gesicht zu blicken. »Nikolaus, glaubst du wirklich, dass dieser Murmann euch leben lassen kann, jetzt nachdem ihr wisst, dass nicht die Täufer hinter diesen vielen Johannesstäben stecken, sondern er selbst? Ihr drei werdet wohl am Sonntag irgendwo tot gefunden werden, umgebracht von den gemeingefährlichen Täuferhalunken, die sich in der Stadt breitgemacht haben und Angst verbreiten, obwohl es sie gar nicht gibt.«

Nikolaus verstand nicht. »Aber die Johannesstäbe haben doch wir gemacht!«

Klaus griff ihm ins Genick und zog ihn zu sich heran. »Eben, Nikolaus, eben. Der Murmann braucht die Täufer gar nicht. Der braucht nur die Angst vor ihnen. Damit er die Rostocker retten kann vor einer großen Verschwörung, die es gar nicht gibt. Dann endlich werden den Bürgern die Augen aufgehen darüber, wie unfähig und überflüssig der ehrenwerte Rat ist und wie notwendig es doch ist, einen Bürgermeister zu haben, der im richtigen Augenblick handelt. Eure drei Leichen werden der Beweis sein, dass Murmann und seine Männer handeln mussten, um die Stadt zu retten. Man wird die Rötelsteine in euren Taschen finden und dann wird sich auch der ein oder andere finden, der euch nachts durch die Gassen huschen sah. Im Dienste der Täufer …«

Nikolaus stockte der Atem. Er blickte entsetzt in unsere Gesichter und schüttelte den Kopf.

Ein dreifaches Nicken antwortete ihm.

»Was weißt du über die vier schwarzen Männer?«, fragte Klaus.

Nikolaus zögerte. Dann zuckte er die Schultern. »Nichts!«

Wieder gab es eine Kopfnuss. »Erzähl schon!«

»Ich weiß nichts!«, jammerte Nikolaus. »Ich hab ihnen nur einmal Bier geholt und drei Pfennige dafür bekommen. Sie sind nicht von hier, den einen, den Glatzkopf, kann ich gar nicht verstehen, wenn er mit seinen Männern redet. Ich glaube, Murmann gibt ihnen Geld, damit sie tun, was er sagt.«

Ich wurde nachdenklich, denn mir schwante, dass wir es mit den vier schwarzen Männern wohl noch zu tun bekommen würden. Da fiel mir etwas ein. »Nikolaus, wer sollte denn heute einen Brief bekommen?«

Der Junge fing an zu zittern. »Die Beselins.« Aus seinem Gürtel zog er einen Brief heraus und legte ihn angeekelt auf den Tisch, als sei er Teufelswerk.

Das war er auch. Ich las vor:

An den ehrenwerten Ratsherren Nicolaus Beselin! Vier gesunde Söhne hat Euch der HERR geschenkt, und Eure Gattin Katharina trägt ein weiteres Kind unter dem Herzen. Wir raten Euch, dieser Kindstaufe zu entsagen, damit Eure Familie sich einfügt in das kommende Jerusalem, das bald in den Rostocker Stadtmauern begründet wird mit Feuer und Schwert. Sie werden auch ihrem Amt als Ratsherr entsagen, denn Jesus Christus wird selbst herniedersteigen, um die Stadt und das Land zu regieren, so wie es Gottes Wille ist. Wenn ihr Euch fügt in die neue Ordnung wird er gnädig über Eure Verfehlungen hinweggehen, derer ihr Euch im Amt schuldig gemacht habt. Sollte der HERR in Euer Herz blicken und weitere Sünden entdecken, dann habt besser ein Vaterunser auf den Lippen!

Unterzeichnet war der Brief nur mit dem Johannesstab. Mehr war auch nicht nötig. Hätte Nicolaus Beselin diesen Brief bekommen, dann hätte er am nächsten Tag wie zum Beweis das Zeichen an seiner Hauswand gefunden. Und mit seiner Familie die Stadt verlassen – im Interesse seiner Frau und seiner Kinder.

Murmann hätte wieder einen Widersacher weniger gehabt. Wahrscheinlich hatte der für den Montag geplant, die Stadt vor der Verschwörung der Täufern zu retten und sich selbst als einzig verbliebenen Bürgermeister vom Rathausfenster auszurufen in diesen schweren Zeiten. Wenn Gerdes und seine Familie eines Tages in ihrem Haus tot gefunden werden würden, dann würden die Täufer daran schuld sein. Dass damit wie nebenbei auch die Verbreitung des neuen Glaubens in der Stadt beendet sein würde, lag auf der Hand. Auch das würde Murmann viele Verbündete bringen. Sogar die beiden Herzöge hätten ihm dankbar sein müssen, denn schließlich wäre er es dann gewesen, der ihre größte Einnahmequelle vor dem Versiegen bewahrt hätte.

Mein Freund, warum räusperst du dich? Du glaubst mir nicht? Es hört sich zu fantastisch an? Sieh dich um in der Welt! Wer die Angst beherrscht, der kann alle beherrschen.

Klaus und Hein sperrten Nikolaus in den Keller der Schütting. Dann verschwanden sie. In den folgenden Tagen geschahen merkwürdige Dinge in der Stadt. Johannesstäbe, die auf dem Kopf standen, waren an manchen Hauswänden zu sehen. Pentagramme. Dreizacken. Lutherrosen. Und andere Zeichen, die niemand entziffern konnte und die deshalb umso mehr Angst und Schrecken verbreiteten. In den Gassen standen die Menschen in Grüppchen beieinander, die Fischweiber aus Warnemünde kamen nicht mehr, auch die Fleischscharren machten keine Geschäfte. Männer begleiteten ihre Frauen auf den Markt, die Büttel suchten sich Helfer unter den Trägergesellen und zogen paarweise durch die Stadt, die Studenten in den Regentien am Hopfenmarkt saßen flüsternd über dem Bier und die Huren am Rammelsberg waren verschwunden. Zwei Wochen lang gärte die Stadt vor sich hin, ein Gerücht jagte das nächste und immer wieder hörte man, dass dieser und jener Ratsherr die Stadt verlassen wolle.

Dann sah ich Klaus und Hein wieder. Sie standen am Nachmittag mit anderen Rostockern vor Murmanns Haus am Hopfenmarkt. Ich hatte erwartet, dass sie dessen Türen eintreten oder in Richtung Rathaus ziehen würden. Aber die Menge blieb still. Als ich näherkam, erfuhr ich, warum: Bernd Murmann war verschwunden. Von dem Bürgermeister fehlte jede Spur. Das Haus schien leer zu sein, im Stall fehlte ein Pferd. War Murmann geflohen? War das schon eine Zauberei der Täufer? Erst nach etlichen Stunden ging die Menge auseinander. Ratlos. Auch die vier schwarzen Männer Murmanns schienen verschwunden zu sein.

Die Sonne war lange untergegangen, die Studenten am Hopfenmarkt waren heute merkwürdig leise. Klaus und Hein hatten mich überredet, uns gemeinsam in Murmanns Haus umzusehen. Es gäbe da sicher noch die eine oder andere Überraschung, meinten sie und lächelten dabei verschwörerisch. Würden wir noch etwas finden, was auf die Täufer hinwiesen könnte? Wer waren die vier Männer und woher kamen sie? Zu viele Fragen waren offen geblieben. Ich hatte Klaus und Hein auch die wichtigste Frage gestellt: Warum hatte sich Murmann aus dem Staub gemacht?

Sie hatten sie nur mit einem leichten Lächeln beantwortet: Ich solle mir um Murmann keine Gedanken machen. Dem ginge es sicher gut, dort wo er jetzt sei.

»Und wenn er zurückkommt?«, fragte ich zurück.

Wieder dieses Lächeln. Dazu ein zweifaches Kopfschütteln.

Was wussten Klaus und Hein?

Wir hatten uns am Schwaanschen Tor getroffen und waren durch die Tüschen bis zum Hintereingang von Murmanns Haus gelangt. Ein Hund strich um meine Beine. Aber er bellte nicht. Die Stalltür, die am Nachmittag noch verschlossen gewesen war, stand jetzt offen. Mir war das verdächtig, ich begann zu flüstern, doch Klaus und Hein fassten ihre Knüppel fester, schoben mich voran ins Haus und waren dabei nicht einmal besonders leise. So beruhigte ich mich auch wieder.

Doch wir kamen nur bis in die Gesindestube. Es war so rasch gegangen, dass keiner von uns an eine Gegenwehr auch nur denken konnte. Einer von Murmanns schwarzen Männern stand uns gegenüber. Die anderen drei erschienen plötzlich hinter uns, drehten uns die Hände auf den Rücken, entwanden Klaus und Hein die Knüppel und hielten uns ihre erlesenen Dolche an die Kehle. Wir hatten Mühe, stehen zu bleiben, so weich waren uns die Knie geworden.

Der eine, der uns gegenüberstand, war der Älteste der vier. Den Glatzkopf hatten Hein und Klaus schon bei Gerdes kennengelernt. Die Narbe überquerte eine schwarze, leere Augenhöhle. Er sah unseren Schrecken und bedeutete seinen Kumpanen mit einem Blick, uns nicht die Kehle durchzuschneiden. Jedenfalls nicht sofort. Dann schob er sein Kurzschwert in die Scheide zurück. »Wollt ihr schon plündern?«, fragte er mich.

Ich schüttelte den Kopf. Dem Akzent nach mussten es Schweizer sein, Reisläufer, Söldner, die sich die wirren Zeiten im Land zunutze machten und sich von diesem oder jenem Fürsten als Waffenknechte anheuern ließen. Oder eben – von Bürgermeistern.

»Was wollt ihr dann hier? Vielleicht schickt euch Murmann selbst?«

Wieder schüttelte ich den Kopf.

»Findest du vielleicht mal deine Sprache wieder?«, fragte er und griff wieder zum Schwert.

Da hustete Klaus und sagte krächzend etwas, das niemand verstehen konnte.

Der schwarze Mann lockerte leicht den Griff.

Klaus wechselte einen Blick mit Hein. Der zwinkerte ihm zu. Dann sagte Klaus: »Murmann ist tot. Und weggebracht.«

Ich erstarrte. Auch die schwarzen Männer lockerten für einen Augenblick ihren Griff. Doch sie hatten sich schnell wieder in der Gewalt. »Woher wollt ihr das wissen?«, fragte der Einäugige.

Jetzt antwortete Hein: »Wir haben ihn gesehen. Seine Leiche. Er wurde erschlagen.«

Wieder lockerte sich der Griff nur für einen kurzen Augenblick. »Wenn das so ist, dann habt ihr ihn erschlagen!«

Klaus und Hein zögerten kurz, dann schüttelten sie die Köpfe. Ich war fassungslos: Wieso hatten sie mir davon nichts erzählt?

Der Einäugige beugte sich schließlich zu Hein. »Ich glaub dir nicht«, sagte er nur. »Ihr seht nicht aus wie Raubgesindel.«

Klaus sagte nur: »Bitte, ich kann es euch beweisen!«

Überrascht blickte der Einäugige auf.

Hein schüttelte den Kopf, aber Klaus sagte nur: »Es muss sein.« Dann zog er Murmanns Geldbeutel hervor.

Der Einäugige erkannte ihn wieder. »Sieh an!« sagt er. »Und so prall gefüllt!«

Klaus nickte. »Es sind auch seine Ringe drin. Und seine Ratsherrenkette.«

Der Einäugige schüttete die Gulden, die Schillinge und die Kupfermünzen über den Tisch. Auch die Ringe und die Kette polterten heraus. Jetzt lockerte sich der Griff der Männer endgültig. Sie hielten immer noch ihre Dolche bereit. Aber nun standen wir alle um den Tisch herum. Der Einäugige sprach zu seinen Männern Schweizerdeutsch, wir verstanden kein Wort. Dann wandte er sich wieder an uns. »Das reicht nicht«, sagt er knapp, »Murmann schuldet uns doppelt so viel!« Jetzt lächelte er.

Wir wechselten Blicke. Gab es noch Hoffnung für uns?

»Wir haben schon bei verschiedenen Herren gedient. Aber Murmann war bisher das größte Schwein von allen. Es ist uns egal, ob er lebt oder tot ist. Ob ihr ihn erschlagen habt oder jemand anders. Wir wollen das, was uns zusteht: zehn blanke Joachimstaler Guldengroschen für jeden von uns. Und eine Stunde Zeit, um zu verschwinden. Ihr seht uns nie wieder.«

Ich nickte. Ich hatte keine Ahnung, woher ich das Geld nehmen sollte. Aber alles war besser, als jetzt noch einmal den Kopf zu schütteln.

Klaus und Hein wechselten noch einmal Blicke. Auch sie nickten sich zu. Dann antwortete Klaus: »Wir wissen, wo Murmann sein Geld versteckt.«

»Deshalb der nächtliche Besuch!«, sagte der Einäugige. »Ich verstehe.«

Hein bedeutete seinem Bewacher, dass er zum Herd hinübergehen musste. Der ließ ihn los, folgte ihm aber, immer noch mit dem Dolch in der Hand. Hein beugte sich nach unten, zählte die Steine ab und zog schließlich einen von ihnen aus der Wand.

Dann stieß ihn sein Bewacher beiseite und griff selbst in das Loch. Als seine Hand wieder zum Vorschein kam, hielt sie Murmanns Schatulle. Darin lagen etliche Taler aus der Güstrower Münze. So blitzblank, wie sie waren, mussten sie aus dem Rostocker Kirchensilber gegossen sein, gedacht als Kriegszoll für Albrechts Abenteuer in Dänemark.

Auf welchen Wegen sie in Murmann Schatulle gelangt waren, werden wir nie herausbekommen, mein Freund.

Den Schweizer Söldnern war das egal. Sie griffen beherzt in die Kiste und zählten das Geld. Dann wandte sich wieder der Einäugige an uns: »Müssen wir euch fesseln? Ich glaube, es ist nicht gut für euch, wenn man euch morgen hier findet.« Er wog die Münzen in der Hand und sagte schließlich: »Ich glaube, ich kann euch vertrauen. Murmann wäre unser gemeinsamer Feind geworden. Aber ihr seid uns zuvorgekommen. Und ihr habt es geschafft, uns den Murmann unter der Nase wegzufangen. Wir sollten ihn bewachen. Aber mit solchen beherzten Männern haben wir nicht gerechnet.« Der Glatzkopf hielt einen Augenblick inne. »Ich werde euch diese Stunde Vorsprung abkaufen. Mit einem Taler. Für jeden von uns.«

Ungläubig blickten wir uns an. Natürlich würden wir auch später niemandem etwas davon sagen, dass wir Murmanns schwarze Männer getroffen hätten. Geschweige denn, wo wir sie getroffen hätten.

Hein fügte den Stein wieder in die Wand. Als er aufstand, hatten die schwarzen Männer ihre Dolche eingesteckt.

Der Einäugige lächelte uns zu. »Eine Stunde.«

Wir nickten.

Die vier Männer ließen ein Lachen hören und waren in dem Augenblick wie vom Erdboden verschluckt, als sie durch die Tür der Gesindestube in den dunklen Hof traten.

Es dauerte lange bis ich meine Sprache wiederfand. Klaus hatte angefangen zu jammern: Das schöne Geld! Was hätte man damit nicht alles machen können. Ein Schiff ausrüsten, einen Fischerkahn bauen oder eine Werkstatt …

Doch Hein erwiderte nur: »Wenn sie dich aufgeschlitzt hätten, dann hättest du nicht mal dein Leichenbreit bei St. Petri damit bezahlen können!«

Klaus seufzte.

Endlich fragte ich: »Woher habt ihr gewusst, wo Murmann sein Geld hat?«

Hein lachte.

Klaus antwortete: »Nikolaus hatte es gesehen, als er in einer Nacht zu früh hierher zurückkehrte. Er hat es mir gesagt, als er sah, welches Spiel Murmann mit der Stadt spielte.«

Als wir Murmanns Haus verließen, graute schon der Morgen.

Zwei Wochen später fand ein ehrlicher Köhler neben dem Knüppeldamm von Torfbrücke das Wams aus feinstem flandrischen Tuch und die Stiefel aus Pferdeleder des Bürgermeisters Murmann. Die mit Steinen besetzte Gürtelschnalle blieb verschwunden.

Warum und wie Murmann dort offenbar im Moor ertrunken war, wurde nie herausgefunden. Aber in den Schüttings wurde natürlich geredet: War es Raubmord? Hatte den Murmann doch das Gewissen geplagt wie seinerzeit den Judas? Hatten ihn gar die Täufer beseitigt?

Klaus und Hein beteiligten sich nicht an diesem Disput. Sie sorgten sich stattdessen um Nikolaus und machten aus ihm einen Trägergesellen, der für sich selbst und später vielleicht für eine Familie sorgen konnte.

Mein Freund, jetzt, wo Klaus und Hein schon heimgeholt wurden nach unserem verhängnisvollen Gelage mit dem Kornbrand, da ist es an mir, das Wissen um Murmanns Intrige mit ins Grab zu nehmen. Ich bitte dich, mein Freund, bewahre auch du unser Geheimnis! Was die unheimliche Begegnung in Murmanns Haus anbetrifft – weder Hein noch Klaus verloren je ein Sterbenswörtchen darüber. Warum der Herr nur mich mit Blindheit strafte, sie aber nicht vor dem Tod verschonte … der Herr weiß es.

Nur so viel noch: Die Stadt atmete tatsächlich auf. Zwar blieb der Bürgerausschuss abgewählt und auch der neue Glaube verbreitete sich keinen Deut schneller als früher.

Aber alles, was jetzt auf die Stadt zukam, hatten die Rostocker sich selbst zuzuschreiben.

Der Stadtkämmerer verkaufte ein halbes Jahr später Murmanns Haus am Hopfenmarkt und weil die Erben fehlten, landeten die Einnahmen in der städtischen Tresekammer. Dabei fand man einen schmalen, engen Keller, den Murmann irgendwann vermauert haben musste. Darin lag das Skelett eines zarten Mädchens. Stadtsekretär Peter Sasse erkannte die Kleidung wieder.

Epilog

Mein Freund, du bist immer noch hier und jetzt kommt wirklich das Ende der Geschichte. Behalte deinen Doppelschilling oder gib ihn den Siechen im Hospital von St. Jürgen! Ich will dir nur noch erzählen, wie ich Heinrich Techen zum letzten Mal sah.

Am 19. Juni 1540 standen wir zusammen an Slüters Grab. Techen war nach den sechs Jahren in Rostock ein alter Mann geworden. Immerhin hatte er sich vom Rat nicht durch einen anderen obersten Prädikanten aus dem Amt drängen lassen. Doch das war für einen Mann wie Heinrich Techen kein Sieg. Er hatte die Jahre in Rostock mit Wohlgefallen und Zurückhaltung bezahlt und war daran fast zerbrochen. Die Anfeindungen gegen ihn hatten nie aufgehört: Techen war das Letzte, was übriggeblieben war von einem kurzen Augenblick der Schwäche, in der ein ehrwürdiger Rat sich dem Willen der Bürger hatte ergeben müssen. So hatten die Ratsherren nie darin nachgelassen, Heinrich Techen aus der Stadt zu entfernen: Für unbequeme Männer war in diesen Mauern kein Platz.

Zuletzt hatte der Rat sein Ansinnen zurückgewiesen, endlich die Professores aus der Stadt zu werfen, die bis zu diesem Tage an der Universität ihre papistischen Seminare abhielten. Herzog Heinrich hatte sich aus dem Religionsstreit ganz und gar zurückgezogen und so sah Heinrich Techen sich allein gegen den Rat stehen, der ihm geantwortet hatte, dass er sich nicht um die Angelegenheiten der Universität zu kümmern hätte, sondern um die Verbreitung des neuen Glaubens. Dabei wusste der Rat genauso gut wie Techen, dass die altgläubigen Prediger auf ihre Honorare als Theologen nicht verzichten mussten und so lange sie in der Stadt blieben, würden auch die Prädikantenstellen an den Pfarrkirchen mit ihnen besetzt.

Doch jetzt holte die Universität auch einen erzpapistischen Prediger zurück: Jochim Conradi war vor zwanzig Jahren aus Rostock weggegangen und inzwischen hatte man ihm im reformierten Brandenburg so zugesetzt, dass er sich nach einer neuen Stelle umsehen musste. Rostock hatte sich inzwischen den Ruf einer Stadt erworben, in der sowohl verkappte Täufer als auch alte Papisten leben konnten – so lange sie einander aus dem Weg gingen. Der Streit um den rechten Glauben wurde nicht geführt, denn er gefährdete die Geschäfte.

So sagte Heinrich Techen mir am Grab Slüters, welche Worte er morgen dem Rat und den Rostockern entgegenschleudern wolle: Von der neuen Kanzel der Marienkirche herunter wolle er den Ratsherren sagen, dass letztlich sie schuld seien am Tode Slüters. Mit ihrer Feigheit hätten sie den Meister Jochim vergiftet und genauso hätten sie es mit ihm gemacht. »Diese Feigheit ist lange gewachsen: So lange man nach neuen Ufern suchte, um sie plündern zu können, war Neugier wichtig – nenn es Leichtsinn oder von mir aus auch Tapferkeit. Aber jetzt halten die Kaufleute, Pfeffersäcke und Pfennigfuchser der Stadt nur noch ihre Pfründe fest. Sie rufen, dass der städtische Frieden doch erhalten werden möge – und meinen doch nur das Geld im eigenen Kasten. Sie haben diesen Frieden bis zum letzten ausgenutzt, um ihre Kassen auf Kosten der kleinen Leute füllen zu können. Sie haben alles aus ihnen herausgepresst – und jetzt bitten sie die gleichen kleinen Leute, doch vernünftig zu sein und den Frieden nicht zu gefährden! Im Rat von Rostock herrscht nur noch diese blöde, kleine Angst und der hanseatische Geiz. Die Geizigsten von ihnen – die werden Bürgermeister!«

Die Ratsherren wollten Heinrich Techen natürlich nicht so verstehen, wie er gesprochen hatte. Sie warfen im vor, den ehrwürdigen Rat des Giftmordes an Slüter beschuldigt zu haben und das könne man nicht auf sich sitzen lassen. Die vorsichtige Fürsprache des Herzogs Heinrich vermochte nicht, Techen im Amt zu halten. Aber wenigstens wurde die angestrebte fristlose Entlassung in eine ordentliche Kündigung umgewandelt: Heinrich Techen unterzeichnete am 3. Juli auf der Schreiberei einen Vergleich. Seine Entschuldigung wurde mit vier Monatsgehältern aufgewogen und so kehrte er zu Michaelis, am 29. September anno 1540, der Stadt endgültig den Rücken.

Das ist jetzt sechzehn Jahre her, mein Freund. Inzwischen hat der Blitz in die Petrikirche eingeschlagen und ihr den Turm genommen, die Papisten sterben aus und die Täufer auch. An ihre Stelle rücken Prediger, die sich lutherisch nennen oder evangelisch oder reformiert oder protestantisch. Sie richten sich ein auf ihren Stellen an der Universität und an den vier Pfarrkirchen. Inzwischen hat sich auch bei den Protestanten ein reichlicher Haufen von dem scholastischen Mist angesammelt, gegen den sie einst gewettert hatten. So bleibt doch alles beim Alten!

Auch der Schreiberling Nicolaus Gryse ist einer von ihnen. Ich geh ihm aus dem Weg. Soll er seine Historia über Slüters Leben so schreiben, wie er es will. Ich werde meine Wahrheit über Slüters Tod bald mit ins Grab nehmen können und bis dahin lass mich vor dem Heringstor sitzen und
meine blinden Augen in die Sonne halten.

Danke, mein Freund! Vergelt's Gott!

Personenregister

Antonius Becker. Er begann ab 1525 an der Nikolaikirche als altgläubiger Kaplan, predigte jedoch ab 1530 evangelisch. Im Juli 1525 war er noch an einer Intrige gegen Slüter beteiligt: Mit anderen Papisten von St. Jacobi im Hintergrund forderte er den Reformator zur Disputation heraus, um ihn im Streit zu öffentlichen Äußerungen zu bewegen, die Slüter leicht eine Beschuldigung als Ketzer hätten einbringen können. Slüter erwiderte Becker schriftlich, der Rat der Stadt verhinderte den öffentlichen Streit. Becker blieb bis zu seinem Tod im Jahre 1555 Pastor der Nikolaikirche.

Detlev Dankquardt. Der Theologe war vom Schweriner Bischof als Archidiakon an der Rostocker Jacobikirche eingesetzt. Dort hatte Schwerin im Laufe der Rostocker Domfehde (ab 1487) einen Domstift etabliert, der den Rostockern immer ein Dorn im Auge war. Detlev Dankquardt blieb bis zu seinem Tode im Jahre 1556 ein hartnäckiger altgläubiger Prediger mit großem Einfluss auf den Rat der Stadt.

Ludwig Dietz. Der Drucker kam um das Jahr 1504 aus Speyer nach Rostock und war zuerst bei Hermann Barckhusen angestellt. Im Jahre 1514 übernahm er dessen Druckerei am Hopfenmarkt und etablierte zeitweise Filialen in Lübeck und Kopenhagen. Dort druckte er 3000 Stück einer ins Dänische übersetzten Bibel. In Rostock verlegte er unter anderem Slüters niederdeutsches Gesangbuch und die Schriften von Johann Oldendorp. Ludwig Dietz starb 1559 in Rostock.

Nicolaus Gryse. Der Theologe und Prediger wurde 1543 in Rostock geboren, studierte an verschiedenen deutschen Universitäten und wurde mit 30 Jahren wieder in Rostock sesshaft. Ab 1574 war er Prediger am Armenhaus des St. Katharinenstiftes, ab 1577 auch am – damals immer noch altgläubigen – Nonnenkloster zum Heiligen Kreuz. Nicolaus Gryse starb 1614. Seine niederdeutsch verfasste »Historia von Lehre, Leben und Tod Joachim Slüters« erschien 1593 und ist ein grundlegendes Werk für alle, die sich mit der Reformation in Rostock beschäftigen. Es behandelt keineswegs nur die Lebenszeit Joachim Slüters, sondern umspannt als Chronik die Jahre 1517 bis 1593. Ihr Wert für die Historiker liegt allerdings bei den Fakten zu Slüters Leben. Zeitgemäß bezieht Gryse eindeutig Stellung gegen die »Papisten«, sodass der Text nur mit Vorsicht als historische Quelle ausgewertet werden kann.

Herzog Heinrich V. »Der Friedfertige« und Herzog Albrecht VII. »Der Schöne«. Zur Zeit der Reformation residierte Herzog Albrecht (1486–1547) im Güstrower Schloss, sein Bruder Heinrich (1479–1552) in Schwerin. Das Verhältnis der beiden Söhne von Magnus II. zu Mecklenburg war tatsächlich angespannt. Während Heinrich versuchte, das Land ruhig durch die Wirren der Zeit zu manövrieren, leistete sich sein Bruder Albrecht einen aufwändigen Hof und gefährliche politische wie militärische Abenteuer.

Valentin Korte. Der Franziskanermönch wurde 1493 geboren und 1512 an der Rostocker Universität immatrikuliert. 1528 wurde er vom Rostocker Rat als Lesemeister am Heilig-Geist-Hospital eingesetzt. Bereits im Jahre 1531 wurde er evangelischer Prediger an der Marienkirche, im Jahre 1532 heiratete er. Er überwarf sich mit Joachim Slüter in Fragen um die Sprache im Gottesdienst, mit Johann Oldendorp stritt er über die Durchsetzung des evangelischen Glaubens in der Stadt. Im Jahre 1534 ging er an die Petrikirche in Lübeck, ab 1553 bis zu seinem Tode im Jahre 1567 war er Zweiter Superintendent der Stadt. Über seine Verhältnisse zur den Töchtern der Ratsherren und Kaufleute wissen wir nichts, jedoch scheint er in den »besseren Kreisen« von Rostock beliebter gewesen zu sein als Joachim Slüter.

Bernd Murmann. Über den Rostocker Bürgermeister und Ratsherren ist nur wenig bekannt. Er besaß ein Haus am Hopfenmarkt und wurde tatsächlich vom 64er-Ausschuss im Jahre 1534 unter Hausarrest gestellt. In den Protokollen der Sitzungen dieser Jahre finden sich Hinweise darauf, dass er ungebührlich redete und nicht bereit war, die neuen Machtverhältnisse anzuerkennen. Danach verliert sich seine Spur. In Graal-Müritz ist der »Murmann« heute eine Sagengestalt, die den verirrten Wanderern den Weg aus dem Moor weist und alljährlich beim »Fest der Moorgeister« im Mittelpunkt steht.

Joachim Nyebur. Der katholische Priester wird in den meisten Schriften über die Reformation in Rostock als entschiedenster Gegner Joachim Slüters aufgeführt. Gryse benennt ihn sogar als denjenigen, der hinter der Vergiftung des Rostocker Reformators steckt. Angeblich wurde er im Herbst 1532 der Stadt verwiesen – aber nicht wegen des Mordes an Slüter, sondern weil er mit Hans Schönebeck in einen Zauber verwickelt war, der den evangelischen Predigern schaden sollte. Nach Aktenlage leistete er dafür am 17. Oktober 1532 mit einer Unterschrift »Urfehde«: Er bekannte, sich in Zukunft nicht an seinen Verfolgern rächen zu wollen. In Gryses »Historia« wird sein Ende erzählt: Unweit der Stadt Güstrow sei sein Gewissen erwacht und er habe sich umgesehen und nirgends Trost finden können. So habe er sich an einem kleinen Baum erhangen wie einst Judas.

Johann Oldendorp. Der Jurist und Reformator wurde um 1487 in Hamburg geboren. Er studierte 1504 in Rostock und gelangte über Köln, Bologna, Greifswald und Frankfurt/Oder im Jahre 1526 wieder zurück in die Hansestadt – diesmal allerdings als berufener Syndikus des Rates. Er wirkte auf politischer und juristischer Ebene als Reformator. Verschiedene Biografen erwähnen Schwierigkeiten in seiner Ehe. Im Jahre 1534 ging er nach der Trennung von seiner Frau Sophia nach Lübeck, danach wirkte er in Frankfurt/Oder, Köln und Marburg. Dort starb er 1567. Auf einem Porträt, das wahrscheinlich aus dem Jahre 1566 stammt, schielt er.

Anna Sassen. Die Nonne war ab 1566 Domina des Klosters

zum Heiligen Kreuz und starb hochbetagt im Jahre 1592.

Dionysius Schmidt. Slüters Biograf Nicolaus Gryse erwähnt den erblindeten Geistlichen Dionysius Schmidt als den, der einst den Spruch »Gades wordt blifft in Ewichkeit« über der Tür des Hauses von Joachim Slüter mit einem Teerquast auslöschte. Doch Schmidt ist auch im April 1512 im Matrikel der Universität Rostock und 1522 als Vikar von St. Petri erwähnt. 1566 ist er Insasse eines Armenhauses in der Rostocker Altstadt, vermutlich starb er Ende der 70er-Jahre des 16. Jahrhunderts. Sehr wahrscheinlich hat ihn Nicolaus Gryse als Zeitzeugen befragt, der Joachim Slüter persönlich kannte.

Joachim Slüter. Die Vergiftung des Rostocker Reformators Joachim Slüter ist bis heute eine Legende, die allerdings schon kurz nach seinem Tod am Pfingstsonntag des Jahres 1532 aufkam und sich über Jahrhunderte hartnäckig hielt. Joachim Slüter wurde um 1490 in Dömitz geboren und lebte ab 1517 in Rostock. Ob er um das Jahr 1520 an der Universität in Wittenberg bei Luther studierte, ist nicht sicher. Slüter gab 1525 einen Katechismus und das älteste bekannte niederdeutsche Gesangbuch heraus, seine volkstümlichen Predigten in und vor der Petrikirche waren sehr gut besucht. Im Mai 1528 richtete er ein Schriftstück an den Rostocker Rat, in dem er darum bat, eine Frau »Sybern« heiraten zu dürfen. Anfang Oktober heiratete er jedoch eine andere: Katharina Gelen. Schon im November 1531 war Slüter schwer krank und musste bei den Predigten vertreten werden.

Katharina Slüter, geb. Gelen. Die Tochter eines Kleinschmiedes aus der Sackpfeife nahe der Petrikirche heiratete den Reformator Joachim Slüter im Herbst 1528. Als Slüter 1532 starb, war ihr gemeinsamer Sohn Elias bereits drei Jahre alt. Katharina heiratete später noch zweimal.

Heinrich Techen. Der Prediger aus Güstrow wurde im Dezember 1534 im Zuge der 64er-Revolte von den Bürgern nach Rostock geholt, weil in der Stadt ein Superintendent fehlte: Techen sollte die evangelischen Gottesdienste in der Stadt vereinheitlichen und die altgläubigen Messen endgültig verhindern. Er wurde jedoch in den Streit gegen versprengte Wiedertäufer hineingezogen und daran gehindert, auch an der Universität für reformatorische Inhalte in den Vorlesungen zu sorgen. So geriet er wiederholt mit den Ratsherren in Streit und hielt am 20. Juni 1540 eine

Schmährede auf den Rat der Stadt. Er musste seine Stellung aufgeben, ging zurück in seine Heimatstadt Boizenburg und wurde dort angeblich Bürgermeister.

Nachwort

Die Historiker mögen es nicht, wenn ihr Werk von Schriftstellern geplündert wird. Wenn die Fakten, die sie erforscht und bewahrt haben, in neue, fiktive Zusammenhänge gestellt werden. Deshalb möchte ich die Leser an dieser Stelle einladen, sich diesen historischen Quellen zuzuwenden.

Die Rostocker **Theologin Sabine Pettke** hat die Kirchengeschichte der Reformationszeit ausführlich erforscht und **Nicolaus Gryses** (1543 –1614) »Historia von Lehre, Leben und Tod Joachim Slüters« aus dem Jahre 1593 erschlossen. Die meisten meiner Figuren habe ich als historische Persönlichkeiten in diesem Buch gefunden und an ihrem Platz belassen. Weitere Veröffentlichungen haben mir geholfen, die erwähnten Personen einzuordnen und Zusammenhänge zu erschließen. Ich möchte den **Theologen Gerhard Bosinski** (1911–1985), den Rostocker **Stadtarchivar Karl Koppmann** (1839–1905) und den Rostocker **Pastor Franz Carl Serrius** (1801–1879) dankbar erwähnen.

Wie hat die Stadt in dieser Zeit funktioniert? Wer hat wo gewohnt? Wie hat sich Kirche, Kaufmannschaft, Stadtpolitik, Handwerk und Universität organisiert? Dazu konnte ich aus vielen Veröffentlichungen immer wieder neue Anregungen entnehmen. Als grundlegendes Werk zu diesem Thema erwies sich jedoch »Das alte Rostock und seine Straßen«, geschrieben vom Rostocker **Stadtarchäologen Ralf Mulsow** und dem **Historiker Ernst Münch**. Dort lässt sich auch nachlesen, welche der heutigen Straßenbezeichnungen es damals schon gab und welche inzwischen verschwunden sind, wie z. B. der »Rammelsberg« oder der »Kibbenibber«.

Neben dem **Stadtarchivar Karsten Schröder** und dem **Leiter des Kulturhistorischen Museums Steffen Stuth** gehört auch der **Expertin für Kirchengeschichte Kristin Skottki** mein Dank für die Unterstützung.

Ein großer Teil der Recherche, vor allem bei der Erarbeitung des europäischen Reformationspanoramas dieser Zeit, stammt aus langen, anregenden Wanderungen durch die freie Online-Enzyklopädie Wikipedia und den vertiefenden Links aus diesen Artikeln. Ich möchte mich an dieser Stelle bei den vielen ehrenamtlichen Autoren bedanken. Der inzwischen digitale Zeitatlas von **Arno Peters**, die »Synchronoptische Weltgeschichte«, zeigte mir viele historische Zusammenhänge auf.

Im Interesse des Erzählflusses und der Verständlichkeit habe ich darauf verzichtet, dem niederdeutschen Wortschatz den Raum zu geben, der ihm in einem Text über das historische Rostock eigentlich zusteht. Ich hoffe, dass die Plattschnacker mir das verzeihen werden.

Über den Autor

Frank Schlößer, Jahrgang 1966, studierte in Leipzig Journalistik und Afrikanistik. Nach dem Diplom zog er nach Rostock, wo er heute als freier Journalist mit seinen Kollegen die lokale Online-Zeitung das-ist-rostock.de betreibt und nebenbei für bundesweit erscheinende Publikationen schreibt, darunter Der Freitag, Brandeins und Zeit Online. Hinzu kommen Autorenproduktionen für Deutschlandfunk, Deutschlandradio Kultur und MDR Kultur, außerdem das Drehbuch zu dem Dokumentarfilm »54 Grad«, und mit der Novelle »Unter den drei Kronen« (2003) ein erster Ausflug in die Belletristik. 2015/16 wurde in der Kleinen Komödie Warnemünde sein Theaterstück »Alter Strom« fast 40-mal aufgeführt. 2016 erschien sein historischer Roman »Der letzte Pfeil«.

Bei HINSTORFF erschienen:

ISBN 978-3-356-01400-6
Euro 12,99

ISBN 978-3-356-01827-1
Euro 12,99

ISBN 978-3-356-01903-2
Euro 12,99

ISBN 978-3-356-01871-4
Euro 12,99

Liebe Leserin, lieber Leser, wir freuen uns über Ihre Bewertung im Internet!

Die Deutsche Nationalbibliothek verzeichnet diese Publikation in der Deutschen Nationalbibliografie; detaillierte bibliografische Daten sind im Internet über http://dnb.ddb.de abrufbar.

1. Auflage 2017
Herstellung: Hinstorff Verlag GmbH
Lektorat: Henry Gidom
Titelbild: © Georg Scharnweber (mit Lochkamera auf Planfilm)
Druck: GGP Media GmbH, Pößneck
Printed in Germany
ISBN 978-3-356-02082-3

FSC MIX Papier aus verantwortungsvollen Quellen FSC® C014496

ALS E-BOOK ERHÄLTLICH